AX
アックス

伊坂幸太郎

ISAKA KOTARO

角川書店

AX
アックス

CONTENTS

写真　横山孝一　　　装丁　高柳雅人

AX

兜

玄関ドアに鍵《かぎ》を差し込む。ゆっくりと入れたにもかかわらず、がちゃりと響くのが、兜《かぶと》には忌々しくてならない。音が鳴らない鍵が発明される日は来ないのか。神経を尖《とが》らせ、手を慎重に回転させる。錠の外れる音に、胃が痛む。扉を開く。照明の消えた家の中は、しんとしている。靴を静かに脱ぐ。すり足で、廊下を進んだ。リビングは暗い。家の人間は全員、と言っても二人だが、すでに寝入っているのだろう。

息を潜ませ、自分の動作に気を配りながら、二階へと上がる。昇って、右手の部屋に入る。電気を点《つ》け、聞き耳を立てた。ゆっくりと息を吐く。ほっとする瞬間だ。

「なあ、兜、おまえは所帯持ちだから、これから家に帰って、こっそりカップラーメンでも食べるんだろ」

以前、同業者の男に言われたことがある。子供向けのテレビ番組、機関車トーマスを溺愛《できあい》する、奇妙な男で、檸檬《れもん》という名で知られていた。乱暴で、軽薄な言動が多いものの腕は立つ。その時は、別の依頼人から同じ標的の殺害を依頼され、共同で仕事をこなした後だった。一息ついた兜たちに、檸檬は得意げに、「ソドー島建設の責任者の名前は何だ？」と機関車トーマスにまつわるクイズを出していたが、誰も答えようとせず、仕方がないからか、兜のことを話題にしてきたのだ。

「兜、家族は、おまえの仕事を知っているのか」と訊《たず》ねてきたのは、檸檬の仕事仲間、蜜柑《みかん》だ。二人は背恰好《せかっこう》が似ているものの、性格については反対で、だからこそ二人で仕事をこなすことができるのかもしれない。彼らは、妻子持ちの同業者が珍しいからか、兜にずけずけと質問をぶつけた。

「家族はもちろん知らない」兜は即座に言った。「一家の大黒柱が、こんな物騒で恐ろしい仕事をしていると知ったら、家族は絶望するだろう。普段は、文房具メーカーの営業社員だ」

「家族にはそう偽っているのか」

「まあな」正直なことを言えば、兜は実際に、文房具メーカーに勤めていた。息子が生まれた頃、二十代の半ばに中途入社し、そこからずっと正社員だ。四十代半ばとなった今は、営業部でもベテランの一人だった。

「だけど、一家の大黒柱が命がけの仕事をして、帰ってから夜食でカップラーメンとは、何とも情けねえな」檸檬がからかってくる。

「馬鹿を言うな」と兜は怒った。「カップラーメンなんかを食べるわけがない」

その語調が強かったからか、檸檬は反射的に後ろに体を反らし、身構える。「怒るなよ」

「そうじゃない」兜は声を落ち着かせ、続ける。「カップラーメンはな、意外にうるさいんだよ」

「何だ、それは」

「包装しているビニールを破る音、蓋《ふた》を開ける音、お湯を入れる音、深夜に食べるにはあまりにうるさい」

「誰も気づきゃしねえだろうに」

「うちの妻は気づく」兜は答える。「その音がうるさくて、起きたことがあるんだよ。彼女はな、真面目な会社員で朝も早い。通勤にも時間がかかるからな。だから、深夜にそんな音で起きてみろ、大変なことになる」

「大変？　何が大変なんだ」

「翌朝、起きて、会った時の重苦しさと言ったら、ないぞ。彼女の吐いた溜《た》め息が積もって、床が見えなくなる。比喩《ひゆ》ではなくて、本当に息が苦しいんだ。『うるさくて、まるで眠れなかった』と指摘された時の、胃の締め付けられる感じは、分からないだろうな」

「兜、冗談言うな。おまえが緊張しているところなんて、想像できない」

「そりゃそうだ。仕事は緊張しない。やるべきことをやるだけだ」

「かみさんに対してはそうじゃないのか」

当たり前だ、と兜はうなずく。

「でも、じゃあ、どうするんだ。カップラーメンが無理なら。スナック菓子にしても音はするぞ」蜜柑がその、愁《うれ》いを含むような二重瞼《ふたえまぶた》の眼差《まなざ》しを向けた。「腹が減ったら、どうする」

「バナナか、おにぎり」兜は真剣な面持ちで、言う。

なるほど、と同業者の二人が感心しかけた。「鋭いな」と。が、兜はすぐに、「と考える奴はまだ、甘い」とぴしゃりと言い切る。

「甘いのか」「バナナもおにぎりも音がしないけどな」

「いいか、深夜とはいえ、時には、妻が起きて、待ってくれていることもあるんだ。夕食、もしくは夜食を作ってくれていることもある」

「あるのか」

「平均すれば、年に三回くらいはあるだろう」

「ずいぶん多いな」蜜柑はこれは明らかに、皮肉で口にした。

「そうなった場合、彼女の手料理を食べることになる。意外に量が多かったりする。もちろん、おにぎりもバナナも食べようとは思えない」

「そういうこともあるだろうな」

「いいか、コンビニエンスストアのおにぎりは消費期限が短い。翌朝にはもう駄目だ。バナナも意外に日持ちしない」

「つまり?」

「最終的に行き着くのは」

「行き着くのは?」蜜柑が聞き返した。

「ソーセージなんだ。魚肉ソーセージ。あれは、音も鳴らなければ、日持ちもする。腹にもたまる。ベストな選択だ」

檸檬と蜜柑が一瞬黙る。

「時々、深夜のコンビニで、いかにも俺と同じような、仕事帰りの父親が、おにぎりやらバナナを買っていこうとするけれどな、それを見るといつも、まだまだだな、と感じずにはいられないんだ」兜は続ける。「最後に行き着くのは、魚肉ソーセージだ」

言い切る兜を、ぽかんと眺めていた檸檬はやがて、ゆっくりと手を叩《たた》きはじめる。はじめは間を空けていたのが、だんだんと早く。スタンディングオベーションを座りながらにやるかのような雰囲気で、顔は至って、真面目だった。「兜、おまえは今、非常に情けない話を、これ以上ないくらいに恰好良く語ってるぞ。感動だ」と拍手を小刻みにしていく。隣の蜜柑が、馬鹿馬鹿しい、と苦虫を潰《つぶ》していた。「業界内で兜と言ったら、一目置かれている。一目どころか二目も。それがこんな恐妻家だと知ったら、がっかりするやつもいるだろうな」

あの二人には最近、あまり会わないな、と兜は思う。「ソドー島建設の責任者は、ジェニー・パッカードさんでした！」と誇らしげに言う檸檬の顔が思い出された。

背広のポケットに突っこんでいた魚肉ソーセージを取り出す。静かにビニールを剝《は》がし、一口を齧《かじ》る。空腹をソーセージが慰める。椅子が軋《きし》むため、まずいまずい、と焦る。妻が起きてこないか、耳を澄ました。

朝起きると、すでに兜の妻は家を出るところだった。「ごめんなさい。テーブルに朝食は置いてあるから。食べておいて」と言い、玄関を開けて、飛び出していく。「朝、会議があるのを忘れていたから」

「どうぞどうぞ」兜は言い、洗面所で顔を洗い、トイレを済まして、ダイニングテーブルへと向かう。壁の時計を見れば、朝の七時半だった。

妻が不在の家は、気分が楽だ。もちろん妻が苦手であるとか、嫌いであるとか、そういったことではない。むしろ、愛情はそれなりに長い結婚生活の中で、一目盛たりとも減っていないと断言できるが、常に、妻の機嫌を気にかけてしまうのは事実だった。虎の尾ならぬ妻の尾は、家の床中に這《は》っており、しかも見えない。いつ踏むかも分からない。

テレビが点いていた。朝の情報番組が流れ、天気図の前に若い女性が立ち、関東の週間天気について説明をしている。

「この人、母さんに似ているよな」兜は言う。すでに息子の克巳《かつみ》が座り、トーストを齧っていた。鼻筋が通り、瞳《ひとみ》は黒目が目立つ。高校生にしては大人びて見える。力強さと脆弱《ぜいじゃく》さが入り混じった外見は、贔屓《ひいき》目を差し引いても、魅力的に思えた。母親に似たのだろう。

「おふくろに？　いやあ、ぜんぜん違うよ。この人、二十代だよ」

「あと二十年もしたら、母さんみたいになる」

「それってさ」克巳はテーブルの上の、由緒正しい海外ブランドの、ティーカップを指差した。「これも千年したら、土器になる。って言ってるようなものでしょ」

「土器を馬鹿にするのか？　カップよりも、貴重だぞ。それにそれは、土器ではない。いいか、この天気の女の子は、母さんに似ている」

「親父は、思い込みが激しいんだ」

「俺が？　思い込みが激しい？」

「そう。あ、これはこうなんだ！　と思ったら、それが真実だと信じるだろ」

「そうかな」

「前もほら、歩いていたら、ビルの前に人だかりができていて、遠くから消防車のサイレンが聞こえてきたら、『なるほど、あそこが燃えているんだな』と自信満々に指差していた」

「あったな」

「結局、ただのセールで、行列ができていただけだった」

その前日、兜は同じ業界の人間から、放火事件を起こす集団がいると聞いていたばかりで、それが先入観として働いた。が、息子には説明ができない。勘違いだったのは事実だ。「そうだったか」

「宅配便の配達のお姉さんが来なくなったら、『なるほど、運転免許を持っていないことがばれたんだろうな』とか真面目な顔で言うし」

「その頃、ニュースで話題になっていたんだ。無免許の宅配ドライバーが」

「ほら、親父はそうやってすぐに、情報を組み合わせて、結論に飛びつくんだ。何でも結び付けたくなる。親父の、『なるほど』は要注意だ」

自覚はなかったため、不本意ではあったが、兜は言い返さなかった。「そういう側面もあるかもしれないな」と曖昧《あいまい》に応じた。

克巳はすでに兜の言葉を聞いていないかのようで、テレビをじっと眺めている。「そういえば、浮気してるのって本当?」とぼそりと溢《こぼ》す。

兜はその場で、座りながらにして転びかける。戦慄《せんりつ》が体を走り抜ける。「何言ってるんだ!」

恐ろしいことを言うな、と声を大きくしてしまった。

「え、この天気のお姉さんだよ。この間、ネットニュースに載ってたけど、この番組のプロデューサーと不倫してるんだって」

「ああ、そっちか」

「そっちってどういうこと」

「いや」兜は言った後で、曖昧に応じていると良からぬ誤解を受ける、と思い、「俺は浮気をしていないぞ」と説明を加えたが、それはそれで余計に怪しくなった。

「やっぱり綺麗《きれい》な女の人は凄《すご》いよね」克巳が不意に言う。片肘《かたひじ》をつき、手に顎《あご》を載せ、頬が潰れるような表情で、視線はテレビに向いたままであるから、ほとんど独り言のようなものだったが、兜はもちろん聞き逃せるわけがなく、「凄いってどういうことだ」と訊ねた。

「男はさ、美人の前ではもう、なすすべがないでしょ」

「高校生が何を知った口を利いてるんだ」

「学校で教えてくれるんだよ」

「学校で？　何の学科だ」

克巳はそこで、父親がいることに気付いたかのように、はっとした態度で姿勢を正した。「違うんだ。うちに今、産休の先生のかわりに美人教師が来ているんだけど。一カ月前から」

「美人は主観だ」

「国語の先生なんだけど、全然、なってないんだよ。漢字も書けないし、太宰治《だざいおさむ》という名前も読めなかった」

「そんなことでよく務まるな」

「美人だから、オッケーなんだよ」

「そんなわけにはいかないだろ」

「明らかに、他のおじさん教師たちの顔がゆるんじゃって、校長とかさ、もう、めろめろだよ」

「おまえたちもそうだろうが」

「否定はしないけど」

その後、克巳は黙り、兜もトーストを食べ、テレビを眺めていた。少ししてから、「この間、実は目撃しちゃったんだけどさ」と克巳が言い、会話は続いていたのかと気づく。同時に、目撃した、とは自分の物騒な仕事の場面のことではないか、と早合点し、またしても、「どういうことだ」と語調を強くした。

「放課後、だいぶ暗くなってきた頃に、視聴覚室の前を通ったんだ。そうしたら、その先生がいたんだよ」

「美人教師がか」

「で、もう一人、若い男の教師もいて。隣のクラスの担任なんだけど、熱血の、真面目な先生でさ。山田《やまだ》って言うんだけど。とにかく、二人で何か向かい合ってるわけ」

「がんばれ山田先生。どきどきする展開か」

「そんな暢気《のんき》なことは言えないって。だって、山田のほうは結婚してるんだから」

「何と」兜は自分の体を両手で抱えるようにして、顔をしかめる。「別の意味でどきどきしてくるぞ。気をつけろ山田先生」

「どういう意味だよ、親父」

「その山田先生と、美人教師は公然の仲なのか？」

「たぶん、俺たちだけだよ、知ってるのは。視聴覚室にいたら教師二人が入ってきて、こっちは隠れるしかなかった」

「俺たち？　不倫の二人を目撃したのはおまえだけじゃないのか。おまえと、誰だ？」

しまった余計なことを言ってしまった、と克巳は明らかに後悔している様子で、その時点で兜は、どうせ同級生の女子と楽しく寄り添っていたのではないか、と見当をつけた。

「俺たちっていうのは。俺と」克巳は視線を逸《そ》らし、むすっと答える。「親父だよ。ほら、今、俺から聞いて、知ったわけだろ。この件について知ってるのは、俺と親父の二人だけってこと」

「そういうことにしておこう」

「魔性の女っていうのかな、ああいうのは。真面目で熱血教師の山田をたぶらかすなんて」

「男のほうが、手を出したのかもしれない」

「でも、山田は真面目だから、罪の意識とかでまいっちゃっているんじゃないかな」

「まいってる？」

「最近、休んでいるんだ。不登校だよ。ほかの先生たちは、病気で療養が必要とか言ってるけど、たぶん、不登校みたいなもんじゃないのかな」

「先生が不登校か」

「女って怖いね」

「怖い女もいれば、怖くない女もいる。男も女もいろいろだ」

「でも、そういえば、カマキリの雌って、交尾の最中に雄を食べちゃうって言うけど、あれって本当かな」克巳が訊ねてくる。

「ああ、あれは」

「やっぱり雄は、交尾するのに利用されているだけなんじゃないかな」

「あれは、違うんだ」兜は説明する。以前、同業者の誰かから教わった話だった。「カマキリの視野は広い。加えて、動きも素早いからな、後ろにいる雄を敵だと勘違いして、攻撃するだけなんだ。事故だ」

「それにしても怖い」

「蟷螂《とうろう》の斧《おの》って言葉を知ってるか」それも、業者から教わった知識だ。当時、兜は、蟷螂がカマキリのこととも知らず、灯籠《とうろう》流しみたいなものか、と聞き返したところひどく馬鹿にされた。

「灯籠流しみたいな？」と克巳が言う。

兜は溜め息を吐く。「カマキリのことだ。カマキリが手の斧を振り上げている姿を思い浮かべてみろ。勇ましいけれど、しょせんはカマキリだ」

「負け犬の遠吠《とおぼ》えみたいな意味？」

「似てるが、少し違う。カマキリは勝つつもりだからな。弱いにもかかわらず、必死に立ち向かう姿を、蟷螂の斧という」

「親父も、おふくろにいつも怒られてばかりだから、時にはがつんとやったらどうだろう」

「斧で、がつんと」

「でもそのことわざは、カマキリもその気になれば、一発かませるぞ、という意味合いではないんだろ」

「どちらかといえば、はかない抵抗という意味だ」

兜の斧が呆気《あっけ》なく折れた場面を思い浮かべたのか、克巳が同情するように見た。

「ただ、カマキリの斧を甘く見てるなよ、と俺は思うけどな」兜は言う。

「いつか、がつんと」

「そうだ。それにしても、教師が登校拒否とはな」

「最近は多いらしいよ。親父の頃よりも、世の中は生きにくくなってきてるんだよ」

「いつだって生きるのは大変なんだ」

「たとえば？」挑むような、試すような強い口調で言葉をぶつけてくる。息子にとって、父親とは味方なのか敵なのかライバルなのか、と考えずにはいられない。

「たとえば、ほら、ピラミッドを作るのにでっかい石を運べとか言われたら、きついぞ。三千年くらい昔には、そういう人生もあったんだろうしな、昔は。青銅器とか彩文土器とか作ったりな」

「メソポタミアまで遡《さかのぼ》っちゃうのか。というか、親父は土器が好きだね」

「そういうわけでは」

「あ、そういえば、親父、今度、進路相談に来るの」克巳が視線はテレビに向けたまま、言った。

「進路相談？」兜は眉《まゆ》をひそめる。「それは、親が行くのか」

「俺は、おふくろがくればいいと思ってるけど」

「いや、俺ももちろん行く」兜は即答した。

「え、いいよ。平日だし、会社でしょ」

「あのな、俺が一番やりたいことは何なのか分かるのか」

「知らないよ」

「息子の進路を心配することだ。学校でも何でも、ああでもないこうでもない、とおまえの人生のことで頭を悩ませるのが、俺のやりたいことなんだ」

息子が不愉快を顔に浮かべた。兜は気にも留めない。実際、それが本心だった。

兜

「あなたには、この手術をおすすめします」兜の前に座る、白衣を着て丸眼鏡をかけた男が言った。感情のこもらぬ、のっぺりとした表情で、この医師自身がスキャンやレントゲンの機能を備えた医療器具の一つではないかと思いたくなる。

都内のオフィス街の一角にあるビルの中層階にある、内科診療所だ。待合室にはぽつりぽつりと患者が待っている。診断の手際の良さや、よく効く薬を処方することを考えれば、もっと混み合ってもおかしくはない。が、医師の冷淡な態度と温かみを欠いた院内の雰囲気が、その良い点を相殺しているのだろう。人気はそこそこ、といったところだった。

「いやあ、遠慮しておく。どうせ悪性なんだろう?」兜は、医師が開いているカルテを指差す。

医師はうなずく。

「俺はもう、悪性の手術はやめると言ったじゃないか。悪性相手の手術で死ぬ、なんてこともありえる」

「そんな年ではないでしょうに」

無表情の医師は肌の艶《つや》が良く、皺《しわ》も少なく、年齢不詳だ。ただ、兜が二十代の頃から、仕事の仲介をし、その時もすでに似たような風貌《ふうぼう》であったことを考えると、かなりの高齢の可能性もある。丁寧な言葉遣いながら、当時から業界内に精通する貫禄《かんろく》を浮かべていた。

「いや、もう無茶はできない」兜は答える。

「どんな手術も、冷静に手際良く、あなたのように対応できる人は多くありません」

医師はお世辞を言わない。カーナビが、「大丈夫ですよ。少し道に迷っていますが、かなり指示通りに運転できていますよ」とお世辞を言わぬのと同じだ。だから、その評価も嘘ではない。

「できるだけ早く、業界から抜け出したいんだ」

「退院するには、お金が必要です」

この男は本当に俺を業界から引退させるつもりがあるのだろうか。兜は考えてしまう。この二十年近くの間、仕事はすべて、医師が仲介してきた。あの男を殺害するように、この男を始末するように、と指示を出してきた。おそらく兜だけでなく、医師はほかにもいくにんかの業者を「患者」として、抱えているはずだ。

開いているカルテには、標的の情報が記されている。「手術」すべき相手の氏名や住所、それが分からなければ、特定するための情報、依頼主の求める条件が、一般の人間では分からぬような、医療専門用語ともドイツ語ともつかぬ言葉で書かれている。標的の顔写真も貼られているが、専用のフィルターを被《かぶ》せなければ、陰影だらけのレントゲン写真にしか見えない。

この診療所には、患者のカルテと、彼が仲介した仕事の資料を偽装したカルテとが混在して、保管されている。情報を隠すのに、カルテは最適だ。個人情報であるから、第三者も簡単には閲覧できない。

　働いている看護師のうち、ベテランの、これもまた年齢不詳の女性は明らかに、医師のこの仲介業について把握している様子であったが、ほかの若い看護師たちはおそらく、何も知らないのだろう。だからなのか、やり取りはたいがい、医療用語に偽装した符牒《ふちょう》であったり、診察資料に紛れ込ませた書類の形で交わされる。「手術」とは、殺害する行為を指し、「悪性」は、標的がプロの場合を意味する。

　兜が仕事を辞めたい、と考えはじめたのは、克巳が生まれた頃からで、実際に医師に話をしたのは五年前だ。医師は驚きもしなければ、歓迎もせず、「そのためにはお金が必要です」と六法全書の記述を読むかのように言った。何に使う金であるのか、どこに入る金であるのかは不明だが、一戸建ての建売住宅が買えるほどの額は、さすがに兜にもすぐに払えるわけがなく、結果的に、「仕事を辞めるために、その仕事で金を稼ぐ」といった不本意な状況を続けざるをえなくなっていた。

「ご存じでしょうが、悪性の手術のほうが、手術代は高いです。それに以前、言っていたじゃないですか。どうせ手術をするにしても、心が痛まないもののほうがいいと」

「そうだな。昔はそんなことを考えなかったけれど」

　克巳が幼児の頃に、日本昔話などを読んで聞かせていたことが関係しているのかもしれない。半ば本気で、兜はそう思っていた。

　良いおじいさんは苦労が報われ、悪いおじいさんはひどい目に遭う。善人は最後には勝つ。そういった物語を読み、兜もはじめて、「悪くもない人間が、むやみに殺されることは良くない」

と感じるようになった。さらに言えば、自分が殺害する相手にも、父親や母親がいて、こうして日本昔話を読んでやっていたのかもしれない、と思いを馳《は》せるようになってしまったのだ。

理想と現実は異なることも理解していたが、できるならば、無害な人間を殺害するような事態は避けたかった。

「そうなると必然的に、悪性を手術する仕事になってきますよ」

それは言えている。違法で、物騒な仕事を生業《なりわい》とする同業者を標的とするのであれば、罪の意識は減る。悪いおじいさんが悪いおじいさんに退治されるようなものだ。

「とにかく、他に良い手術があったら、また連絡してくれないか」

「そうですね。ただ、もう少しすると仕事をしにくくなるかもしれませんよ」

「そうなのか？」

医師は手元の白い紙に記号らしきものを書きながら、病状を説明するかのようにし、ぼそぼそと符牒交じりに次のようなことを話した。

この区内で、大きな騒動を起こそうとしている集団がいる。おそらくは爆発物を仕掛ける事件の計画で、どこかに籠城《ろうじょう》するという噂もある。もし、それが実行されればしばらく、都内の警察による監視は厳しくなる、と。

「こっちの商売上がったり、というわけか」兜が囁《ささや》くようにして伝えると、その通りです、とうなずいた。

「いっそのこと、その、爆破事件を起こそうとしている奴らを始末する仕事を引き受けたい」兜は軽口を叩くが、医師は笑いもせず、かわりに、「薬は足りていますか」と訊ねてきた。

武器の補充の確認だ。

「少しもらうか」兜は答える。銃弾を補充しておきたかった。業者たちが独自に武器を購入できる店もいくつかあり、たとえば表向きは釣り具店であったり、レンタルビデオ店であったりするのだが、医師が用意してくれるのなら、手間は省ける。

医師は、処方箋を作る。

それを持ち、隣の薬局に行けば、カードを渡される。翌日以降に所定のコインロッカーに出向き、そのカードと暗証番号で開けると、求めた武器が受け取れる。


駅から家に向かう途中、克巳の通う高校の前を通りかかった。先日の朝に克巳から、「進路相談に来るのか」と訊ねられたことが頭に残っていたからかもしれない、いつもとは違う道を通っていたのだ。

「ねえ、克巳のことが気にならないの？」以前、兜は妻からそう非難されたことがあった。四年ほど前だったか。

リビングで深夜テレビを眺めていたところ、学校給食についての社会問題が取り上げられており、そこで兜がふと、これは本当に、ふと、としか言いようのない些細《ささい》なものだったのだが、「克巳の学校は、給食だったかな？」と訊ねたのだ。深い意図はない。ただそこには、夫婦間で会話を交わし、いわゆる言葉のキャッチボールによる交流を図りたい、という目的があるだけだった。もっと言えば兜の念頭には、克巳の学校は弁当持参だ、という意識もあるにはあったのだ。そうであっても、このテレビを観ながらであれば、非常に当たり障りのない会話であるし、コミュニケーションの最初のボールとしては最適に感じられた。

が、自分がやんわりと投げたその球を、妻が剛速球で投げ返してきたものだから、兜は青褪《あおざ》めた。キャッチボールのつもりであったのが、実は、すでに試合の真っ最中で、妻はバットを持ち、「いい球が来た」とばかりにフルスイングで打ってきた。息子の中学が弁当持参であることも知らないのか。毎朝、自分が早起きして、弁当を作っているではないか。妻は矢継ぎ早に言い、そこからさらに、「あなたは朝、起きるのが遅いから」であるとか、「あなたの会社は暇そうでいいわね」であるとか、別のテーマにも話を広げはじめた。その時点で兜は頭の回路を切る。まともに受け止めては心が弱るし、かと言って反論すれば、議論の時間が増すだけだ。心の歯車を停止させ、何も考えぬままに、「確かに、俺はあまり、息子のことに注意を払っていないかもしれないな」と相手の批判を受け入れるほかない。欠点を認め、反省をし、改善を約束する。それがもっとも、円満に解決する道筋だった。最後には、「自分では、それなりに息子のことに気を配っているつもりだけれど、君に指摘されてみると、全然足りていないんだな、と痛感するよ。君のおかげで、また成長できた」と相手への感謝を、あまりへりくだることなく、伝えるのも重要なポイントと言えた。

とにかく、その時のつらかった記憶と、今回の「進路相談」のイベントが、頭の中で混ざり合い、「今のうちに、高校の様子くらいは把握しておかなくてはいけないな」と兜は感じたのだ。

学校前の歩道を進みながら、敷地を眺める。古い校舎と広い校庭があった。住宅の密集している土地の中では、かなり贅沢《ぜいたく》に幅を利かせている。戦後、そこの地主が、「子供たちの学業のために」と持っていた土地をすべて提供したと言われるが、真偽は定かではない。生徒数が減れば、すぐにでも学校は取り壊され、高級な住宅の建売が行われるのではないだろうか。

一等地にはもったいないほど、校庭が広く、兜はいつの間にか足を止め、ぼんやりと中を眺めていた。

サッカー部や陸上部と思《おぼ》しき生徒たちが走っている。そういえば克巳は、部活動をしていたのだったか。記憶になかった。妻に訊《き》くわけにもいかない。

と考えていると、柵《さく》の向こう側、だだ広い校庭のトラック近くにいる、女性が目に入った。黒のパンツスーツ姿で、明らかに高校生とは異なる、大人の色香を、とはいえ、二十代後半ほどだろうが、漂わせていた。

ああ、あれが克巳の言っていた、産休の教師の代わりで来た、美人教師だな、と兜はすぐに理解した。

その教師は物でも落としたのか、もしくは大事なものでも埋めるのか、真剣な面持ちで地面を触っていたが、顔を上げたところで、兜と視線が合うと少し、はっとした表情を浮かべた。

兜はそのまま、その場を立ち去ろうとしたものの、それも不自然に感じ、会釈をする。相手はぎこちなく頭を下げた。学校の生徒たちを観察する、怪しげな男とでも思われたかもしれない。

保護者なのです、と伝えたいが、それもできない。距離がある。大声で叫ぶわけにもいかない。

ただそこで、美人教師が、理由は分からないが、ふっと笑みを浮かべた。

兜は周囲を窺《うかが》ってしまう。この場面を妻に見られたら面倒なことになる、と思ったからだ。

兜

「ねえ、ほらここから一本西側の街区で、ゴミ捨てのルールを全然守らない家があったでしょ」

夜になり、克巳が二階で眠った後、兜はリビングでケーキを食べていた。妻が仕事帰りに、「新しいお店がオープンしていたから」と買ってきたのだ。しかも、「全種類の味を試したい」と、その時、ケースに残っていた六種類を一つずつ、購入してきた。

「克巳はいらないみたいだから、わたしとあなたで分けましょう」と妻は嬉《うれ》しそうに言うが、兜はもともと、甘いものが好きなほうではなかった。そのことについては、結婚前からことあるたびに兜は主張してきたつもりであるのだが、妻の記憶には定着していないらしく、「と言っても、甘いものが嫌いなわけではないんでしょ？」「甘いものが死ぬほど苦手なわけではないんでしょ？」と詰め寄られれば、確かに、「苦手ではあるものの、死ぬほどではない」と認めざるを得ない部分はあり、無理をして甘味趣味に付き合う羽目になる。そして、その行為が既成事実となり、「前もあんなに食べたんだし、今回も食べるよね」と言われる。

六つのケーキを二人で分けるのは、苦痛以外の何物でもなかった。しかも妻は、「わたしは一口ずつ、味が楽しめればいいから、あなたがたくさん食べていいからね」と宣言する。言葉だけ聞けば、妻が夫のために譲歩し、楽しみを我慢しているようにも思えるのだから、恐ろしい。

とにかく、ダイニングテーブルでそのケーキを少しずつ口に入れていると妻が、「ゴミ捨てルールを守らない家」の話をはじめた。

「ああ、あの家か！」兜は大きく返事をする。

「そうそう、建売住宅で六軒くらいあって」

「そうだった、そうだった」

「そのうち二軒がもう、マナーが悪くて」

「ああ、その件はどうなったんだい」

もちろん、兜はそのような話については覚えていなかった。おそらくずいぶん前に、朝方にでも妻が喋《しゃべ》ってきたのかもしれない。そして兜のほうは深夜に仕事をこなした後だったのか、眠くて、ほとんど話を聞ける状況ではなかったのだろう。よくある状況だ。ただ、眠いからと言って、ぼんやりと妻の話を聞いていてはいけない。「あなた、聞く気がないんだったら、聞かなくていいよ」とむくれられたことが過去にあった。結果、兜はどんなに疲れていようと、どんなに眠かろうと、大きく反応するようになった。ジェスチャーは大きく、妻の発する言葉の一つ一つに、「え？　そうなのか！」と、「信じられないなあ」と派手な相槌《あいづち》を打つ。自分でも、少々やりすぎではないか、と怖くなる瞬間もあるのだが、妻からすれば、「度が過ぎた反応」は気にならぬのか、そのことで苦情を言われたことはなかった。

「でね、最近は収集日以外に、ゴミが捨てられていることもなかったから、ルールを守るようになったのかとみんな思っていたんだけれど、そうしたら、引っ越していたんだって」

「何だって？　引っ越していたのか！」強い口調で言い返したものの、さほど驚く事態ではないように思えた。引っ越しをする家があってもおかしくはない。もはや、大きな反応が癖になってしまっている。

「建売の新しい家だったのに。しかも、二軒ともだよ」

「二軒とも？　引っ越したのか」それは妙だな、と感じる。

「近所の人がチャイム鳴らしても、留守みたい」

「長期旅行かな。隣同士で」

「そんな感じもないらしいの」

「物騒なことでも起きていたりしてな」兜は言う。家の中で、絶命している人間の姿を思い浮かべていた。

「やだ、あなた、怖いこと言わないでよ」妻がむっとした。「そんな恐ろしいこと、こんな身近であるわけがないじゃない」

まさかもっとも身近にいる夫が、その恐ろしいことを生業としているとは想像もしていないのだろう。

「もしかすると、近くの家と揉《も》めて、出て行ったのかもしれない。ほら、騒音問題とか、そういう」

「ああ、でもね、そんなことよりも」妻が目を見開き、手を叩いた。

「問題はこのケーキの残りだ」兜は持て余した皿を眺め、嘆く。すでに腹は一杯で、それ以上に、血液の中を生クリームが通過していくかのような過度の糖分摂取にまいっていた。

が、妻は兜の言葉など耳に入らぬかのように、おそらく彼女には、夫の不満や訴えを濾過《ろか》するフィルターが装着されているのだろう、とにかくまったくもって反応を示さない。試しに、「問題と言えば、俺たち夫婦の、夜のいちゃつきの頻度のことなんだけれど」と、どさくさに口にしてみる。「もっと増やしてもいいんじゃないかな」

幸か不幸か、妻には聞こえていない。「あ、そうそう、最近はね、なんだか高校の先生もすごいらしいよ」

「すごい？」

「あくまでも噂なんだけどね、克巳の学校の先生が」

「不登校か」

「あら」妻が少し驚き、兜を見た。意表を突かれた様子でもある。

「山田先生だろ」

「何で知ってるの」

「そりゃあ」兜はそこでたっぷりと感情を込める。「息子の学校のことだぞ。それなりに、アンテナは張ってる」

妻は見直したかのような色を浮かべる。「でも、山田先生、家にも帰ってないらしいの。奥さんも子供もいるのに」

「どういうことだ」

「きっと、仕事で悩んじゃって、家にも戻れなくなったのかもしれないね」

「それなら、ほら、例の美人教師と同棲《どうせい》でもはじめたんじゃないか」兜は言いながら、昼間に校庭で見た、教師のことを思い出してしまう。妻の鋭い声が、耳に突き刺さる。「美人教師って、それ、どういうこと？」

　胸ぐらをつかまれる気分だった。

「ああ、ほら、克巳がそう言っていたんだ。その、山田先生は、その美人教師と仲が良さそうだったと。まあ、でもあれだな、美人かどうかは主観だから」

「山田先生って既婚者だよ」

　兜はそこで大きく息を吐き出し、信じられないよな、と言わんばかりに頭を左右に振る。「まさか、既婚者がよその女性と仲良くするなんてな。そんなものは、都市伝説のようなものだと思っていたよ」

「でも、誰もそんなこと言ってなかったけど。単に、山田先生、仕事にまいっちゃったんじゃないの？」

「どうだろうな」このあたりの話題に深入りすると、間違いなく自分に矛先が向いてくる、と兜は察していた。曖昧に答える。

「あ、そうそう、あなた」そこで妻が声を高くした。「再来週の金曜日、空いている？」

「金曜日？」

「克巳の進路相談があるんだけれど、できたら、あなたにも一緒に来てほしいから」

「もちろん、俺も行くつもりだった」兜はうなずく。間髪容れずに、逡巡《しゅんじゅん》する間を見せずに答えるのがベストだ。

「あら」妻が少し驚いている。「でも、どうせ、緊急の仕事が入って、行けなくなった、とか言うんじゃないの？」

「自慢じゃないが、会社での俺はそれほど忙しくない。緊急の仕事があるなら、ぶつけてもらいたいくらいだ」

「でも、前にも何度か、家族の用事がある時に、急用で来られなくなったことあったよね」

「あの時は本当に申し訳なかった。今も思い出すと、つらいよ」兜は大きく、自分の罪に慄《おのの》くかのように言うが、実際のところ、その昔の出来事などまったく覚えていない。おそらく、会社の仕事ではなく、物騒なほうの仕事が入り、家族の用事に間に合わなかった時があったのだろう。

「大丈夫だ」兜はうなずく。「緊急の用事なんて、そうそうないんだから」

兜

「緊急の手術となりますね」診察室で向き合った医師は、兜を見て、しっかりと言った。「再来週の金曜日しかチャンスがありません」

コンピューターからのメッセージボックスのように体温を感じさせない声だった。しかも、「はい」と「いいえ」の選択ボタンはなく、「プログラムを更新します」といったボックスに、「OK」ボタンしか表示されていないかのような、有無を言わせぬところがあった。回答を避けるためには、パソコンを強制的に終了させるしかない。

「緊急だろうが何だろうが、その日は駄目なんだよ」兜は、コンピューターの発する威圧感を食い止める思いで、両手を前に小さく、出した。「予定があるんだ。普通に考えてくれ。俺は会社員だ。平日の日中は、そっちの仕事だ」

　息子の進路相談がある、と話すつもりはなかった。

　医師とは付き合いが長い。兜が結婚する前から、つまりは、業界に首を突っ込むようになってそれほど経たぬうちから、医師に仕事を回してもらっていたのだが、その時から自分の本名や居住地は、正しくは伝えていなかった。医師にとって彼の名は、この業界での屋号「兜」に過ぎない。もちろん医師がその気になれば、兜の情報についても調べようと思えばいくらでも調べることができる。兜のほうから、家族構成について、大まかな話はしたこともあるが、余計な情報まで伝える必要はなかった。

「会社は休めるのではありませんか？」

「その日は無理だ」と告げた。「ほかの日でもいいだろう」

　医師の手元のカルテを見る。いったいどこの誰が標的であるのか、この時点では分からない。

「他の日は無理です。今回の手術はかなり、好条件です。これを逃すのは非常にもったいないでしょうね」

「好条件？　たとえば？」

「手術代が高額」医師は言い、それからカルテに書かれた数値を、それは傍目《はため》には血液検査の結果にしか見えぬのだが、兜に見せた。

　高額だ、と認めるほかないほどの高額ではあった。「ただ、この間言っていたじゃないか。近いうちに、爆破事件が起きるかもしれない。そうなると、警備やら何やら厳しくなると。あれはもう平気なのか」

医師が、「まさにその件です」と即座に言った。

「まさにその件？」

「この間、あなたが言っていたではありませんか。商売上がったりだから」

いっそのこと爆破事件の実行犯を始末する依頼を受けたい、と洩《も》らしたことか。「それなのか」

医師はうなずいた。

「確かにそうだとすると、気持ちの上では少し楽かもしれないな」相手が悪性、すなわちプロの業者であり、爆破事件を未然に防ぐことにつながるのであれば、罪の意識はずいぶん軽減される。

医師の言う通り、これほどの条件が揃うことはめったになく、この機会を逃すことはもったいない。

手術を受ける、と答えた。

医師は、「賢明です」と言い、そこでようやく詳細な情報を渡された。必要な事柄を印刷された紙を持ち帰れるわけがなく、医師のデスクにあるパソコンの画面に表示される内容を記憶する。

標的となる相手の顔写真があった。腕力の乏しそうな、弱々しい顔つきの男だったため、「簡単そうだな」と思わず口にした。医師は無表情のまま、「この顔からすると、弱そうではありますね」と同意する。

男は、軽量の爆弾を開発するのが得意で、つまりは爆弾職人とも呼べるらしいが、ここ数カ月は海外で暮らしていたのだという。それが今回、仲間の招集に従い、日本に戻ってくる。

空港に到着した時であれば、接触しやすい。ようするに再来週の金曜日だ。逆に言えば、その時を逃すと、隠れ家を見つけるのは困難といった具合のようだった。

「ですから、その日しかないのです。緊急で、重要な手術です」

この男にはほかにどんな仲間がいるのだ、と訊ねると医師は、仲間は多種に亘《わた》るでしょう、と答えた。籠城事件となれば、その場所を調査する者もいれば、脱出経路を確保する者もいるはずで、脱出手段によっては、専門の操縦士も必要だろう、と。

「昔、いろんな得意分野を持つ生徒を集めて、野球チームを作る漫画があったが、あれと同じかな」

「チームといえばチームでしょうね」

兜は肩をすくめる。「とにかく、そいつの乗る飛行機が天候不順か何かで運休になればありがたい。予定が一日ずれてくれると助かるんだが」

そうなれば、息子の進路相談には行けるかもしれない。

医師は無表情で、じっと兜を見つめてくるだけだった。

その日の晩、兜は家のリビングのソファに座り、テレビを観ていたものの、番組内容はまったく頭に入ってこなかった。

タイミングだ、タイミングだ、と自分に言い聞かせるように、内心で唱えていた。物事にとって大事なのは、タイミングだ。克巳や妻にばれぬように、深呼吸を何度かした。

そのうち息子の克巳はいじっていたスマートフォンをポケットにしまうと、「おい」とも「さい」ともつかない、けれどどう頑張っても、「おやすみなさい」の短縮形には聞こえぬ声を発し、二階に上って行った。妻は、「おやすみなさい」と声をかけたが、そこで兜は耳をそばだてた。

彼女の口調から、機嫌がどうであるのかを判断するためだ。

妻に物事を伝える場合、特にそれが彼女を不愉快にするたぐいのものであれば、妻の気持ちの状態により、反応はかなり異なる。

たとえば、彼女のもとに良い知らせが届いたばかりで、それは美容院でのカットがうまくいったであるとか、街角で年齢を若く推定されたであるとか、そういったことがきっかけで構わないのだが、それで彼女が上機嫌であれば、兜の発言に対しても寛容に応じてくれる可能性が増す。その反対に、明らかに不快感や不満を抱えているところであると、家屋の中が音もなく凍りつくような、静かなる吹雪が発生する羽目になる。

声のトーンと顔の表情を観察し、兜は、よし、と覚悟を決める。一度、トイレに行き、小便を済ませた後で、「言いづらいのだけれど」と打ち明けることにした。物騒な相手に襲い掛かり、首を絞める前にはこのような緊迫感を感じることはない。どうしてそれほど素早く、冷静に他人に打撃を加えられるのだ、と一目置かれるほどだ。家の中のほうが神経を使うのはどこか変だ、と兜は真剣に悩みそうになる。

どうかしたの、と妻が訊ねてきた。その時点で彼女の気分は、良いとも悪いともつかなかった。が、ここで怯《ひる》むわけにはいかない。いつかは言わねばならぬのだ。

実は進路相談の日に、抜けられない仕事が入ってしまった。

兜はできるだけ重苦しくならぬように、へりくだることもなければ、開き直ることもない、その中間あたりの言い方で、告げた。

吉と出るか凶と出るのか。兜は目を瞑《つぶ》りたくなる。どんな反応が妻から戻ってくるのか、とどぎまぎとしながら、待つ。

「え、嘘でしょ？」驚きながらも明らかに棘《とげ》のある口調だった。「馬鹿なことは休み休み言ってよ」

いや、ずいぶん間を空けて、休み休み、言っているのですが、と兜は頭の中で反論したくなる。

「あ、でも」と決意表明にも似た発言をする。「進路相談は確か、十四時からだっただろ。仕事が早く終われば、駆けつけるから」

爆弾職人が空港に到着するのは十二時であるから、電車にスムーズに乗れれば、間に合わなくもない。

「はいはい」呆《あき》れた声で、妻は言う。できないことを約束しないようにね、と侮られているのが分かった。

兜

「俺は家族のために働いているって言うのに」

「家族がいるのか」

兜は自分が、咄嗟《とっさ》に本心を吐き出していたことに気づき、はっとする。「おまえには関係ない」と低い声を出し、ねじ上げた相手の腕に力を込めた。

空港から車で少し離れた場所、草地だった。ただ広い土色の畑や雑木林がある。丈の短い雑草が生えた土地で、組み合っていた。

兜は、空港の清掃員の制服姿だ。

「くそ、おまえ、体格がいいじゃないか」兜は嘆く。医師から事前に見せられた写真通り、男の顔は弱々しかったが、その下に付く体は、かなり筋肉質で、頑丈そうだった。聞いていた話とまるで違う。

「しかも、なんで時間通りに到着しないんだ」

「文句はパイロットに言え。もしくは気流に」

早く仕事を済ませれば、高校に間に合う。そう期待していたにもかかわらず、目当ての飛行機は予定到着時刻から二十分遅れで、やってきた。ロビーで待ち構えていたところ、爆弾職人はのろのろと登場し、さらに兜を苛立《いらだ》たせた。

それから兜は制服姿のまま、爆弾職人がエスカレーターで降りていくのを、距離を空け、追った。タクシー乗り場へ向かって歩いていくのにも、ついていく。やがて、「あ、すみません」と背後から声をかけた。男は立ち止まり、清掃職員の恰好をした兜を見る。「これ、落ちましたよ」と地面から小さなプラスチックの板を拾い上げる。分度器のようなものだ。もちろん、男はそれに見覚えはないが、反射的にそれを受け取る。と同時に兜は手を離し、ポケットに入れてあるリモコンのスイッチを押した。

男の体がびりりと震え、倒れるので、それを支え、抱える。電流が流れる仕掛けになっていた。仮に、その光景を監視カメラが捉《とら》えていたとしても、突然、倒れた人間を、驚いて受け止めているようにしか見えないはずだ。

兜は男を抱え、停めていた偽装タクシーに乗せ、空港を離れる。雑木林に到着し、車から降りると、爆弾職人の男を引っ張り出し、顔を叩き、目を覚まさせた。

相手が意識を取り戻したところで、「来い」と兜は相手に声をかけた。はじめは状況が分からず、ぼんやりしていた男も、やがてやるべきことを察したのか、目つきを鋭くし、向かってきた。組み合いとなる。大きな殴り合いや蹴《け》り合いには発展せず、何度か組み合っては離れる、といった動きが続く。兜はできるだけ早く、相手の動きを止めるため、鎖骨や鳩尾《みぞおち》、喉《のど》と指で鋭く突いてはダメージを与えていく。

相手の動きは恐れていたよりも、速くなかった。ここを叩けばこう動くだろう、ここに打撃を与えれば関節が動かなくなるだろう、と自分が予想した通りに、格闘は展開していく。家での妻とのやり取りもこれくらい分かりやすければ。その思いが頭を掠《かす》める。

「俺は家族のために働いているって言うのに」

ほどなく男が、「どうして」と洩らした。拳を振るってくるので、兜はのけぞり、それを避ける。「これも仕事なんだ」と答える。

「そうじゃない」と男が体当たりをしてくるため、兜は闘牛士さながらに、横に避けた。男は行き過ぎ、止まり、振り返る。「どうして、俺がさっきの電気で、ぼうっとしている間にやらなかった」

「ああ」兜は息を切らしながら、相手の動きから目を離すまいと前を睨《にら》む。「無防備な相手にとどめをさすのは気が進まないんだ。できるだけフェアなほうがいい」

「フェアも何もないだろうが」爆弾職人が太い眉をひそめた。

フェアであること。それは兜が、息子に対して言う台詞《せりふ》でもあった。正しいことをやれ、であるとか、努力を怠るな、であるとか、失敗を恐れるな、であるとか、そういった立派なことを要求する気にはなれない。唯一、兜が伝えられるのは、「できるだけフェアでいろ」という、そのことだけだった。誰かを非難する時にも、誰かを擁護する時にも、フェアでありたい、と思いなさい、と。

「親父、曖昧すぎるよ」と克巳は最近になり、その教えに、教えというほど大仰なものではないのだが、文句を言った。「具体的にどうすればいいのか分からない」

「まあ、具体的にはいろいろあるさ。たとえば、誰かの悪口を言う時に」

「口喧嘩《げんか》だなんて、小学生じゃないんだから」

「あくまでも例だ。いいか、相手の名前が変だと馬鹿にしたり、顔や体が変だと馬鹿にするのはやめろ」

「どうして」

「そいつの努力では変えられないからだ。どうにもならないことを攻撃しても、フェアとは言えない。そうだろ？」

「じゃあ、何を罵倒《ばとう》すればいいんだよ」

「そうだな。たとえば」兜は少し考える。「間食とかな。ああいうのは、そいつの努力次第だ。やーいやーい、おまえは夜の間食やめられないのかよ、とかな」

「まったくぴんと来ない悪口だよ」克巳が呆れる。「じゃあ、もし、俺が、おまえの父ちゃん、駄目会社員、と罵倒されたら、どうする」

「そうなのか？」「たとえだよ」

「まあ、その場合は、気にするな」

「気にするな、って」

「いいか、その悪口を言った相手は、そこで何かポイントを取ったか？　おまえの父親が駄目社員であるのは、そいつの功績なのか？　違う。そいつはただ単に、事実を指摘しただけだ。事実ですらないかもしれない。事実を声に出す。そんなことは誰にでもできる。けれど、誰もやらない。分別と常識があるからだ。強いて言えば、そいつは、感情に任せて、分別を失って、言ってもどうにもならない事実を発声しただけだ。その件に関して、おまえは、そいつにポイントを取られていない。逆に言い返せばいい。おまえの先祖は猿じゃねえか、とかな。これも事実だ」

「それがフェアってことなの？」

「そうだ。そして、『自分がやった時はいいけれど、自分がやられた時は駄目』と主張するのがアンフェアだ」

「自分はいいけど、相手は駄目。じゃあ、あれはどうなの。よく、親父が夜に帰ってくる足音がうるさい、っておふくろが怒るだろ。気になって、眠れないって。なのに、休みの日に、親父が寝てる時、おふくろが掃除機をがんがん使いはじめることがあるじゃないか。あれこそが、アンフェアだ」

　兜はその瞬間、心の理解者を見つけた感激に瞳を濡《ぬ》らしそうになった。が、抱きしめるわけにもいかない。何より、「俺の気持ちが分かってくれたか」と吐露すれば、そのことが妻に伝わる可能性もゼロではない。父親と母親の両方を行き来する二重スパイとまでは思わないが、油断大敵ではある。

兜は、男の首を背後から肘で絞め上げる。やがて、男は息をしなくなる。

その体は近くの雑木林に埋めた。医師からは、「手術痕《あと》は残っても構わないそうです」と言われていたため、念入りに処理する必要はなかった。爆弾職人の素性は、おそらく本人が必死に隠しているだろうから、死体が発見されて身元がすぐに分かることはないのだろう。

土を男の体に落とす際、男のジャケットから携帯電話を取り出した。音が鳴って、埋めたはずの地面から、遺体が発見されたケースもある。電話には小さなダイナマイトの形をしたストラップがついており、そんなに爆弾が好きなのか、と兜は苦笑する。

腕時計を見る。兜は着ていた制服を脱ぎ、背広に着替える。乗ってきたタクシーを使い、空港に戻る。車で行くよりは電車を使ったほうが確実だった。

兜

高校の校門に辿《たど》り着いた時、腕時計は二時十分を指していた。間に合った、と兜は感じたが、妻の感覚によればこれは、「間に合わなかった」に分類されるだろうとは分かる。教室に駆け込むべきかどうか悩みながら学校の敷地に入った。直後、克巳のクラスは何組であるのかを把握していないことに気づき、背中が冷たくなる。妻に叱られる！　とまさにその思いが走った。

兜は昇降口で靴を脱ぎ、スリッパがどこかにないか探し回り、下駄箱の端にほとんどゴミ同然に置かれていたものを発見した。足を突っ込み、階段を駆けのぼる。学年が上がるほど上階に配置されるのではないか、と当てずっぽうで法則を推理し、おそらく三年生は三階にいるのだろう、と当たりをつけた。三階の廊下に出て、視線を走らせるが人の姿はない。生徒もいなかった。時計を確かめる。学校が閉店したかのように、閑散としていた。進路相談のために、生徒たちは早めに帰宅しているのだろうか。

間に合わないかもしれない。妻の怒りのゲージが、赤く染まっていくのが脳裏に浮かぶ。

足早に廊下を進むと、視聴覚室とプレートに書かれた部屋があった。扉が半分開いている。ここが、美人教師が密会に使っていた部屋か、と克巳の話を思い出し、思い出した時には中を覗《のぞ》いている。するとそこに当の美人教師がいるため、兜はぎょっとした。

「どうかされましたか？」と扉のところまで、美人教師がやってくる。

「あの、克巳の父親なんですが」と兜は、疚《やま》しいところなどないはずであるのに、おどおどと応じる。名前だけでは分からないようで、慌てて苗字も口にした。「進路相談の」

「ああ、こっちじゃなくて」美人教師は廊下の突き当たりを指差し、そこからさらに右に曲がる道筋を指差した。「奥の棟です」

兜は自分の前で動く、細く白い指を見つめてしまう。優雅に動く蛇の頭の如《ごと》く、惹《ひ》きつける力があるように感じる。

するとニつのことが起きた。

まず、兜の携帯電話に着信があった。表示を見れば、妻の名前があるため、耳を当てる。

同時にポケットに入れていた、別の携帯電話が床に落ちた。いったい何かと思えばそれは、一時間近く前に、兜が格闘した男のポケットに入っていた携帯電話だ。落下し、跳ね、ひっくり返る。ストラップがぺらんと揺れた。美人教師はゆっくりと拾い、兜に手渡す恰好をしながら、「あの、これ」と言った。

ちょっと待ってください、と兜は手で示し、電話から聞こえてくる妻の声に耳を傾ける。「あなた、今、どこなの？　やっぱり間に合いそうもないの？」

「いや、もう着いてるんだ、今から」

「あのこれ、どこで手に入れたんですか」美人教師が話しかけてくる。

「ちょっと待ってくれ、今、それどころじゃ」兜は、美人教師に言い返したが、それを聞いた妻が、「それどころじゃないってどういうこと」と声を張り上げる。

「いや、そうじゃないんだ」

「これどこかで拾ったんですか？」美人教師は自然な動作で、携帯電話を開き、いくつかボタンを押した。他人の電話に触らないでくれ、と言いたいところだが、兜にとってもそれは他人の電話であった。

「これって」

兜は顔を上げた。美人教師の目が真剣で、先ほどまでの笑みは消えている。

「ちょっと、女の人の声がしない？　ねえ、誰かいるの」

「いや、そういうんじゃないんだ」兜は頭の中が熱くなる。あちこちで火災が発生し、右往左往するのと同じだ。早く消さねば、次々と被害が広がっていく。落ち着いて考え、一つずつ整理して対応していけば、問題はないのかもしれない。が、妻の苛立った声と、美人教師がそばにいる後ろめたさからか、平静を失っていた。気付けば、意識するより先に、目の前の美人教師の口を手で塞《ふさ》いでいる。「ちょっと黙っていてくれないか」

「黙ってろ、ってどういうこと」電話の向こうで妻が怒る。

「いや」と言い、美人教師を見た。口に当てている自分の手を、彼女は睨んでいる。兜の手には血がついていた。手首や拳《こぶし》に、爆弾職人が流したと思しき、おそらくは鼻や口から出たものだろうそれが付着していた。乾いてはいる。

あ、と思った時には耳に当てていた携帯電話が下に落ちた。美人教師が殴ってきたのだ。え、と兜が電話を目で追う。お、と声を出しかけたところで、左腕が捻《ひね》られ、背中に引っ張られた。

何事が起きたのか、と考える余裕もない。兜はその場で体を回転させ、腕を振り払う。すでに美人教師は、教師の態度は捨てており、足で宙に弧を描いた。兜は避け、視聴覚室の中に入る。廊下で、誰かに見つかってしまったら目も当てられない。

美人教師がつかみかかってくる。兜はぼろぼろのスリッパを履いていることを忘れていた。いつものように動こうとし、滑り、後ろに転ぶ。上に彼女が伸し掛かってきた。「あの携帯電話、どこで？」と訊ねてくる。

「あれは」仰向けのまま兜は答えようとしたが、すぐ横に自分の携帯電話が転がっていることに気付く。まだ、通話中であったら妻に聞こえてしまう。馬乗りになってくる女を振り払おうと体を揺するが、押さえ込みのコツを心得ているのか、なかなか動かない。ここに至りようやく兜は、この美人教師は一般の人間ではない、と察した。

体を左右に揺らし、肩を動かす。相手はこちらの反撃を許さぬためにか、さらに強く押さえつけてきた。息が荒れている。

兜は舌打ちを漏らしたくなる。ここで、自分と女の、ぜえぜえ、はあはあ、といった荒ぶる呼吸が、万が一、携帯電話を通じて、あちらに聞こえていたら、それこそ男女の淫《みだ》らな行為の最中と誤解を受けるではないか。女性と格闘していた、と説明しても理解が得られる可能性は低い。

女がさらに何か言いかけてきたため、兜は力を込め、体勢をひっくり返す。相手がただの教師ではなく、物騒な相手だと分かれば、手加減はいらない。本気で戦うのであれば、業界内でも、兜の動きについてこられる者はほとんど、いない。

背後に回ると、首に腕を巻きつけ、肘で喉を潰すようにした。力を思い切り、込める。

動かなくなった美人教師を抱え、まずは視聴覚室の裏側、機材の置かれた場所に移動した。めったに人が出入りしない場所だ。それから携帯電話を拾う。妻との通話は切れており、ほっとした。それから息を整えると、暗記している番号にかける。診療所の名前を受付女性が口にする。

「急に発作が起きたのですが、先生に至急、替わっていただけませんか」と言い、息を大きく吐く。急な発作、とは相談に乗ってもらいたい、という意味合いになる。

兜

ようやく克巳のクラスに到着すると、妻と克巳がちょうど出て、次の順番の親子が中に入っていくところだった。

「ああ、親父」克巳が顔を上げた。少し恥ずかしげながらも、表情を崩している。

どうして笑っているのか、兜には理解できなかったが、まずは、「間に合わなくて、悪かった」と頭を下げた。

「いや、でも仕事だったんだろ」克巳は大人びた口調で、ぶっきらぼうでありながらも、親しみのこもった言い方をする。

「ああ、そうだ、仕事だ」

「無理しなくてもいいのに」克巳は、兜のことを指差すと、「もう、背広がめちゃくちゃだよ」と言った。

はっと体を見れば、ネクタイが曲がり、襟も傾き、おまけに背広にも埃《ほこり》がついている。慌てて、整える。

「でも一生懸命来てくれたわけだね」そう声をかけられたところで、ようやく兜は、妻の表情を見ることができた。当然、ここで嫌味の一つか二つ、ないしは三つ、もしくは凍てつく視線を無言で向けられるものだとばかり思っていたため、意外に感じた。え、と見れば、いつになく穏やかな顔つきで、「進路相談もそれほど面倒なこともなく、終わったから」と続ける。

女神のような雰囲気に、むしろ警戒し、当惑した。「え、ああ、そうか」

が、その謎も克巳の言葉で氷解する。「おふくろは、うちの担任にさっき、三十代前半にしか見えない、と言われて機嫌がいいんだよ」

「ああ」

「十歳近く若く見えるってことよね」

「そういうことか」兜は、妻の態度の穏やかさの理由に納得しつつも、「三十代前半で、高三の息子がいるっていうのは計算が合わない」と指摘せずにはいられない。

一瞬、妻の目が鋭く光る。「口は災いのもと！」と自ら叫び、危機管理能力のなさをなじりたくもなる。すぐに兜は、「でも、そういった計算を忘れちゃうくらい、若く見えたんだろうな」と弁解になっているのかどうか分からないが、言う。

「俺の担任、数学の先生だけどね」

「その数学教師が計算間違いをするくらいに、驚いたんだろう」

「まあ、そういうことなのかなあ」と妻はまんざらでもないように言った。

とにもかくにも良かった、いろいろ良かった、と兜はしみじみ胸を撫《な》で下ろす。

それから、あの美人教師について、考えを巡らせた。

先ほど視聴覚室で、診療所に連絡をした兜は、電話口に出た医師に、「爆弾職人を始末した後、別の場所で女に襲われた。爆弾職人の持っていた携帯電話を見て、攻撃を仕掛けてきたんだが、どういうことなんだ」と訊ねた。

医師の答えはそっけなかった。「おそらく、お互い同じ種類の腫瘍《しゅよう》なんでしょう」

「爆破事件を目論《もくろ》むチームの一員というわけか」兜は溜め息を吐く。

ストラップのせいなのか電話の機種のせいなのか、あの携帯電話が爆弾職人のものだと女教師は分かったのだろう。思えば、電話をいじってもいた。着信履歴か発信履歴か、どちらかを確認していたのかもしれない。兜の反応と手に付いた血から、彼女は、兜が敵だと確信した。そういうことではないか。

克巳の話によれば、あの女は一カ月前からこの高校に来たとのことだ。しかも国語の教師であるのに漢字もまともに読めない、という話もあった。

本来の教師は別にいて、すり替わったとは考えられないか？

本物の教師は今、どこにいるのか。あまり愉快な想像は浮かばない。

では、なぜ、あの女はこの高校に潜入してきたのか。

校庭だ！　この高校の特徴といえば、校庭の広さにほかならない。

「ヘリポートか」と兜は電話中であるにもかかわらず、独り言を漏らす。「それだ」

「それ、とは？」医師が怪訝《けげん》そうに尋ねてくる。

「その爆破事件のグループは、ヘリを使う可能性もあると言っていたよな」

「ヘリとは言ってませんが、大きな規模の籠城事件を起こすつもりでしたから、脱出用に用意していてもおかしくはありませんね」

前回会った時、医師は、籠城事件を起こす計画であれば、その場所の調査をする担当者もいるだろう、とも話していた。兜が思い起こしたのは、妻の話に出た、「建売住宅から早くも引っ越した二軒」のことだ。

チームの一員がそこに住み、地域のことを調べ、もしくは作戦を立てる拠点に使っていたとしたらどうだろうか。であれば、ゴミ集積所のルールを守らない、非常識な人物がいたとしても不思議はない。計画が実行段階になり、家から出たのではないか。いや、それはさすがにこじつけだろうか。もしそうだとすれば、怪しまれないためにも、ゴミ収集で目立つような真似はしないかもしれない。

なるほどなるほど、と兜は自分でも気づかぬうちに、強くうなずいている。

美人教師のことを考える。

籠城事件の際に、この高校をヘリポートがわりに使う計画だったのではないか。その準備をするために、高校に潜入していた。そう考えれば、あの、熱血教師の話も、違う筋書きに思えた。二人は不倫関係にあったのではなく、男性教師が、美人教師の行動、たとえば、校庭のトラックに細工をするであるとか、そうでなければ、視聴覚室の演劇用の照明装置を不自然にいじくっていたであるとか、そういったことに疑問を覚え、問い質《ただ》していたのではなかろうか。そして、男性教師は行方知れずとなった。口を封じられたのだ。

「女の死体をどうするべきか、困っているんだ」と相談すると医師は、「こちらで医療廃棄物は処理をします」と答えた。夜になったなら、指定の場所まで輸送してきてください、と。

面倒ではあるものの、夜になったらまたこの高校に侵入し、死体を引っ張り出し、医師の指定した場所まで運ぶことになる。深夜に家を出ることを、妻に申し出なくてはならない。それを考えると陰鬱《いんうつ》な気分になるが、贅沢は言えない。「処理してもらえると、助かる」と返事をした。

もしかすると医師は、その美人教師のことも知っていたのではないか？　電話の切り際、その思いが過《よ》ぎった。この高校に、爆破犯の一味が潜入しており、そこには兜の息子が通っていることすら、把握しているのではないか。「俺が、こうするのを予想していたんじゃないのか？」と質問をぶつけそうになる。医師の応対に感情がこもっていないだけに、勘繰りたくなる。

「あれ、親父、どうしたんだよ」

考え事をしていたため、兜は歩みが遅くなっていたらしく、妻と克巳が廊下の先にいた。仕事のことを考えていたのだ、と言い訳を口にし、それは嘘ではなかったが、追いつく。

「あの美人先生のことを捜していたとか？」克巳がからかってくる。

その通りだ、と答えるわけにもいかず、「母さんより美人ではなかったけどな」と答えた。

「ちょっと、何それ、もう会ったわけ？」妻が責めてくる。

兜は、あたかも着信があったかのような素振りで携帯電話を取り出し、「あ、電話だ」と足早に階段を降りた。

そういえば親父、おふくろのことを土器みたいだ、って言ってたよ。克巳が、妻にそう伝えているのが聞こえる。

兜

兜は駅からの道を小走りに進んでいる。ある男を、「手術」してきた後だ。医師からは説明がなかったが、バーで見つけたその男は、ヘリコプターの操縦免許を持っていることを、バーテンダーに喋っていたらしいから、もしかすると、あの爆破事件のグループの一員なのだろうか、と兜は想像した。

爆破事件はいまだに起きていない。これから起きる予定であるのか、それとも実行に移される前に、爆弾職人や操縦士など担当者が次々と消えたため、空中分解気味となり、企画倒れとなったのか。

医師にそれとなく、自分の推理を語ったが、「ただの風邪であっても、少し情報を得ると、大病に違いない、と思えてならなくなる。そういうことはよくあります」と静かに宥《なだ》められるだけだった。「あなたは少し思い込みが激しいところがあります」

「息子にもそう言われたことがある」思い込みではない。兜はムキになるところもあった。そして、もし、あの高校を利用する予定であったのならば、近くのエリアで爆破なり、籠城が行われた可能性はある。美人教師があのまま放置されていれば、生徒である克巳に何らかの被害がなかったとも言い切れない。

つまり、自分の働きにより、近所の平和が、少なくとも克巳に関する危険が回避できたのではないか。いつも妻の顔色を窺《うかが》い、びくびくしている自分が、大きな活躍を見せたのだ、と兜はまんざらでもない気持ちになる。

蟷螂の斧を見くびるな、とも思った。

腕時計を見れば、ほとんど零時を回るところだった。腹で虫が鳴く音がする。

兜はコンビニエンスストアに入る。窓際の雑誌の横を通り、奥のジュースが並んだ場所を抜けた。

ソーセージの並ぶ棚に辿り着くと、その中の一つをつかみ取る。するとそこで横からにゅっと、別の手が伸びてきた。背広を着た、見知らぬ男で、兜よりも年は一回りほど上のようだが、その彼も慣れた仕草で、ソーセージを手にした。他の商品には目もくれず、一点の曇りもないはっきりとした意思を持ち、ソーセージを選択したことが伝わってくる。

顔を見合った後で、それぞれ相手の手に持たれているソーセージに視線を移した。「勇者は勇者を知る」「一流は一流を見抜く」まさにその思いが二人の胸に過ぎったはずだ。少なくとも兜はそうだった。究極の夜食、ソーセージに行き着いた者のみこそが分かる思いを込め、無言ながら、「健闘を祈る」とエールを送る。財布を取り出し、レジの前に並んだ。

BEE

兜は、男が倒れるところを想像した。場所は、トイレの個室の中がいいかもしれない。首に手をかけ、息の根を止める場面を思い浮かべてみる。

仕事の下見に来ていた。

なぜ、その男が標的になったのかは知らない。兜は仕事として仲介者から請け負っただけだ。仲介者たる医者は、この男の妻から依頼を受けただけだ。

仕事をこなす際、下見をする場合もあれば、しない場合もある。ケースバイケースであるが、今回は下見を行うケースだったわけだ。

男の会社のビルに入り、それとなく観察をしていたが、男は体格が良く、見るからに獰猛《どうもう》な顔つきだった。同僚に対する態度は横柄で、これは間違いなく妻を虐げる男に違いないと、少し眺めているだけで兜は確信した。兜にとってはもっとも遠い存在であるところの、亭主関白ではないか、と。

この男は暴力夫で、だからこそ妻に命を狙われたのだ。自分のように、妻の顔色を窺《うかが》ったことなど一度もないに違いない。そうだ、きっとそうだ。死んでも仕方がない男だったというわけだ。想像を巡らせる。

一通り下見を終え、ビルを後にすると、はめていた手袋を脱ぐ。被《かぶ》っていたハンチング帽を脱ぎ、メガネも取った。口の周りの、シール加工の付け髭《ひげ》も外す。

腕時計を見れば、午後の三時過ぎだ。携帯電話を取り出したが、着信履歴があることに気付いた。見れば妻からで、十分おきに数回、着信している。

妻に何か危険な出来事でもあったのか？　兜は慌てて、妻の携帯電話にかけ直す。コール音がなかなか鳴らないように感じ、もどかしくてならない。

頭を過《よ》ぎるのは、先日、医者が言っていた話だ。「あなたを手術しようとしている人間がいるようです」といつもの、感情のこもらぬ言い方をした。手術とは、つまり、「命を奪う」という意味だ。

「スズメバチというのをご存知ですか？」

「虫のほうじゃないよな？」

スズメバチと呼ばれる業者がいるのだ。毒針を用いて、標的を殺害する。ずいぶん前に、業界内で強い力を誇っていた男を殺害したことで名を挙げた。兜はその頃、医者を通じ、その有力者からの下請け仕事をすることが多かったため、おかげで仕事量が減った。

「スズメバチは前に、亡くなったと聞いたけれど。確か、あの、Ｅ２だったか」

東北新幹線〈はやて〉の車両は、Ｅ２系と呼ばれる。そして以前、東京発の〈はやて〉の車両内で、複数の業者がぶつかり合い、何人も死んだ事件があった。業界内ではＥ２事件と呼ばれる。詳細は分からず、そこに関与した業者が誰であるのかは明らかになっていないのだが、業界の噂によれば、スズメバチがそこで死んだとのことだった。

「メスは亡くなりましたが、オスはまだ飛んでいるそうです」

業者スズメバチは男女のペアで仕事をしていたという話を耳にしたことがある。真偽不明の都市伝説かと思っていたが、本当だったのか。そのうちの女のほうだけが亡くなったということらしい。

「スズメバチのオスには毒がないというのは本当なのかな」

「とにかく、注意したほうが良いかもしれません」と医師は忠告してくれたが、その時は、あまり気に留めなかった。自分が狙われる理由が思いつかなかった。

が、妻からの着信によりそのことを思い出すと、急に恐怖が全身を貫いた。これはまさに、俺を狙う何者かが行動を起こしたからに違いない、兜の思考は一度転がり出すと、思い込みの谷を、その底に辿《たど》り着くまで勢いよく落ちていくため、これは危機が訪れた、と判断していた。

そこに、「あなた」と妻の声が、電話の向こうから聞こえる。

「ああ、大丈夫か」

「大丈夫も何も、どうして電話に出ないの？　携帯していない携帯電話って、どういう意味があるの」

「悪かった。悪かった。ごめん」兜は謝る。「いや、実は」と言い訳を頭の中で必死に探しはじめる。

ただ、妻はそれどころではないのか、「大変なの！　ハチが」と高い声を出した。

やはり来たか。業者スズメバチが、家に接近する光景を思い浮かべ、背中に冷たいものが滑る。

「家の中に入って鍵《かぎ》を閉めて、絶対外には出るな」

兜

「頼むから、ちゃんと区役所に連絡してね」と妻はダイニングテーブルから立ち上がると、兜に強く言った。「あなたが刺されちゃったら、大変なんだから」

「心配」でも、「恐ろしい」でもなく、「大変」という表現であることに少々引っ掛かりを覚えたが、兜は聞き流す。「ただ、アシナガバチなんだろ？　スズメバチじゃなくて。それなら刺されたところで」

「パソコンで調べたんだけど、アシナガバチだって結構、危ないみたい。とにかく、あなたが自分で退治しようとは思わないで」キッチンから言ってくる。

「分かったよ」兜は同意する。自分の体を心配されているのだと思うと、悪い気はしなかった。

家に蜂が現われたというから、てっきり同業者が妻を襲っているのかと泡を食ったが、よく話を聞けば、庭の木に蜂が巣を作っているとのことだった。思わず電話口で、「ああ、そっちの蜂か。良かった」と安堵《あんど》の声を発してしまったため、妻が、「ちょっと、そっちの蜂ってどういうこと？　どうして、蜂がいて良かったわけ？　わたしの話を聞いているの？」と尖《とが》った声で刺してきた。馴染《なじ》みの胃痛が、兜を襲う。「君が無事で良かった、という意味の、良かった、だよ」とかなり苦しい弁明をし、「そのまま、蜂に手を出すんじゃないぞ。俺がどうにかするから」と地下鉄に飛び乗った。家に帰る途中で、ＤＩＹ用品店に立ち寄り、蜂用の殺虫スプレーを買ってきたが、妻はそれを見るなり、「絶対、自分ではやらないで」と強く言った。

「俺がやってみようかな」と言ったのは息子の克巳だ。玉蜀黍《とうもろこし》を齧《かじ》りながら、だ。美しい黄色の粒は、見るからに甘そうで、実際、克巳は先ほどから、美味《うま》い美味い、と次々食べている。「ほら、案外、縁起がいいかもしれない」

「どういう縁起だ」

「蜂に刺されて、志望校に突き刺さります、とかさ」

大学受験を控え、夏休みだというのに予備校の講習に通っている克巳は、ほとんど屋外に出ていないからか、例年に比べてずいぶん肌の色が白い。目に充血が目立つのは、夜遅くまで勉強しているからだろう。兜が高校生の頃には、すでに進学の道も就職の道も外れており、人生の裏道とも言える胡散《うさん》臭い生活をしていたから、勉強に精を出す息子に対しては、羨望《せんぼう》と憐《あわ》れみのどちらの思いも抱いてしまう。いや、正確に言えば、ほとんどは羨望だったのかもしれない。命を危険に晒《さら》す争いに参加することなく、机に向かってペーパーテストを解くことができるのは、つまりそれほど社会の治安が落ち着いているのは、限られた国の、限られた時代、しかも限られた若者だけかもしれないからだ。

「克巳ちょっとやめてよ、蜂の毒で何かあったらどうするの」妻がキッチンから戻ってくる。

「大丈夫だよ。殺虫剤でやれば」

「絶対にやめて。もし、克巳に何かあったら」

「大変だからな」兜が口を挟むと、妻がすぐに、「大変とかそんな悠長なことじゃないんだから。わたし、心配で」と言う。

兜は、「なるほど」と思う。なるほど、俺に対する言葉とは少し違うものだな、と。

「でもね」茹《ゆ》で上がった玉蜀黍を妻が皿に加える。小さく積みあがる黄色の粒から湯気が上がり、兜にはそれがなぜか不穏な兆しに思えた。「明々後日《しあさって》の朝、キャンプに行くでしょ。ほら、佐藤《さとう》さんのところと一緒に」

「うんうん、そうだったよな」兜は当然のように、至って冷静を装い、うなずく。実を言えば、そのキャンプの予定についてはまったく記憶になかったが、妻の口ぶりからするに、それはすでに兜は知らされている情報なのだろう。ここで、「何のことだ?」などと聞き返してはならない。

「あなたは、わたしの話をいつも聞いていないわよね」と不満の吐露がはじまるに決まっていた。いや、話がはじまるのならばまだ良かった。終わる可能性もあった。不機嫌丸出しで、黙り込むかもしれず、そうなれば、家の中は凍りつくだろう。日頃、物騒で、穏やかとは言い難い仕事をこなしている兜としては、せめて家族の時間は、平和な状態にしておきたかった。

そのためであるなら、「そのキャンプとはいったい何のことか」と訊《たず》ねず、自分を押し殺し、「キャンプ、楽しみだな」と話を合わせることくらいは喜んで、やる。

山に行くのだろうか。それとも川に行くのだろうか。どこかのキャンプ場だろうか。

自分の記憶を探るが、何も出てこない。そのことを妻が伝えてきたのはやはり、兜が仕事で疲労困憊《こんぱい》ですぐにでも眠りにつきたい時だったのだろう。そして兜はいつものように、大袈裟《おおげさ》な相槌《づち》を打ち、いかにも話を聞いている反応をしてみせたに違いない。たとえば、「山にキャンプか！　それは凄い」であるとか、「川はいいよな！」であるとか。どちらにせよその場しのぎの反射行動として、受け答えをしたのだろう。だから、頭には記録が残っていない。

そもそも、そのキャンプは自分も参加予定なのだろうか？　兜はそれすら分からなかった。考えた末に、「晴れればいいよな」と言った。キャンプとなれば屋外であるのは間違いないだろう。当たり障りのない合いの手としては、申し分がない。

「でも、あなたは留守番で悪いわね」妻が言った。

「いやあ、問題はないよ」なるほど俺は留守番なのか。新情報を得たことに手ごたえを感じる。それからすっと目を脇にずらすと、キッチンのカウンターが目に入った。いかにも読みかけといった雑誌や本が重なっており、そのうちの一つのタイトルが、「山の四季　野草と花」であった。

キャンプ先は山だったのだ。だから、このような本を読んでいるのだろう。そう考えれば、深夜に妻からキャンプの話を聞いた際に、いや、その記憶は依然としておぼろげだったが、とにかくその際に、「山に行く」といった発言を耳にしたような気がする。ぼんやりとした非常に不明確な感覚ではあるものの、そのように思えてならない。

家族の会話は平和に展開されていた。あとはテレビでも眺め、就寝までの時間を過ごせば良かった。にもかかわらず、兜は、「山でキャンプ中に変わった虫とか見つけたら、教えてくれよな」と口にしていた。せっかくだから、家族のコミュニケーションに最後のひとふでを加えたくなったのだ。兜の昆虫好きは妻も息子も知っていることで、それを好ましく思っているかどうかは別にしても、特に違和感のある合いの手ではなかった。

「山？　え、山ってどういうこと？」妻の引き締まった言葉が返ってきた時点で、しくじった、と兜は自分の胃が引き締まるのを感じた。中国の故事でいえば、蛇の絵に足を描き足した、あの男と同じ失敗だ。後悔が全身を走る。「わたしたちがキャンプに行くのは、海沿いのキャンプ場なんだけど。それ、何度か説明したよね？　なんで山に行くと思ってるの？」と妻に槍《やり》を突き付けられている。「わたしが喋《しゃべ》った時、夏は海だよな、とか返事してたじゃない。あれは何だったの？　生返事だったわけ？　それともあれは別人だったの？」

兜はこういった場合、ただ一つのこと、どういう返事をしたら妻の怒りは和らぐだろうか、どう答えたら平和に終わるのか、それだけを考える。が、「あれは生返事だった」と答えようが、「あれは別人だった」と主張しようがどちらも妻を怒らせるのは間違いない。

「いつもわたしの話、何にも聞いていないんだよね」と妻の言葉は続く。

「いやあ、そんなことはないよ」兜は曖昧《あいまい》な言葉を繰り返すほかない。「ちょっと思い違いをしていただけだ」

曖昧に、けれど毅然《きぜん》とした態度で答えるほかない。

「たぶん、親父は、仕事の客先の人とかの話とごちゃまぜになっちゃったんじゃないの？　山にキャンプに行く人とかもいるだろうし」助け舟を出してくれたのは、克巳だ。玉蜀黍の芯《しん》の部分を皿に戻しながら、面倒臭そうに言った。

「ああ、そうだったかもしれないな」兜は、息子の言葉に穏やかに応《こた》えた。内心は感謝の思いで泣き崩れるほどだった。船首が折れ、船内に浸水がはじまり、もはやわが命もここまでかと諦《あきら》めかけたところに、息子の乗ったヘリコプターが梯子《はしご》を垂らしてくれた、まさにその思いだ。克巳の背後に光が射し、玉蜀黍に反射し、輝くかのようだ。ありがとう、と息子に抱きつきたいところを必死にこらえ、せめてもの思いで、克巳にだけ見えるように親指を突き出し、グッド！　の印を見せたが、克巳は興味もなさそうに一瞥《いちべつ》をくれると、しらっとした表情ですぐに視線を逸《そ》らした。

妻は、克巳の言葉の効果により少しトーンダウンした。「もう、何だかねえ、あなたも仕事忙しいだろうけど」とぼそぼそと言う。

「それで、キャンプがどうかしたのか」兜はそもそもの話の発端を思い出した。

「あ、その話だったね。明々後日、早朝からキャンプに行くけど、車に荷物を入れなくちゃいけないでしょ」

「キャンプ用品を」

「そう。トランクを開けたり」

「閉めたり」ミスをしたスポーツ選手が、縮こまったプレイしかできないのと同様、もはや、こういった何も意味をなさない掛け声しか発したくない心境になっている。

「そう。で、その、蜂が巣を作っている場所が、ほら、駐車場のすぐ後ろの金木犀《きんもくせい》なの」

「ああ」兜は少し、妻の言わんとすることが分かりかけてきた。「トランクの開け閉めをしていると、蜂が怒って、向かってくるんじゃないか、と」

「わたしはまだしも、ほら、克巳が刺されたりしたら」

「そうだな」兜は深く考えずに、妻の意見に同意を表明するつもりで答えたが、妻の目つきが鋭くなったため、慌てて、「いや、君が刺されてももちろん、大変だよ」と言い足す。ひっかけ問題のようなものだ。「だから、電話で聞いた時も家に閉じこもれ、と指示しただろ」

「キャンプの日までにはどうにかしたいんだけれど」

「じゃあ、明日あたりにスプレーでやっつけるか」と答えた直後、「さっき自分で退治しないでと言ったでしょ。聞いてなかったの？」と怒られるのを予感し、ぞっとしたが、幸いなことにそうはならない。

「でも、危ないから、業者に頼んだほうがいいと思うの。区役所に問い合わせてみれば、たぶん、担当の課があるだろうし」

兜は壁にかかっているカレンダーに目をやった。世間は、八月のお盆休みに突入している。役所は休んでいるに違いなく、業者にしても連絡がつくかどうか怪しい。少なくとも、明々後日の朝までに、とは難問だ。

「俺がやろうかなあ」と克巳がまた言ってくるため、手で制止した。「俺が様子を見る」と兜は言い、席を立つ。「まずはターゲットの情報を得ないと」

「ターゲットって、まるで、殺し屋が標的を狙うみたいだよ、親父」

兜は、息子をまじまじと見返すが、どうやらただの冗談らしい。

「今、外に出ても暗くてよく見えないから、昼間になってからのほうがいいよ」妻が言うため、兜も同意した。「確かに、その通りだ。君の意見は本当に鋭いな！　感服するよ」と自分でもやりすぎかと心配になるほど、大袈裟に感心したが、妻は特に違和感を覚えなかったらしく、むしろ、まんざらではない面持ちで、台所へと消えた。

夜になり、自分の部屋の机の前に座った兜は、パソコンを起動する。妻は寝室で横になった途端、眠り、息子は部屋に戻った。勉強をしているのだろう。頑張れ、と心の中で声をかける。

インターネットブラウザを起動し、蜂の退治についての情報を検索した。

アシナガバチ、駆除、退治、仕方、そういった曖昧な単語の組み合わせでは、膨大な検索結果が出てくるため、茫洋《ぼうよう》たる海を前にしたような気持ちになる。まずは目についたページをいくつか眺めていく。大半は、業者の紹介ページであったが、「スズメバチを発見したら、絶対に業者に！」と強調されている文章を発見し、兜は座り直す。

アシナガバチも危険だが、スズメバチとなると、まさに命に関わる。絶対に、自分で退治してはならない。そういうことらしい。

蜂の巣の写真も載っていた。

一つは、穴のたくさん開いたものだ。銃を構えた人間が、「蜂の巣にしてやるぞ」と啖呵《たんか》を切る際の、もちろん兜自身は同業者でそういった台詞《せりふ》を吐く人間に遭ったことはないのだが、その時にイメージする、蜂の巣とはこれだろう、と思えるものだった。シャワーヘッドにも似た、穴の多い巣だ。もう一方の写真は、巨大なスイカのようなボール形をしている。美しい陶芸作品にも似ており、模様も見えた。穴は一カ所にだけ開いているらしい。そしてその、ボール形のほうがスズメバチの巣のようで、「発見した巣がこちらの場合は、絶対に業者に任せないと駄目だ」と記されている。業者による宣伝かとはじめは疑ったが、別のネット情報にもそう記されていることが多かった。

スズメバチとはそれほど手強《てごわ》いのか、と兜は恐怖を覚え、その一方で、我が家にいるのはアシナガバチであるからまだ良かった、と胸を撫《な》で下ろした。

「敵は間違いなく、スズメバチのようです」医師は言った。いつも通りの、抑揚のない、彼自身が医療器具の一つとしか思えぬ口ぶりだ。

「いや、妻が見たところ、どうやら庭にいるのはアシナガバチらしい」兜は答えながら、朝、家を出る前に庭を確認してくるのを忘れた、と思い出していた。早く対処を考えねばならない。

「その虫の話ではありません」医師が無表情のまま、眼鏡を触る。

都内のオフィス街のビルにある、内科診療所だ。前に座る医師の持つカルテには、依頼人からの依頼内容が記されているが、走り書きとなっており、覗《のぞ》き見しても兜には内容が分からない。

以前、業界内の男が、「同じ仲介者から言わせてもらえれば、おまえのところの医者はなかなかうまくやっているよな」と言ったことがある。岩西《いわにし》というその男はいつも面倒臭そうな言動を見せるが、実は神経質な男で、ナイフを使う若い業者に仕事を割り振っては、「俺は鵜飼《うか》いだからな」と悦に入っていた。そして、「いいか、医者ってのは基本的に、個室で患者と喋《しゃべ》る。だから、仕事の話をするのにも都合がいい。殺しの話も、隠語を使えば看護師に聞かれたとしてもそれほど不自然ではない。そうだろ」と得意げに語ってきた。「仲介をしていて何が厄介かといえば、情報の保管なんだっての。パソコンに入力しておいてもいいけどな、そいつが見つかったらもうアウトだ。その点、カルテは個人情報だからな。一般の患者のカルテの中に紛れ込ませて、専門用語で翻訳しておけば、ほとんど安全だ。おまけにほら、レントゲン写真に見せかけて、ターゲットの地図を挟んでおくこともできる」

兜が業界に首を突っ込み、人の命を奪う仕事をはじめるようになった時から、兜の仲介者はこの医師であったため、深く考えたことはなかったものの、言われてみればなるほど医者ならでは、診療所ならでは、の利点は多かった。

「どこの誰が、俺を手術したがっているんだろうな」業者スズメバチが狙っているとは、つまり、何者かが、兜の殺害を望み、スズメバチに仕事の依頼をしたということになる。

「夏はスズメバチが活発に活動するそうですよ」医師はあくまでも世間話を装った。「特にお盆時期のこの頃からは、勢力を拡大します」

「雇ったのは誰なんだろうか」

「検査結果が出るにはもう少し日数が必要です」医師は言う。言葉を選んでいるのだろうが、彼の中にインストールされている翻訳ソフトで、言葉を検索しているようにしか見えない。

「たとえば、俺がやった手術のお礼をしたがっているんだろうか」兜が仕事により殺害してきた人の数は把握できない。医師のもとにあるカルテをひっくり返せば、正確な数字が出てくるかもしれないが、両手両足では到底、数えきれない。関係者の中には、恨みを抱く者がいてもおかしくなかった。「前にも一度あったけどな」

ある女が、兜に、恋人男性の殺害を依頼したが、一方で、その恋人男性も身の危険を感じはじめ、別の業者に、「守ってくれ」と依頼をした。結果、そちらの業者が先手必勝よろしく、兜に攻撃をしかけてきたことがあったのだ。

「あの時は、無事に切除できました」

「先生が思うほど、簡単な手術ではなかったが」その殺し屋との格闘を思い出しながら兜は言ったが、その直後、「あ、もしかすると、あれか」と閃《ひらめ》いた。

以前、兜は、ある集団の計画を阻止した。爆破事件と籠城《ろうじょう》事件の物騒な計画を企《たく》んでいたようだが、そのグループの主要な何人かを兜が殺害したのだ。

「あれで、怒った奴がいるのかもしれない」

「可能性はゼロではありません」

「あの仲間たちが、俺に報復しようとしているのか」口に出すと、兜の頭にはその考えがくっきりと刻まれ、決定事項としか思えなくなる。「ただ、そうならとばっちりだ。恨むなら、俺ではなくて、もともとの患者のほうだろう。それに、先生だって関係はある」

仲介者の医師も狙われてしかるべきだ、と兜は言いたかった。

医師は表情を変えない。「そうかもしれません」と答える。

まったく考えの読めない男だ、と兜はため息を吐きたくなった。二十年以上の付き合いになるが、この医師には、その間に老いた印象がほとんどない。お互いの精神的な距離が近くなった感触もなかった。

「家にはアシナガバチがいるし、業者のスズメバチにも狙われている。散々だな」こういうのはアブハチ取らずとは言わないものか。

「庭の蜂はどうされるんですか。役所には連絡したのですか」医師にしては珍しく、私的な話に踏み込んできた。

「区役所のサイトには、メールで連絡をすれば業者のリストを教えてくれると書いてあった。ただ、お盆に入っただろ。だから、まだ連絡はない。自治体によっては、業者を派遣してくれるところもあるらしいが」

「では、どうするんですか」

「『絶対に自分でやらないで』と言う人物が一方では、『この日までにはどうにかして』と言ってくる。いったいどうしろって言うんだ」家族のことを必要以上に知られたくないため、濁しながら話す。

「『自分の力では退治しないで、しかし早急にどうにかしろ』とは難問ですね。『ベニスの商人』にそんな話がありましたが」

「そうだったか？」兜の人生の中で、読書の経験は、漫画を除けばほとんどなかったが、妻や克巳が手に取る本を時折、手に取り、いくつかは読んでみたことがあり、最近では、むしろ楽しんでいる部分もあった。「ベニスの商人」も読んだはずだが、内容はあまり、覚えていない。

「あの話では、意地の悪い商人シャイロックが、『出血させずに、肉を切れ』と言われ、敗北します。『蜂を退治せず、でも、明後日までには安全にしろ』という指示もそれに似ていませんか」

兜は少し思い出した。が、印象に残っているのは、ラスト近くで、妻たちが、「わたしがあなたにプレゼントした指輪をどうして、他人にあげたのか」と夫に詰め寄る場面だった。正直に弁解しながらも、謝罪に追い込まれる夫に感情移入し、胃が痛くてならなかった。しかもそれも妻の策略だったのだから、妻とはかくも恐ろしし、とそのことばかりが残っている。

兜

夕方、家に戻った兜は庭の木、金木犀を確認した。くっきりとした緑色の葉が茂り、花芽もできている。まだ香りがする時期には早いか、と鼻を寄せたが、そこで細かい羽ばたきの音がして、びくんとなった。

黄色と黒の模様をつけた蜂が、兜の脇を通り、木の茂みの中へと消えていく。巣へ帰還するところなのか。

殺し合いの場面は何度も経験した。

口径の大きな銃や刃物を構えた相手を前に、素手で格闘したことも数えきれない。人の体は慣れるからか、恐怖や緊張で体の鼓動が増すことすらなくなっている。

それが今や、蜂の動き一つに緊張している。兜は苦笑せざるを得ない。

俺を恐怖で直立不動にさせたのは、おまえが久しぶりだ、と蜂に対して言いたいほどだった。

緊張を感じさせるのは、おまえと、俺の妻だけだ、と。

意識を切り替える。虫ではなく、同業者と対峙《たいじ》しているのだ、と思うことにし、すると期待通り、落ち着くことができた。呼吸を整える。すっと足を踏み出し、茂みに顔を寄せる。

人間同士の対決の場合、相手に気配を察知されないことが重要だ。気配は、声や物音だけでなく、空気の震動によっても起きる。俺がもし蜂であれば、と想像した。枝の揺れはもとより、葉が震えただけでも反応はするだろう。

とはいえ枝や葉に触れぬわけにはいかない。体を必要最小限に動かし、枝をいくつか掻《か》き分けた。幹が把握できた。太い枝との分かれ目に、土色の固まりが、肥大した皮膚の腫物《はれもの》のように、膨らんでいるのが見える。金木犀の実にしては、巨大だ。

巣が見える。

兜は前日にインターネットで見た画像を思い出した。

シャワーヘッドに似た巣はアシナガバチで、ボール形のはスズメバチという、あれだ。

兜の目の前にある巣といえば、枝が邪魔で全貌《ぜんぼう》は分からぬものの、明らかに球体で、宇宙にあると言われる惑星のような外観をしていた。

スズメバチだ。

兜は顔を歪《ゆが》める。同時に、ぶうんとゴムが鳴るような、震動がした。蜂の巣から一匹、顔を出したのだ。凶暴なマスクを被った強盗犯を思い浮かべる。黄色と黒の配色は、兜の心の深いところを刺激してくる。危険だ、と意識の深いところから警報が鳴ってきた。

まずい。二つの点で、面倒だ。

一つは、退治する相手が、スズメバチであったこと、もう一つは、妻がこれをスズメバチではない、と言い切っていたことだ。どこかのタイミングで、「アシナガバチではなく、スズメバチだ」と妻に指摘しなくてはならない。

世の中に真理はいくつかある。兜はまともに学校教育は受けずに生きてきたが、それゆえに、実体験として理解した常識や真実があった。

そのうちの一つ。誰であれ、間違いを指摘されれば心地良いはずがない。

さらに、もう一つ。夫に過ちを指摘され、喜ぶ妻はいない。

気が重い。

家に戻った兜はすぐにパソコンを起動させた。役所からの返信はまだないが、そのことを責めるのもお門違いだ。お盆に休むことは伝統的なものであるし、事前に周知もされている。いくつかの駆除の業者に電話をかけてみるが、繋がらなかった。やはりお盆だからだろう。

悪いことではない。問題は、スズメバチにはお盆休みがないことだ。

情報を見ていくうちに、スズメバチにもいくつかの種類があることが判明した。最も大きく、最も恐ろしいのは、オオスズメバチらしいが、説明を読むと、オオスズメバチの巣は地中などに巣を作るらしく、都心や住宅地の樹で生活するとなると、コガタスズメバチもしくは、キイロスズメバチの可能性が高いという。どちらもそれほど攻撃性は強くなく、というよりも、どの蜂も自分たちが攻撃を受けなければ無闇に人間を刺すことはない、と記されている。

巣に近づけば、偵察部隊が数匹、飛行し、威嚇を試みる。場を離れれば、それ以上の攻撃はなく、ようするに厄介なのは、反射的に、その偵察部隊を手で払い、蜂を潰《つぶ》した場合に限る、とのことだ。やられた蜂からは、「こいつ、やりやがったな」と仲間に危険を知らせる警報フェロモンを発するようで、それを探知した巣の蜂たちが襲ってくるのだ。

そっとしておけば、刺されることはない。その記述は、非常に心強い情報であった。が、妻が心配している通り、荷物の出し入れをする際に、特にキャンプ道具は大きなものがあるため、うっかりと蜂の偵察要員を叩《たた》いてしまう可能性はゼロではない。その際、「悪気はなかったのだ。

事故なのだ」と説明できるフェロモンがあれば良いが、たぶん、ない。

妻が帰宅したのは夕方五時過ぎだった。彼女の勤める職場もお盆休みであるから、友人と買い物に出かけていたのだろう。最近、料理教室なるものに通うようになったため、そこで知り合った何者かと出かけたのかもしれない。高級な食材を使い、凝った調理法の料理を教わっているらしいのだが、自宅では一向に披露される気配がなく、ようするに、自分たちがその場で食べるために料理をしているだけ、といった節がある。一度だけ、「我が家では作ってくれないのか」と訊ねたことがある。むろん、そのような台詞ではなく、「自分も食べられたら、これにまさる喜びはないでしょうね。きっと無理でしょうが」といった遠慮気味の言い方で、しかも、空耳ではなかったかしらと相手に勘違いさせるほどの、静かな口調だったが、妻は鋭い目つきで兜を睨《にら》んだため、それきり料理教室の話はしないことにした。兜の頭の中には、「タブーの箱」とでも呼べるものがあり、妻との会話で話題にしてはならぬものを、そこにしまっている。「料理教室」もそこに放り込んだ。

帰ってきた妻は見るからに機嫌が良かった。「ただいま。あら、帰ってたのね」と軽快に言い、「今日の夕飯、まだ作っていないから、これから用意しなくちゃ」と口にした。兜はそこですかさず、「前に出してくれた、冷凍チャーハンがあるだろう。あれ、美味《おい》しかったから、また食べたかったんだ」と答える。

何が食べたい？　と妻に訊《き》かれた際に、どう答えるべきか。もちろん正解はないものの、兜は経験からいくつかのことを学んでいた。「何でもいいよ」と返事をするのは論外だ。何でもいい、と言われて喜ぶ料理人はいない。「では、デリバリーを頼もう」「外食するか」と景気よく返すのは悪くない。悪くないが、良いわけでもない。相手の機嫌によっては、「そんなに贅沢《ぜいたく》できるわけがないでしょ。あなたは本当に、家のことに云々《うんぬん》かんぬん」と責められる危険性がある。現に、兜は何度か経験していた。食事の時間を食い潰すほどの、長い愚痴が続く可能性も高い。

それであるのならば、妻の手間のかからぬものを、「まさにそれを自分が欲しているのだ」と口に出すほうがよほど良い。先方も、「あなたがそれが食べたいのなら、そうします。ちょうど、作るのが楽だし」と好意的に受け止める。

期待通り、妻は、「じゃあ、そうするね」と機嫌良く応じた。

「あ、そういえば庭の巣を見たら、どうやらアシナガバチではなくて、スズメバチみたいだったぞ」兜は滑り込ませるように、その情報を口に出した。

「え」妻が動きを止める。「そうなの？」

「巣の形からするとスズメバチだ」

「わたし、間違えちゃったね」と妻は言う。

「いや、すごく似ているんだよな、アシナガバチと」と兜は自然を装い、弁護したが、言ってから、そこまで神経を尖らせる話題でもなかったか、と恥ずかしさを覚えた。

「じゃあ、絶対に業者に頼まないとまずいよね」妻は言った。「まさかもうやってないよね」と声を尖らせた。

「もちろんだ」兜は答えた。それはもしかすると、退治しておいてくれても良かったのに、という含みのある言葉だったのか？　と気になる。妻の発言を深読みする習性はどうにもならない。

夜になり克巳が帰ってきた。いつも通り、のそのそと二階の部屋に行き、降りてきたかと思うと風呂《ふろ》に入り、出てきたかと思うとテレビの前のソファに寝転がった。そんなに無防備だと殺し屋が襲い掛かってきた時に対応できないぞ、と忠告の一つもぶつけたくなったが、冷静に考えれば、息子は業界とは関係がない。

「今日も予備校だったのか」分かってはいるが兜は訊ねた。むすっと面倒臭そうな態度をされるのは予想できたにもかかわらず、わざわざ交流を図りたくなるのは、何か遺伝子や本能の働きによるものなのか。

「予備校の自習室」克巳がぶっきらぼうに答える。いつもであれば、その短い言葉でおしまいになる。ただ、「そういえば」と珍しく続きがあった。「今日、バス停で待っていたら、やり切れなくてさ」と。

「どうかしたのか」

「親子がいたんだよ。若い母親と、幼稚園くらいの男の子で」

平和そうじゃないか、と兜は言いかけて、やめた。母親と子供が並んでいれば平和、とは限らない。世の中で起きる不幸の多くは、家族や近隣者のあいだで起きる。

「どうも昨日の夜くらいに、その家で飼っていた猫が死んじゃったみたいなんだ」

「それは可哀想に」兜は棒読みしてしまう。日頃、人の死に介在する仕事ばかりしているため、猫の死に対してどう反応すべきか、すぐには分からない。

「たぶん、母親が昔から飼っていた猫みたいでさ、子供よりも母親のほうがショックを受けていて。めそめそしていて」克巳は口を尖らせる。「子供のほうがしっかりしていて、でも、母親が悲しそうだから、どうにかしないと、と一生懸命、励ましていたんだ」

「けなげだな」

「俺もそう思った。で、その子が、『ママ、ミケはお星になっちゃっただけだよ』と言ってさ」

「いい子だな」

「そうしたら母親が鋭い顔で、『そんなこと言うなら、星まで行って、連れ戻してみて！』とか言い返したんだ。最悪だろ。子供もさすがに悲しそうだった」

「猫が死んで、気持ちがおかしくなっていたんだろうな。感情的になって、思わず、子供に当たっちゃったんだろう」俺など、妻からの感情的な八つ当たりを始終、受けているのだ、と言いたいところだった。

「子供にぶつけることないだろ。すぐにその母親も、しまった、って顔してたけど」

「親っていうのはいつも、しまった、と思ってるんだよ」

「あの子、可哀想だったよ」

「まあな。ただ、子供だって、母親が本気で言ったわけじゃないと分かっているかもしれないぞ。そうやって、親も完璧《かんぺき》ではない、感情で態度が変わるものなんだな、と学んでいくのかもしれない」

これもまた、実体験から来る発言だった。兜の両親は、兜に対し、いつも荒く接していた。感情に任せ、勝手なことばかりを言い、だからこそ兜は、大人の顔色を窺うことに長《た》けてきた。ああ、そうか、とそこで気づく。それで自分は、妻の顔色についても必要以上に、敏感に反応してしまうのではないか。

「あ、克巳、庭の蜂、スズメバチだったみたいよ」ダイニングテーブルに来た妻が、声をかけた。

「スズメバチはさすがに怖いなあ」と克巳が庭に面した窓に目をやる。「親父、業者に電話した？」

「気を付けてね」

「お盆休みらしい」

「親父も絶対、退治しようと思わないほうがいいよ。俺のクラスの奴のじいちゃんも、スズメバチに刺されて、相当やばかったらしいから」

相当やばかった、の程度がどれほどだったのか。兜は、情報の伝達については懐疑的だった。業界で流れてくる噂には尾鰭《おひれ》がつくことが多いからだ。悪気はなくとも、内容は大雑把に伝わる。たとえば、死者が五人だった事件が、十人となることはざらにあり、五十人として広がるのも珍しいことではない。スズメバチの被害も、死に至るほどではなく、病院に駆け込んだだけでも、「やばかった」と表現することはできる。

「ネットの情報を見た感じだと、街にいるようなのはキイロスズメバチとかで、それほど毒性は強くないみたいだけどな」

「でも怖いよ」

「攻撃性も高くないらしい。よっぽどひどいことをしなければ襲ってこない」

「あのさ、親父」克巳が、兜を見た。人生の経験からすれば明らかに後輩である息子が、対等に自分に話しかけてくることに時折、困惑するが、不快感はなかった。

「何だ」

「殺虫スプレーで、巣をやっつけようとするのは、あっちからすれば、よっぽどひどいことだよ」

「確かに」兜は答えた途端、全身が無数の蜂に覆われ、一斉に刺される恐怖を覚える。鳥肌が立つ。「業者に任せよう」

兜

気持ちに変化が訪れたのは、ネット上に投稿された動画を見たからだった。

自分では駆除しない、と決意表明をしたにもかかわらず、深夜にパソコンの前で、スズメバチ、駆除、と検索していた。

投稿動画のサイトに辿り着く。はじめに目についたのは、スズメバチとカマキリの対決する映像だった。映画やアニメとは異なる、自然の中でのリアルな昆虫同士の、どちらかの命が尽きるまで続く戦いはかなり不気味で、日ごろ、人間同士で、どちらかの命が尽きるまでの戦いを生業《なりわい》としている兜の目からも、恐ろしかった。恐ろしくも、また、興味深い。何より興味深かったのは、カマキリとスズメバチが互角に見えることだった。投稿された動画には、カマキリが勝利したものと、スズメバチが勝利したものの両方のパターンがあり、対戦の状況を見たところによれば、ほんのわずかな隙や展開の妙によって勝敗が分かれていた。

つまり、スズメバチとカマキリは永遠のライバルとも言える、拮抗《きっこう》した力を備えていたのだ。

兜はそのことに好感を抱いた。一方の種族が、もう一方を、余裕綽々《よゆうしゃくしゃく》な様子で滅ぼすことほど不快なことはない。リスクのない場所から、他者をいたぶる狡猾《こうかつ》さを覚える。ごく普通に生活をする老人を、寝ている隙に殺害するのと同じで、兜から言わせれば、非常に簡単な、恥ずべき仕事だ。そしてその、簡単で恥ずべき仕事をこなし、自慢げな輩《やから》を見ると不愉快でならない。仕事は楽なものではない。兜はそれを、日中に通勤する文房具メーカーの営業職をやりながらも痛感する。営業部の一員として外回りに汗をかき、理不尽な会社からの要求に対し他部署の上司とぶつかることも多い。精神的に疲弊し、悩みは尽きない。楽々とこなせる仕事など、世の中にはないはずだ。

スズメバチ対カマキリの死闘を見ながら、「こうして対等にリスクを負いながら、真剣勝負をする様子は良いものだ」とつくづく思う。やはり大切なのはフェアネスだ、と。

その後で、「自力で、スズメバチ駆除」という見出しの動画を見つけた。

再生ボタンをクリックしていた。

現われたのは防護服を着た男だった。自己紹介を読めば、五十歳の会社員らしく、庭にできたスズメバチを自力で駆除しようと思い立った旨が書かれている。

自治体から貸し出されたという防護服は、銀色の大型雨合羽といった見た目で、そのままロケットにでも乗れる貫禄《かんろく》すらあった。

自宅の庭と思《おぼ》しき場所に立っている。駐車場の裏手だ。朝方らしく、快晴の日差しが映像を明るくしていた。

つつじが茂っており、防護服の男はその前に立つ。カメラは三脚に置いているのか、固定されていた。男とつつじを横から捉《とら》えている構図だ。

では行ってきます、と言わんばかりに頭を下げた男に緊張が見える。右手には、スズメバチ退治用の市販スプレーがつかまれている。

さて、どう戦うのか。

まず男はスプレーを足元に置いた。かわりに植木の枝を切るための鋏《はさみ》を手に取る。非常に長く、高い場所の枝も切れるタイプのものだ。それを両手でつかみ、つつじと向き合う。少し腰が引けた姿勢で、鋏を前に出す。鋏が動き、枝がばさりと下に落ちた。直後、つつじの奥のほうから、ふわりと蜂らしき小さな虫が、浮かびあがった。

刺されるのではないか、と兜は思い、咄嗟《とっさ》に、まさに自分がその場にいる気持ちで体を捻《ひね》ってしまう。が、映像の中の男は慌てていなかった。鋏を左手で持ったまま、空いた右手で地面のスプレーをつかみ、目の前に飛行してきた蜂に向けて、噴射した。蜂が落ちたのが分かる。

そこからは同じ動きが続く。

鋏で枝を切る。蜂が飛び出してくる。スプレーを持ち上げ、噴射する。蜂が落ちる。

兜にもだんだんとその男の作戦が分かりはじめた。

まずは、木の枝の奥に隠れている蜂の巣を露《あら》わにしたいのだ。アシナガバチの巣などとは異なり、スズメバチの巣は外壁で覆われた要塞《ようさい》となっており、外と繋がる穴は一カ所しかない。殺虫スプレーを吹きかけるにも、その、たった一つの穴を狙う必要があるのだ。

だからまずは、邪魔になる枝を切る必要がある。枝が落ちる震動がするたび、巣からは偵察蜂が出てくる。が、すぐさま一直線に、スプレー使用者に向かい飛びかかってくることはない。蜂も無益な戦闘は避けたいため、情報収集のために、ふわりと浮かぶ。

そのタイミングで、スプレーをかける。

地道に少しずつ枝を切り、巣を見やすくしていく。

ある程度、枝が落ちた頃、防護服の男に決意の時が訪れた。鋏を置くと、殺虫スプレーをしっかり持ち、巣の穴の位置を確認するためなのか、体を動かした。

あとはひたすら男は、その露わになった穴にスプレー液を吹きかけた。しゅうしゅうと音が激しく続く。

兜は、プロの業者相手に、首を絞め上げる時のことを思い出している。

動画の最後、男は蜂の巣自体を鋏で切り落とした。巣の中はすでに、殺虫液で全滅となっているのだろう。怯《おび》えながらも巣を持ち上げ、カメラに向かって、勝利の興奮の滲《にじ》むガッツポーズを取っていた。

止まった映像を眺めながら、兜はぼそりと内心に呟《つぶや》いている。「これなら」と思った。

これなら、俺にもできるんじゃないか？

兜

起きたのは朝の四時過ぎだったが、眠くはなかった。むしろ、緊張により自然と目が覚めたほどだ。スズメバチの巣を退治するには、彼らが活動をはじめる前の時間帯、早朝が良いのだとネットの情報にあり、事実かどうかは分からぬが、信じるほかない。

起きた兜はまず、顔を洗い、寝癖を直した。部屋のクローゼットを開けると、着替えをはじめる。

防護服はないのだから、服を工夫しなければならない。

スウェットに足を通した。その上からジーンズを穿《は》く。かなり窮屈ではあるが致し方がない。

机の上にあったシャープペンシルの先を、ジーンズの上から突いてみる。痛い。スズメバチの針はこれより強いのか？　まったく分からない。不安はあるため、クローゼットの奥から白色のスキーウェアを引っ張り出し、穿いた。下半身はこんなものだろうか、これ以上はどうにもならない。

上半身に移る。まず、トレーナーを着る。首を隠すために、冬服を入れたケースからタートルネックのニットセーターを引っ張り出し、被る。上にジージャンを羽織った。さらには、ダウンジャケットに袖《そで》を通す。

真っ直ぐに立つが、あまりに多くの服を重ねているため、自分が雪だるまになったかのような感覚になる。バランスを崩せば転がっていきそうだ。

足元は靴下を二枚重ねにする。体を折り曲げるのが困難であったが、どうにか膝《ひざ》を折り、手を伸ばし、履いた。両手にはスキーのグローブを嵌《は》めることにする。これは庭に出てからでいいだろう、と思う。

「あとは」と兜は部屋を見回した後で、隅に置いてあるフルフェイスのヘルメットをつかんだ。頭に関してはこれで守れる。試しに、とかぶり、透明のシールドを上げる。息苦しいが、仕方がない。それを言うのなら、まだ着替えてさほど時間が経っていないにもかかわらず、すでに暑いとのほうがよっぽど問題だ。ここ数日、日中の気温は三十度をゆうゆうと超え、テレビでも熱射病予防を訴えている。早朝であるから大丈夫だろうとは思うものの、不安はある。

初めて依頼をこなし、人を殺害した時のような緊張があった。

首が危険だと気づいたのは、部屋から出ようとした時だ。ヘルメットをかぶったものの、頭を動かすたびに首が露わになる。タートルネックのニットをまとってはいても蜂の針が突き刺す可能性はある。

「首はまずい」一人で言ってしまう。

日頃、兜が標的を殺害する際に、首を絞めることが多いからかもしれない。首筋を通る血管については、それなりに知識も持っていた。蜂の毒の強さは分からぬが、血管を通じて全身に回ることを考えれば、首はリスクが高い。

マフラーを探すが、どこを見ても出てこず、しばらくして、冬に、標的の首を圧迫するためにマフラーを使い、処分したことを思い出した。

あまり暢気《のんき》に、悩んでいる時間はなかった。こうしている間も時間は過ぎる。蜂たちも目覚め、活発化するのではないか。

よし、と兜は机の引き出しから、ガムテープを取り出すと、ヘルメットとダウンジャケットとの隙間に貼った。何枚も切り、もちろん尋常ではない厚着のため、器用に体は動かせないのだが、見た目にこだわる必要はなく、べたべたと乱暴に貼った。

廊下に出る。

階段を降りる前に、息子の部屋に足を延ばしたのは、ドアが開いていたからだ。中を覗くと、ベッドで眠る克巳が目に入った。机には試験問題集が開かれたままだ。深夜まで勉強に励んでいたのかもしれない。

兜は全身、怪しげな宇宙服めいた恰好《かっこう》であることも忘れ、室内に入っていた。足を踏み入れるのはいつぶりだろうか。

口を小さく開き、瞼《まぶた》を閉じた寝顔を見下ろした瞬間、幼児の頃の克巳と重なる。あっという間にこんなに大きくなったものだ、と感傷に浸る。妻が言うには、進学する大学によっては一人暮らしをする可能性もゼロではないらしく、だとすれば、息子がこの家にいるのも大事な瞬間かもしれない。

兜は自分がこれから蜂のコロニーと対決しにいくことを考え、緊張を覚える。

寝息を立てる息子の横に立ち、そっと顔を寄せ、ヘルメットで覆われた顔ではあるが、「いい大人になれよ」と声をかけた。

ネットの情報によれば、蜂の毒性は、一般に言われるほど高くないらしく、仮に針で刺されたとしても、アレルギーのショック反応が出るのは二度目からであるから、そこまで怯える必要はなかったのかもしれない。とはいえ兜は真剣で、「お母さんを頼んだぞ」と息子に言った。

兜

恐怖との闘い、時間との闘いだった。庭の金木犀の前に立ち、何もしないままで、すでに二十分は経っている。つい先ほど、夜の暗闇の中にようやく少し顔を出した、と思えた太陽が、今やかなり高いところにあった。

兜の滑稽《こっけい》な重ね着を目立たせるために、スポットライトを当ててくるかのようだ。

この今の恰好を誰かに見られたら堪《たま》らないな、と思わずにいられない。ダウンジャケットの色は白かったため、上下ともに白の奇怪な男にも見える。

まっすぐに立ち、枝切り鋏を持ちながら、樹と対峙する。スキー用のグローブは結局つけるのはやめた。グローブ有りでは、スプレーをつかむ際にうまくいかないことが分かったのだ。スプレーを落としたら、それこそまずい。グローブの代わりに、軍手を使うことにする。

一度、枝を切ったらもはや後戻りはできないだろう。まさにその点は、いつもの仕事と同じだ。標的に向かい、足を踏み出した瞬間、引き返す選択肢は消える。あとは一本道で、相手を殺害し、引き上げるほかない。

そうこうするうちにも時間は過ぎた。全身に汗が滲みはじめる。すでにヘルメットの内部は息苦しく、何度かシールドを上げ、外の空気を吸った。

やがて、兜は覚悟を決める。これ以上、時間が経つと、すぐ隣の平屋から窯田《かまた》さんが出てくる恐れがあった。今年で喜寿を過ぎた彼女は朝は五時に目覚め、外に出てきて、庭木を眺めるのが日課である。窯田さんに見られる前に、作業を終わらせ、この服を脱ぎ去りたい。

一歩踏み出し、鋏を前に出す。へっぴり腰になっているのは自分でも分かる。背筋がなかなか伸びない。

枝を切る。

が、怯えのためにほんの先を切っただけで、地面に枝が落ちたものの、木の姿にほとんど変化はない。

蜂も出てこない。

もう一度、次は腕を伸ばし、体を背けながらも鋏を奥に入れ、力を込めた。じょぎり、と切断の感触があると同時に、枝が下に落ちた。

状況を見るより先に、兜は鋏を左手で持ち、足元のスプレーをつかむ。重ね着のしすぎで、腕が動きにくい。震える手をすぐに前に向けると、ノズルを前にして噴射のボタンを押した。

音とともに殺虫剤が噴き出す。

蜂が一匹、地面に落ちた。

もう戻れぬ。兜はそこからはなるべく頭の中を空っぽにした。ひたすら、作業を続けるほかないのだ。

鋏で枝を切る。スプレーを取る。噴射する。

鋏を動かす。蜂を確認する。スプレーを取り、頭頂部のボタンを押す。スプレーを置き、鋏で枝を切る。

蜂たちは震動が起きるたびに、すかさず巣穴から飛び出してくる。スプレーで攻撃する。地面に落ちる蜂が増えていく。

慣れてくると、恐怖は少しずつ減った。

が、時折、油断した隙を突くかのように、スプレーを避け、蜂が上空に消えることがある。その逃げた蜂が次にどこに移動し、どう旋回し、どこから接近してくるのかは分からない。そもそも視界が狭い上に、シールドのために、はっきりとは景色が見えなかった。

妙な風の気配を感じたと思えば、蜂だ！　と怯え、それはただの錯覚であるのだが、慌ただしく体を捻り、のけぞり、スプレーを振り回し、別の音が聞こえると、体を反らした。

みっともないことこの上なかった。

一匹、完全に見失った際には、背後が怖いがあまり家の壁にまで撤退し、背を壁に貼りつけるようにし、ヘルメットのシールドを上げ、ぜいぜいと呼吸をした。

一人で、脱走犯のパントマイムでもやっているかのようだ。

息苦しさと暑さが増す上に、恐怖と緊張が加わるのだから、疲労も激しかった。気を抜くと、意識が朦朧《もうろう》としてくる。

「これは」と呟く。「毒より前に、暑さで倒れるぞ」

見逃していた蜂を見つけ、スプレーをする。落下していくのを確認し、倒した、という安堵とともに、罪の意識に襲われる。

蜂は、悪いことをしたわけではないのだ。まったく悪くない。

自然の作法に従い、巣を作り、コロニーを営んできただけだ。スズメバチはさほど攻撃的ではない、とネット情報にもあった。

「ただ、俺も」兜は言いたくなる。「家族を守らなくてはいけないのだ」

枝を切り、スプレーを使う。

蜂は次々と出現してくる。兜の存在は、すでにコロニー全体に知れ渡っているはずだ。

とにかく心を無にし、死闘を乗り切るほかない。兜は意志を固め、機械的に体を動かす。呼吸が苦しく、汗が次々と滲んでくるが、こうなれば我慢比べだ、と自分に言い聞かせる。はたして、スズメバチのほうが我慢をしているのかどうかは定かではないのだが、兜はそれを考える冷静さも失っていた。

最初の枝を切ってから二十分ほど経過しただろうか、はっと気づけば、金木犀はかなりすっきりとした外見となり、目の前には巨大な果実とも言うべき、蜂の巣が露わになっていた。

ついに出現したか。

幸いなことに、巣穴はこちらを向いていた。これで奥側に穴があったなら、万事休すだった。

兜は自分の気持ちが昂《たか》ぶっているうちに、と思い、枝切り鋏は地面に置くと、すぐにスプレーを持った。

これが最後の攻撃だ。少しずつ飛び出してくる蜂に噴射液をかけながら、気持ちを整える。よし。兜は心の中で、スタートの号令をかける。穴にノズルを差し入れると、あとは一気に噴射ボタンを押した。力の限りに、缶の中を絞り出す気持ちだった。白い煙があたりに広がる。

罪悪感が、兜の体を満たした。

動画で見た、カマキリと戦うスズメバチの映像が頭を過る。彼らも必死なのだ。ただ、コロニーを存続させ、仲間を存続させたいだけだ。この木に巣を作ったのが不運だったとはいえ、この木に巣を作ってはならない、と兜たちがアピールしていたわけでもなかった。彼らは、ここは駄目だよ、と知らなかった。

すまない。蜂に対し謝罪し、今まで人の命を奪った時には一度も見せたことのない反応を示していた。つまり、涙ぐんでいた。そのことに自分でも驚き、目尻《めじり》を拭《ぬぐ》いたかったが、シールドが邪魔をする。

スプレーが空になっていても、しばらくはボタンを押し続けた。無我夢中だった。やがて意識を取り戻したかのようにはっとし、ヘルメットのシールドを上げる。一歩、二歩と退く。樹の周辺に、蜂の姿はない。

勝ったのか。呆然《ぼうぜん》としながら、肩から力を抜いた。

兜

足元に、蜂の死骸《しがい》が大量に転がっていた。呼吸を整え、目をやると、殺虫液で落下したと思しきスズメバチが散乱し、黄色と黒の模様も薬と土にまみれている。申し訳ない、とまた思う。

「兵《つわもの》どもが夢のあと」その言葉が頭に浮かぶ。

再び、鋏を両手で持つとゆっくりと前に足を踏み出す。

鋏を蜂の巣の頭頂部に近づける。地面はぬかるんでいた。

手に力を込める。土が削れるような音とともに、巣が落下した。地面と衝突し、割れる。スプレーの液がふんだんにかかっていたため、かなり柔らかくなっていたからだろう、果物のように、潰れた。白いものが見え、目を凝らす。幼虫であると分かり、兜は寒気を覚えた。若い命を奪ったことに対する罪悪感に襲われる。

ほかにやり方はなかったのか。

いや、これしかなかったのだ。

しゃがみ、地面を掘り、土を巣の上にかける。せめて、幼虫たちの死骸は埋めてやりたいと思った。

即席の墓を作り終えた兜は、大きく息を吐く。立ち上がり、腕を持ち上げ、伸びをした。重ね着の窮屈さは相変わらずで、体もあちこちが痛い。早く家に戻ろうと踵《きびす》を返し、玄関に向かう。歩きながら、ヘルメットを脱ごうとする。首元のガムテープがなかなか剝《は》がれない。

時間は分からぬが、まだ隣の窯田さんが出てこないところを見ると、五時前なのかもしれない。

人影が目に入ったのは、その時だ。玄関の先、門柱の近くにさっと姿を隠す男がいた。

兜はとっさに、不審者だと判断していた。早朝に出歩いているからではない。兜の姿を見て、反応したからだ。同業者の動きに違いなかった。

意識するより先に、庭を駆け、家の門の外に勢いよく飛び出している。前には、ほっそりとした長身の男が立っていた。逃げそこなったのか、それとも、ばれたならば仕方がない、と開き直ったのか、そうでなければ、もともと兜に気付かれることは承知だったのか、理由は分からない。

男は、兜を見つめ、立っている。長袖の黒のTシャツにブーツカットのジーンズを穿いている。年齢は分からぬが、ぱっと見は、モデルの仕事でもやるかのような優男だった。両手はジーンズの後ろポケットに入れているのだから、無防備この上ない。にもかかわらず兜は、それが同業者だと思った。体から、警戒心の糸が張り巡らされているのが分かる。尻ポケットの手もおそらく、武器をつかみ、いつでも、飛び出させる準備はできているはずだ。

「狙いに来たのか」兜は、男に訊ねる。仲介者である医師から得ていた情報を思い出す。業者スズメバチが命を狙っている、と医師は言った。

「この時間帯であれば、全員、眠っていると思ったのか？」

この男が、スズメバチなのだろうか。一度、そう思うと、それこそが真実だとしか考えられなくなるのが兜の性格だ。

以前、高層ビルで物騒な仕事をした際、このような男がエレベーターにいた。ような気がする。あの時も、スズメバチがいた、と後で噂を聞いた。なるほどこれはもう、この男はスズメバチなのだ。そうとしか思えない。

男は何も言わず、兜を睨んでいる。

いつ攻撃を仕掛けてくるのか。兜は体を強張らせる。が、一方で、先ほどの蜂退治での疲れが出てきた。一般の人間であればまだしも、同業者であれば、ここでまともに格闘がはじまったら、おそらく勝ち目はない。兜は鼓動が高くなるのを抑える。どうすればいいのか。

少なくとも相手の手が飛び出した瞬間には、対応できるように、とその注意だけは緩めないようにした。とはいえ体は重く、視界は曇っている。

相手の男がなかなか攻撃を仕掛けてこない。こちらを見る顔つきに強張りが浮かんでいる。俺を恐れているのか？　だとすれば、依頼を受けた同業者としては失格だ。標的を前にして怯《ひる》んでどうするのだ。

ただ、そこでようやく、自分の恰好が蜂退治の服装のままであることを思い出した。

ヘルメットをガムテープで固定し、重ね着に重ね着をした上下の恰好は、膨張した謎の怪人と見えなくもない。

だから男は警戒しているのか？

さすがに、この恰好の男が前に出てきたら、動揺し、困惑するのではないか。

兜は試しに一歩足を踏み出す。

男は下がった。

「おまえの武器は毒の針だろ？　だけど、無駄だぞ」ヘルメットのシールドを上げ、兜は言う。

「この恰好を見ろ。刺さるわけがない」

男は、兜を上から下まで眺めてきた。

「おまえが来ることは、分かっていたからな」兜は大きく息を吸い込み、こちらの興奮を悟られぬように気を付け、言った。「俺は準備をして、待っていた」

もちろん、口から出まかせだ。これは、スズメバチはスズメバチでも実際の虫のほうに対する準備だ。

男は無言のまま、兜をじっと見つめる。

俺が蜂の巣を前にした時と同じ顔だ、と思う。未知なる生き物に恐ろしさを感じているのだ。

「今日のところは帰れ」兜はまさにその言葉で、相手を刺すかのような気持ちで、言い放つ。

男が後ずさりをし、立ち去った。

見送りながら兜は、深呼吸をする。ほっとしたのも束の間、隣の平屋の玄関が開く音がしたため、慌てた。隣の窯田さんが現われるのかもしれない。姿を隠さなくては、と焦り、門を越え、玄関へ向かった。

そこでつまずいた。靴紐《くつひも》がほどけており、それを自ら踏んでしまった。つんのめり、バランスを崩し、庭の地面に滑り込むような恰好になる。足を踏ん張ることができず、前傾姿勢のまましばらく、進むほかなかった。そして最後には踏ん張りが利かなくなり、その場でひっくり返った。

全身の力が一気に抜ける。

疲れと暑さでもはや動くこともできない。仰向《あおむ》けの大の字になり、すでにずいぶん明るくなった早朝の空を見上げ、兜はそこで休憩を取る。眠気すら襲ってくる。汗が気持ち悪いが、このまま少し休んでも罰は当たらないのではないか、と思った。

◆

マンションのドアに鍵をかけた女は、息子の手を引き、五階の通路を歩いていく。実家に帰省するため、早朝の出発となったが、空にはすでに太陽が貼りつき、今日も東京は暑くなるのは決定的に思えた。

「お婆ちゃんのところは涼しいかなあ」五歳の息子が外を見ながら、言った。いつもであればまだ熟睡中の時間だが、祖母に遭うのが楽しみなのか目覚めが良かった。

「青森はこっちよりは涼しいと思うよ」と彼女は言い、息子に問われるがままに、実家へ向かう電車の乗り換えについて語った。

エレベーターが一階から上昇してくるのを待つ。手を握ってくる息子を見下ろす。小柄で幼いながらもしっかりと立つ姿に、頼もしさを覚える。昨日の、自分の口から飛び出した心ない台詞を思い出し、胸が痛くなった。

そして、何とはなしに、外に目をやったところで、気づいた。

五階から見下ろすと、近隣の住宅を上から眺めることになるのだが、一戸建ての庭に人影が見えたのだ。はっきりとは確認できない。気になり、バッグからデジタルカメラを取り出すとそれを構えた。ズーム機能を使えば、よりよく見えるのではないか、と思ったためだ。画面に、大の字に寝転ぶ人が見えた。

庭で、空を仰ぐように倒れている。

人形にしては大きいが、普通の人間には見えない。置物だろうか。

「どうしたの」と息子が言う。エレベーターが到着し、ドアが開いたが、彼女はそれには構わなかった。

「変な人が寝ているの」

「変な人?」

息子にカメラを持たせ、抱き上げる。手摺《てす》りの壁から落ちないようにと気を付けながら、先ほどの一戸建てのある場所を伝える。

息子はしばらく、「どこ?」と頭を振っていたがやがて、「あ」と声を上げた。「本当だ」

「でしょ。人形かな」

「少し動いたよ。何か、宇宙服みたいだね」

「ああ」彼女も気づき、息子を下ろすともう一度、カメラを覗いた。バイクのヘルメットをかぶっているようだが、宇宙服を着ている姿と見えなくもない。

もう一回見たい、と訴える息子を抱えた後で彼女は少し考えた末に、息を吸い込むと、「もしかするとあの人、お星になったミケを連れ戻そうと、宇宙に行ったのかな」と口に出した。

息子が笑う。「そうかもねえ」とどこまで本気なのか口元を緩める。「あの人、宇宙から落ちてきちゃったのかなあ」

「やっぱり危ないから、ミケは連れて来ないほうがいいね」彼女は続ける。「お星のままで」

前日に母親である自分が発した、冷たい言葉を忘れたわけではないのだろうが、息子は何事もなかったように笑ってくれ、彼女は、寛大な子供の心に感謝する。十年一緒にいた猫が亡くなったことを考えると涙が溢《あふ》れるのを止められない。だからと言って、母親としての自分を忘れていいわけがなかった。昨日の自分の態度は最低だった。昨日はごめんね、と彼女は言いたかったが、恥ずかしかったのか、それとも自尊心が邪魔をしたのか、口にできず、かわりに、「ミケに遭ったのかな、あの人」と話しかけた。

「昨日は本当にごめんね」ようやく言った彼女は、数十分後、庭で寝転んでいた男が、起きてきた妻に、「あなた何て恰好をしているの?」と叱られ、「まさか自分で勝手に蜂退治をしたわけじゃないよね」と問い質《ただ》されるとは、当然、知らない。

Crayon

壁を見上げる。さまざまな色と形の石が据え付けられている。ボルダリングにおいてはホールドと呼ばれる物で、それぞれの脇に色テープが貼られている。兜は正面の壁の、青いテープのついたホールドがどのようなルートで並んでいるかを確かめた。それから、足の位置を確認した後で、スタートのホールドに両手を置く。壁についたホールドをつかみ、攀《よ》じ登った。ボルダリングのルールはさほど多くないが、その多くないうちの一つが、スタートとゴールの印のついたホールドは両手でつかむ、というものだ。

ボルダリングとは、壁についた石のような物に手足をかけて、攀じ登っていくスポーツ、といった程度の認識しか初めはなかったのだが、やってみるとこれがなかなかに創意工夫の必要な、奥深いものだった。

大きな貝殻にも似たホールドに、両手をひっかける。自然と、祈るような恰好《かっこう》になる。落ちないようにとしがみつき、兜はそこで実際に短く、祈りを思い浮かべることが多かった。物騒で、あまりに道徳を逸脱した自分の仕事については、もはや許してもらえるたぐいのものではないため、懺悔《ざんげ》することはできなかった。願うのは、「自分の家族の平和」のことだ。妻と息子がそれなりに平穏な人生を送れますように、と念じる。

ホールドをつかんだ左腕は伸びている。体を壁に引き寄せ、右上のホールドへの移動を行う。

自分の上腕二頭筋が隆起する。筋肉の膨らむその微《かす》かな苦痛じみた重みが、兜に生きている実感を与える。腰を上げ、右上、目当ての薄い青色のホールドをつかむ。そこでもう一つ、願い事を内心で唱える。仕事を早く辞められますように。自分に仕事を斡旋《あっせん》するあの医師は、兜が辞めることをなかなか認めてくれない。もっと金を稼がなくてはならない、と言う。

次のホールド、真上にあるものへと手を伸ばし、体を持ち上げる。左手でつかむ。願い事を追加する。できれば、妻が俺の大切さに気付きますように。もっと妻が、優しく接してくれますように。

「いや、三宅《みやけ》さん、すいすい登りますね」壁の下に敷かれたクッションから降り、椅子に座り休んでいると、横から来た背広姿の男が声をかけてきた。いつだって物騒な仕事をする際は、記号的な偽名「兜」と認識され、家では、「お父さん」「親父」と呼ばれるものだから、会社以外で本名を呼ばれること自体が、新鮮に思えた。

「ああ仕事帰りでしたか。松田《まつだ》さん」

「今、来たところでして。今日こそは、あそこの紫をクリアしたいんですけどね」

ボルダリングの壁にはたくさんホールドが取り付けられている。その、どれをつかんでも良いから登れ、となればあまりに容易であるため、特定のホールドだけを使って、ゴールを目指すことがルールだ。各ホールドの脇に貼られたテープの色により、難易度が変わる。たとえば初心者は桃色のテープのついたホールドだけで登れ、という具合だ。

滑り止めのチョークを手につけた松田は、クッションに上がり、壁に寄っていく。紫のテープのついたスタート地点に両手を乗せ、寄りかかるようにすると、登りはじめる。

都内にあるボルダリングジムの中から、そこを選んだのは特に理由はなかった。仕事のために、それは薬局店主をアナフィラキシーショックで殺害するという内容だったのだが、そのために訪れたビルの向かい側に、ボルダリングジムの看板を見つけた。そこに書かれていた、「この秋、話題騒然のマイナースポーツ！」の言葉に、「話題騒然でもマイナーの壁を破れぬのか」とおかしみを感じ、引き寄せられた。自宅から近いわけでもなかったのだが、地下鉄一本で最寄駅まで辿《たど》り着ける場所だった。

同じ時期にやってきたのが、松田だった。ちょうどジムの近くで、広告デザインの営業をしているらしく、以前から興味はあったものの来る機会がなく、やっと決心し、ボルダリングを体験しに来たのだという。

ボルダリングは安全の問題から、一つの壁には一人ずつ登り、残りの者は後ろで待っている。ボウリングの投球を順番に行うようなものだったが、ボウリングと異なるのは、特に点数もなく誰かと競う要素がないところだ。あくまでも、ただ登るだけで、筋力トレーニングをして極端に体型を改造するナルシシズムもない。自己満足の極致だ。

「登るだけなのに、達成感があるのって不思議ですよね」確か、はじめて松田が話しかけてきたのがそういった言葉だった。

その日はジムが混んでいたため、順番待ちの時間が長く、たまたま近くにいたことから、同じくらいの年齢の兜に声をかけてきたのだろう。もちろん、兜は警戒した。自分の仕事を知っている者ではないか、同業者ではないかと思い、ぼそぼそと簡単な受け答えをしただけだった。が、何度かジムで顔を合わせていると、松田は兜だけでなく、他の人にも気さくに話しかける性格だと分かり、それ以降は、表層的な世間話を交わすようになった。

兜にとっては、そういった関係は新鮮だった。

さらに松田との距離が近づいたのは、ある日、たわいのない、おそらくは接近する台風のことなどを喋《しゃべ》っていたところ、彼がスマートフォンへの着信に気づき、「すみません」と出入り口のほうへと遠ざかった時だ。一度、兜が登り終えた後でも松田の姿がなく、ふとトイレ近くに目をやれば、相変わらずスマートフォンを耳に当て、ぺこぺこと頭を下げていた。仕事のミスでもしたのだろうか、と想像していたが、帰ってきた松田がそこで照れ臭そうに口にした言葉で、兜は一気に親しみを覚えた。

「いやあ、妻からの電話でして。恥ずかしながら、私、会社では営業部の成績トップで、それなりに評価されているんですけど、家ではまったく立場がなくて」

気付いた時には、兜は手を差し出し、握手を求めていた。

松田はきょとんとした後で、兜の思いを、その同志を迎え入れるかのような握手の意味を察した。

「三宅さんも？」妻が怖いのか、という意味だろう。

「ええ」と兜は小さく顎《あご》を引く。

「たとえば、残業で遅くなるとむっとされたりしますか」

「妻は寝ていますが」兜は答える。「ただ、帰宅の音がうるさいと言って、怒られるのだけれど」

すると松田は、「穏やかなしかめ面」とでもいうべき、泣き笑いの表情になり、「同じです。しかも、帰宅後、腹が減って冷蔵庫を開ける音すら気付かれます」と言った。

「それなら、一番いい食べ物を教えますよ」兜は自分の声が心なしか弾んでいることに気づいた。

「音が鳴らず、日持ちがするものを」

「私の場合は、魚肉ソーセージです」

何と、と兜はのけぞる思いだった。何世紀も前から、「難問」とされてきた証明問題の解法を見つけた数学者が、同じ答えに辿り着いた学者を目の当たりにしたとすれば、その時の兜と同じ気持ちだったはずだ。さらに強く握手を交わす。

それからというもの、兜はボルダリングジムで、松田と喋ることが楽しみになっていた。まさか自分にこのような知り合いができるとは。

目の前の松田が紫のルートを一番上まで登った。最後のゴールのホールドを、両手でつかまなくてはならないのだが、それに失敗し、落下した。クッションの上で膝《ひざ》を曲げ、着地すると悔しそうに戻ってくる。

「惜しかった」兜はそう声をかける。

握力の残量を確かめるように手を揉《も》みながら松田は、「いやあ」と笑った。「いつも、ホールドにしがみついていると、家族のことを思い出すんですよ」

「どういう意味で」

「うちはよく、近所から、仲良し家族、と言われるんですけどね。いや、もちろん不仲ではないんですが、それだって、私からすれば、必死にしがみついて、その仲良し家族を維持しているような気持ちになる時がありまして」

「ああ」

「別に、無理してるというわけではないんですけど。妻も娘も大事ですから。ただ、時々、握力が駄目になって、もうしがみつけなくて、ぽーんと下りちゃったほうが楽じゃないかって思う時があるんですよ」

「ああ」兜はまだ、そこまでの思いを抱いたことはなかったが、松田の言わんとすることは理解できた。なぜ、このような仕打ちを受けてまで、俺はこの家庭を維持しようとしているのか。疑問に思う時は兜にもある。

「感情って相殺されないんですよね」とも松田は言った。

「どういう意味ですか」

「いいこともあるから、不満を帳消しにできるかと言ったら、そうじゃなくて。プラスマイナスで計算はできないというか」

そういった話で盛り上がったところで、松田が、「そういえば、三宅さんの息子さんはおいくつなんですか」と訊《たず》ねてきた。

「高校三年なんだ。受験でね」と言ってから、そうだ受験なのだ、と緊張が走る。いったい、克巳の進路はどうなるのか。

「奇遇ですね」松田が目をしばたたく。「うちの娘も高三、受験生です」

それはそれは、と兜は喜ぶが、その後でいくつか言葉を交わした結果、驚くべきことが判明する。兜の息子と、松田の娘は同じ高校に通っていたのだ。その偶然に二人ははじめは呆然《ぼうぜん》とし、その後でまた握手をし、喜んだ。

「三宅さんとはパパ友ですね」

松田が言うのを聞き、兜はじんわりと感動が込み上げてくるのを感じる。自分に友達ができる時が来るとは想像したこともなかった。

兜

家に帰ると、克巳が居間にいて、カップラーメンを食べていた。育ちざかりの高校生なのだから、もっと栄養のあるものを食べろ。と兜は言わない。自分が同じ年の頃は、もっといい加減な食生活で、というよりも生活自体が爛《ただ》れきっていたため、言う資格がないという思いだったが、それ以上に、「カップラーメンなど食べるな」と否定すれば、それはすなわち妻に、「ちゃんとした料理を作れ」とメッセージを発していると受け止められる可能性がある。妻に限らず女性は、いや人間は、と言うべきかもしれないが、とかく、「裏メッセージ」に敏感だ。相手の発した言葉の裏には、別の思惑、嫌味や批判、依頼が込められているのではないか、と推察し、受け止める。おそらく、言葉が最大のコミュニケーション方法となった人間ならではの、生き残るための能力の一つなのだろう。困るのは、こちらが裏メッセージなどまったく込めていないにもかかわらず、嫌味や当てこすりだと解釈されることだ。たまったものではない。そして兜の妻は、表しかないメッセージに裏を見つける天才だった。

克巳は麺《めん》を啜《すす》りながら、単語帳をめくっている。生き延びるだけで必死だった自分の十代を思い出してしまう。法に触れることをいくつもやり、日々を過ごしていた。

「そのカップラーメンは、いつの食事だ」兜はふと気になり、訊ねていた。時計は午後三時を示している。昼食には遅く、夕食には早い。

「たぶん昼」

「無理するなよ」

「まあね。ただ、やれるだけのことはやっておこうと思って」

「それで駄目ならしょうがない、か」妻が昔からよく言う台詞《せりふ》だった。やれるだけのことしか人はできないんだから、やれるだけやって、無理なものは仕方がない、と。それは、「人事を尽くして天命を待て」ということではないか、と昔、訊ねたことがあるが、「わたしのほうが表現が易しくて、偉そうじゃないし、いいね」と彼女はうそぶいていた。「母さんはどこだろう」

「二階だよ。収納の片づけを始めたら、止まらなくなって」

ああ、と兜は溜《た》め息を吐く。妻は読書にしろ、掃除にしろ、いったん夢中になると時間を忘れるところがある。もともと整理整頓《せいとん》にこだわる性格であるため、特に掃除は熱が入ると、徹底的なものになる。もちろん悪いことではない。ないのだが、その結果、家のタイムスケジュールが崩れる。

と思っていると階段を降りてくる足音が聞こえる。兜は自分の胃が締まるのを感じた。

「あら、あなた、帰ってきてたの」

「今ね」

「掃除をしはじめたら、終わらなくなっちゃって。収納がいっぱいで、前から整理したかったたんだよね。そうしたら、あっちのものをこっちへ、と大移動で。あなたの部屋に物を置いてもいい？」

「もちろんだよ」兜の部屋、とはいえ、それは納戸を少し改良しただけのもので、「お父さんの部屋」と呼ばれるだけのただの納戸、と言ったほうが近い。リフォームをして自分の部屋が欲しい、と言った際、妻からの提案でそうなったのだ。

「掃除、大変だね」「そう大変なの」「いやあ、お疲れ様」

相手を労《ねぎら》う。基本の第一だ。先日、ボルダリングジムで喋っていた際、松田も言っていた。

「私は十九年の結婚生活で学びましたよ。妻の話にはとにかく、『大変だね』の相槌《あいづち》、一択なんですよ。愚痴はもちろん、疑問形の言葉に対してもね、『大変だねえ』と言うことがもっとも妻を癒《いや》します」

兜も同意した。仮に、「こちらの服とこちらの服、どちらがいい？」と相談されたとしても、「大変だねえ」と大いに同情し、相手を労う。もちろん、「ちゃんと答えてよ」と叱られることもあるだろう。が、それでも、ちゃんと答えれば平和が維持されるかと言えば、そうは言い切れない。

「あなた、今日の夕飯、トンカツでいい？　冷凍してあるお肉があって」

「もちろんだよ。ちょうどトンカツが食べたかった」これは嘘ではなかった。仕事の下見で、外を歩き回ってきたため、空腹感はあった。

「でもまだ少し、掃除、時間がかかりそうだし、その後、パン粉を買ってきたりするから遅くなりそうだけど」

「俺がパン粉を買ってこようか」

「ああ、そうしてくれる？」

「君も大変だな」

二階に妻が戻っていくと、克巳が冷めた目を向けてきた。「親父はさ、よくそんなに、おふくろにペコペコできるよな」

「ペコペコしてる？　労っているだけだ」

「だけど、親父だって働いてるわけだし、今だって、パン粉を買いに行くと言っても、おふくろは悪いと思ってもいないし」

「そんなことはない」

「もし俺が大学に行って、もし一人暮らしとかはじめたら、親父がどうなるのか心配で」

「どういう意味だ」

「親父とおふくろ二人だけで、うまくやっていけるのかなあって」

そんなことを心配してくれているのか、と兜は感激で、息子を抱擁したくなるが、もちろんやらない。

「最近、学校でさ、急に暴れ出した同級生がいたんだよ。男で、いつもは大人しくて」

「いじめか」

「そうじゃないんだ。真面目そうってだけで、あんまりほら、あれがないんだ」

「あれ」

「社交性っていうのか」

「俺はいまだにない」

兜が言うと克巳は笑う。「そいつが急に、授業中、隣の女子に大声で怒鳴ったんだ。『分かったようなことを言うな！』ってさ。詳しくは知らないんだけど、そいつもいろいろ家庭環境が複雑で、何か溜め込んでいたらしくて。隣の女子が少し、同情するようなことを言っちゃったから、噴火しちゃったんだろうなあ」

「それが俺と関係するのか」

「親父もいつか、爆発するような気がするんだよ。おふくろと仲はいいんだろうけど、いつだって親父が我慢する側だろ」

「そう見えるか」兜は語調を強くし、身を乗り出してしまう。ああ見ている人は見ている！　と天を仰ぎたくなるが、別の思いも頭を過《よ》ぎる。自分が今までやってきた、そして今もやめられないでいる仕事は、金銭を受け取るかわりに人の命を奪う、という最低の、許されざる内容であるから、「見ている人は見ている」のならば、ひどい罰を受けるのは間違いない。問題はそれがいつなのか、だ。いつか、代償を払う時が来る。ただそうであったとしても、家族を不幸には巻き込みたくない。

「いつも親父は謝ってばかりだからなあ。もっと堂々としていれば良いのに」

「これぱっかりは性格なんだろう。克巳はこうならないように気をつけろよ」

「亭主関白でふんぞり返ってるのもみっともないけれどね」

そろそろパン粉でも買ってくるか、と兜は腰を上げたが、そこで息子に向かい、「おまえの学校に松田さんって子がいないか」と訊ねた。

「松田？　松田風香《ふうか》？」

「知ってるのか」

「同じクラスだよ。ほら、さっき俺が言った、隣の男子に同情の声をかけて、喚《わめ》かれちゃったのが、その松田風香」

何とそれは、と兜は喜びを覚える。子供同士が同じ高校に通っているばかりか、同じクラス、しかも息子の話題にちょうど出たばかりとは、これはもはや偶然を通り越した運命、異性同士であれば恋が芽生えてもおかしくはないほどだ。

二階からまた妻の降りてくる足音がし、してもいない不倫の罪に竦《すく》み上がるような気持ちになった。掃除は一段落したのか、と訊ねようとしたがその前に、「まだもう少しかかりそうだから」と彼女は二階を指差す。

「大変だなあ」

「夕食、トンカツじゃなくてもう少しあっさりしたものでもいいかな。そうめんとか」

兜の胃袋はすでに、トンカツを食べる気持ち満々の、トンカツの形状になっているほどの感覚ではあった。さらに妻の言葉は、「いいかな？」という相談の形式を取っている。普通の人間であれば、「やはりトンカツが食べたい」と自らの希望を主張することを考えるかもしれない。が、それはアマチュアだ。長年の付き合いから兜はどう答えるべきかを知っており、悩むことなくそれを口にした。

「俺も、そうめんくらいのほうがいいように思っていたところなんだ」

克巳がにやにやしながら、単語帳をめくる。「いたわしい。可哀相。poor」

内科診療所の待合室は空《す》いていた。平日であるからか、一人、膝が悪いのかゆっくりと長椅子に座る高齢女性がいるだけだった。オフィス街の一角にあるビルの中層階だ。

「ここの先生、愛想ないですよね」その女性が、兜に声をかけてきた。

一瞬、戸惑ったが、「ああ」と答える。「そうだな。よく言えば落ち着いているが」

「血も涙もない、って言葉がぴったりよね」

「医者の資格と知識があれば、問題はない」

「確かにそうね。血と涙じゃ治らないしね」

女性が笑ったところで、兜は呼ばれ、診察室に入った。

白衣を着た丸眼鏡の医師と向き合う。「その後どうですか」と抽象的な問いかけを投げられる。

「変わらない」そういえば友達ができた、とは言わなかった。

カルテをめくりながら医師が言う。「あなたには、この手術をおすすめします」

渡された紙を見る。ざっと目を通したところで、すぐに返した。「遠慮しておくよ。悪性なんだろ。先生、俺はもう、悪性の手術もやめると言っただろ。そもそも手術をやめたいんだからな」

「ただ、楽な手術は手術代も高くありませんよ。以前、言っていたじゃありませんか。良性のものを手術するよりも、悪性のもののほうが罪の意識は少ないと」肌はつるつるしているが、表情はなく、人形じみている。検査結果の数値から計算し、特定の病気を類推できるようになれば、そのうち医師は、結果と処方箋《せん》をプリントアウトするだけの人形に置きかえられるようになるかもしれない、と兜は想像し、もしかするとこの目の前の医師はその、プロトタイプ、試作品ではないか、と疑いたくなった。

「では、この手術はどうでしょうか」カルテがまたこちらに突き出される。

鋏《はさみ》やカッター、錐などの工具を使う業者の名前が書かれ、その身体的特徴や行動範囲、今までにこなしてきたその男の仕事が並んでいる。もちろん、カルテを装っているため、内容はドイツ語を中心とした隠語になっており、兜は頭でそれを翻訳し直すのに手間取った。

「刃物と言えば蟬《せみ》だったけどな」

「懐かしいですね」医師はまるで懐かしくなさそうに、言う。

それから医師は、隠語まじりに説明をした。この業者が、所属していたグループから脱け出そうとし、その結果、グループの上層部から命を狙われているのだという。賞金首というほど派手なものではないが、さまざまな業者や代行者に、殺害依頼が出ている状況らしかった。裏切り者、脱落者には死が待つのみ、といったところか。

克巳が誕生した頃から、この仕事を辞めたいと願ってきた兜からすれば、明日は我が身、他人《ひと》事《ごと》とは思えぬ相手だった。

「ほかには？」と別の仕事がないか訊ねる。できれば安全な仕事がいい。カッターのような武器を使う同業者を相手にしたことは過去にもあるが、面倒なのは事実だ。一度、ナイフを使う業者、蝉と鉢合わせしそうになったが、その時は戦わずに済んだ。

「前から聞きたかったんだが、業界に新陳代謝はないのか」

「どういう意味ですか」

「俺はずいぶん長いこと、この業界でやっている。ただ、若い業者の話はあまり聞かない。慣れや勘が必要なのは事実だが、噂で聞くのはいつだって聞いたことのある名前だ。期待の新人はいないのかと思ってな」もしいるのなら自分をさっさと引退させ、若くて有能な奴を活躍させてほしい、と思わずにはいられない。

「信頼を得るのはやはり、経験者です」

「ただ、どんな経験者も最初は初心者だ」

「その通りです。けれど、どんなものでもそうですが、二極化が進んでいます。つまり、有名な人はより有名に、無名の者はいつまでも無名のまま、と」

「悪循環だな」

「ええ。おかげで、無名の者は名前を売るために、目立つことをしたくなります。難易度の高い仕事に手を出したり、有名な者に挑もうと」

自分のように足を洗いたい者もいれば、業界で頭角を現わすことに熱心な者もいるのか、と兜は苦笑したくなった。

「これはどうでしょうか」医師がカルテを出してきた。「少し、目的の異なる手術です」

目を通し、ぼそぼそと喋る医師の説明に耳を貸す。簡単に言えば、「死体を用意してくれ」という内容で、確かに変わり種ではあった。誰かを殺すことが目的ではなく、死体が必要であるから殺してほしい、と。依頼主は、「身代わり」を用意したいらしかった。追跡者から逃れるため、死体を偽装し、すでに自分は死んだのだと思わせたい、そのために使う死体が必要、という理屈だ。身長や血液型、身体的な特徴についても記されている。

この条件と一致する人間を殺せ、ということか。そんなに都合良く、ぴったりの相手がいるのか？

と思うと医師は否定した。性別が一緒で、年齢がおおよそ合っていれば、あとは死体処理の過程で誤魔化せるらしい。全項目が一致する必要はないようだ、と。

「それなら」兜は頭に浮かんだアイディアを口にする。「一個前の依頼があっただろ。仕事を辞めたい業者についての」

「ＤＩＹ」急に医師がそう言うので何事かと思うが、それが業界内での、その業者の呼び名であることを思い出した。工具を使って、日曜大工をするイメージから来ているのか、もしくは、実際に彼が、殺害に使う工具をＤＩＹショップで調達しているのか。

「そのＤＩＹを殺害して、その死体を二つ目の依頼主に渡せば、一石二鳥ではないか？」兜は、もちろん自分でそれをやるつもりはなかったのだが、名案だとは思った。

「最初の手術で取り出した腫瘍《しゅよう》を、二つ目の手術で、再利用するわけですか」

「そうだ」

医師は、兜を憐《あわ》れむように首をゆっくりと左右に振る。「その二つの手術は、繋《つな》げられませんよ」

「そうかな。いいと思うんだが」

「二つ目の手術の依頼主が、当のＤＩＹなのです」

ようするに、ＤＩＹは組織から脱け出すために身代わりの死体を探しているのだ、と。

ＤＩＹを殺せ、という依頼と、ＤＩＹのために身代わりを探せ、という依頼の両方が、この医師のところに来ていることになる。おかしなものだが、確かに、二つの依頼は両立できない。

「どちらの手術なら興味がありますか」

兜は肩をすくめる。容易なのは二つ目、死体を用意する仕事のほうだろう。一般人を殺害すればいいのだ。が、罪悪感の少ないこと、報酬の高いことを考慮すれば、ＤＩＹ殺しを請け負うべきだ。一般人を狙うのは、事件化のリスクが大きく、さらには、誰を標的とするのか選択する手間も発生する。

即断はできない、と伝え、診察室を後にした。待合の椅子に座る老女がひょこっと会釈をしてくる。彼女も、自分と同じ業者なのだろうか、と想像する。もしくはただの患者なのか。どちらでも構わないのも事実だ。

兜

「ねえ、今日、昔の知り合いのお母さんたちと会ったんだけれど」妻が言う。

「昔の知り合い？」

ダイニングテーブルを家族三人で囲み、すき焼きを食べている時だ。

「克巳が小学生の時、PTAの仕事で一緒だったお母さんたち。わたし入れて、四人で。久しぶりにお昼でも、ってことで会って」

「それは大変だ」

「何で分かるの」

そう問われると答えに困るが、箸《はし》で挟んだ長ネギを口に入れ、誤魔化す。

「ちょっと考えちゃうことがあって」

うんうん、と兜は相槌を打つ。彼女のストレスが増すような出来事でなければいいが、と祈らずにはいられない。克巳はといえば、器用に片手で卵を割りながら、単語帳に取り組んでいる。

「ほら、鈴村《すずむら》さんって覚えてる？　克巳の同級生で」

「女子？」克巳が顔を上げ、短く言った。

「そうそう。どうもね、最近旦那《だんな》さんが亡くなっちゃったみたいなの。薬局をしていたらしくて」

兜は口に入れたばかりの肉を、吸い込みかけ、噎《む》せた。「いったいどうして」と訊ねた。自分が仕事として請け負って、殺害した薬局店主のことが頭を過ぎった。知らなかったとはいえ、克巳の元同級生の父親の命を奪ったのではないか、と恐ろしくなり、もちろん、「元同級生の父親であろうがなかろうが、人を殺害してはならない」と考えるべきだろうが、とにかく、やはりこのような仕事からは少しでも早く、足を洗わなくてはならない、と強く思う。

「交通事故だったみたい」

「ああ、それは災難だな」と答えながら、兜は安堵《あんど》する。取り繕うようにし、箸を鍋《なべ》の上空に移動かせ、動かした。

「それで、そのことで鈴村さん、つらそうだったんだけれど、みんなも、何て言ってあげたら良いのか分からなくて」

「まあ、そうだろうなあ」兜は特別な感慨もなかったが、感慨深く聞こえるように、言う。

「でもね、そこで久本《ひさもと》さんが、あ、克巳、久本さんって覚えてる？　元気な男の子だったんだけれど」

「あ、久本、覚えてる。懐かしいな」

「久本さんがね、鈴村さんを慰めるようなことを言ったのね。ぜんぜん嫌な感じじゃなかったのよ。自然で。そうしたら鈴村さんが怒っちゃって。『事故で夫を亡くした人間の気持ちなんて、分からないくせに』って」

「ああ」克巳が顔をしかめた。

兜は、先日、克巳が話してくれた高校での出来事のことを思い出した。ある不幸を抱えた人間が、さも理解者のようにして同情してくる他者に苛立《いらだ》ちを覚え、「分からないくせに」と叫ぶ。まさに同じ展開だ。

「気持ちは分かるんだよね。だって、旦那を事故で急に亡くしちゃったんだから」

兜はそこでうんうんと強く、妻の頭にその台詞を刻み込むかのように、繰り返し、うなずいた。

「旦那を失ったなら」と想像してほしい。その時に、「もっと優しく接していれば」と後悔する自分を思い浮かべてほしい、とそういった思いからだった。

「でも、『わたしの大変さを分からないくせに』と言われちゃうと、もう、どうしようもなくなっちゃって。難しいね」妻は悩ましそうに言う。「久本さんだって、悪気はなかったんだし」

「そうだな。難しいところだな」兜は答える。茶碗《ちゃわん》の白米がなくなったため、席を立ち、炊飯器を開き、自分でよそった。言ってくれればわたしがやるのに、と妻は不本意そうに口にしたが、だからといって甘えや油断は禁物で、自分でやれることはやっておいたほうが安全であることを兜は知っている。

「でもさ」

再び椅子に腰を下ろしたところで、克巳が口を開いた。

「でもさ、その時、久本のお母さんって何も言わなかったんだ?」

「どういうこと」妻は、克巳の質問が分からず、兜も分からなかったが、きょとんとした様子だった。「だからほら、久本さんが何か言ったから、鈴村さんが怒っちゃって」

「そうじゃなくて、ああ、じゃあ言わなかったんだ。それはそれで、すごいな」克巳は一人で納得したかのような言い方をする。

「どういう意味だ」兜は訊ねた。

「久本のところって、お姉ちゃんとお父さん、昔、事故で死んでるんだよ」

妻は体の動きを止め、まばたきを数回大きく繰り返した。それから兜のほうに、ロボットじみたぎこちなさで、顔を向けた。兜は自分が批判されるのか、とぎょっとし、背筋を伸ばしてしまう。何か喋らねば、とどぎまぎした結果、「それはすごいな」と克巳に確認している。「本当なのか」と。

「本当だよ。俺たちが中学生の頃、久本が俺に話したんだ。あまりおおっぴらには言っていないらしいんだけど」

「じゃあ、久本さんのところって、お母さんと」

「母子家庭って言うのかな。だからなのか、久本、母親のことすごく気にかけているんだよなあ」

「じゃあ今日、鈴村さんが、『わたしの気持ちなんて分からないくせに』って言った時、本当は久本さん」

「たぶん、分かっていたんじゃないの」克巳は少しぶっきらぼうな、関心のなさそうな口ぶりだった。

「何で、言わなかったんだろ。自分も、旦那さんと娘を亡くしてる、って」

兜は、妻と克巳のやり取りをただ、ぼんやりと眺めている。昔から、自分が生き延びるのに精一杯で、人の生死に対する感情がほとんど機能しなかった。知り合いを亡くす者の気持ちは考えたこともなかった。

「鈴村さんの気持ちがよく分かるからこそ、そこで言い返したらいけない、ってことも分かったのかな」妻は自分で自分の問いかけに答えるように呟《つぶや》くと、急に泣きはじめた。ぎゅっと閉じた目から絞られるように、次から次、涙が溢《あふ》れてくるのを、兜はじっと眺めた。「何だか、みんな大変だねえ」と妻は言う。

「大変だな」兜は無表情に答える。妻がなぜ泣いているのか、その感覚について完璧《かんぺき》に把握できてはいなかった。が、少しずつ理解できるようにもなっている。そして、もっと、理解したい。宇宙の生物が、人間の振る舞いをじっと観察し、その心のあり方を学ぶような、兜はそういった状況にいるようなものだった。

早く今の仕事を辞めたい、と肉を頬張りながら思う。時はすでに遅いのかもしれないが、人の感情を失ったまま、消えていくのは避けたかった。

兜

ボルダリングジムは空いていたため、兜は休むことなく、登る。家族の健康と、妻の機嫌の永遠平和を祈りながら、登っていく。クッションから降り、チョークを手につけながらひと息ついていると、横に若い女性がおり、「すごいですね。すいすい、登っちゃって」と綺麗《きれい》に並んだ歯を見せた。トレーニングウェアを着て、髪は短く、爽《さわ》やかさの成分だけで構築されたかのような彼女は、客観的に見て美人だった。

「コツをつかんできたのかもしれない」兜は答えながら、即座に気を引き締める。妻以外の女性と世間話をすることは別段、悪いことではない。下心もない。が、妻が仕掛けた引っ掛け問題の可能性はある。いや、実際にはそのようなことはあるわけがないのだが、意識の上では、妻がこの場面を監視し、こちらの対応をチェックしているのではないか、という思いに搦《から》め捕られてしまう。

「それはたぶん、あなたが今までしてきた行為に対する罪の意識が関係しているのかもしれませんね」兜は内なる自分が、そう分析してくる声を聞く。「ルールを守らず、他者の命を奪ってきた自分が、幸福な家庭を築けるわけがない。許されるわけがない。いつ崩壊してもおかしくない、といった恐怖心があって、だから、妻を必要以上に恐ろしいものと位置付けることで、自分を戒めている、警告を発しているのではないでしょうか」

兜は自ら、反論する。「いや、妻が本当に怖いだけなんだ！」

松田がジムにやってくると、兜はほっとした。自分の精神バランスを平衡にしてくれる、掛かりつけ医師が来てくれた感覚なのかもしれない。

「三宅さん、こんばんは」と挨拶《あいさつ》してくる松田は準備運動をはじめる。

いつもよりも顔がやつれていることに気づいたのは、松田が一度、登りはじめ、いつもであれば失敗することのない、青色テープのホールドの、ゴール直前で手を滑らせ、落下してしまった後だ。「失敗しました」と頭を掻《か》きながら戻ってくる松田は瞼《まぶた》が腫《は》れぼったく、血色も悪い。

「体調、大丈夫ですか」兜が訊ねると、松田は片眉《かたまゆ》を下げた。「いやあ、やっぱり分かっちゃいますか」

「そりゃ分かりますよ」友達じゃないですか、と兜は続けたいほどだった。

「昨日、夜中に妻と延々、話し合いがありまして」

「話し合い？」

「ええ、普段は話し合いなんてないんですよ。私は基本的に、言い返しませんから、話し合いにならないと言ったほうがいいですかね。ただ、今回は妻の実家の話も関係してきまして」

松田の説明によれば、どうやら義理の両親は自営業をしているのだが、その経営が芳しくなく、資金援助を求めてきた、という話だった。松田としては、できる範囲で金銭的なサポートをするのは吝《やぶさ》かではないが、義理の両親の態度が大きく、反発を覚えたのだという。

「妻も働いていて、それなりに高給取りですから、彼女も彼女の両親も、私のことなど大して気にかけていないのかもしれない、と思ったら、空《むな》しくなりましてね」

「それはまた」兜は何と言ったらいいか悩んだ。松田の抱えているものには、兜のものとは違う種類の苦しみも含まれている。「つらいですね」

「なので昨日、私にしては珍しく、意見を言ったのですが、そうしたところあちらも言い返してきましてね。でも、三宅さん、不思議なものですが、私のほうは比較的、言葉を選んでいるつもりでも、妻は感情的に、そんなことを言ってしまって大丈夫だろうか、と私のほうが心配になるような台詞をぶつけてくるんですよ」

男女では脳の仕組みが違う、という話に還元していいのかどうか、兜は悩む。悩んだ結果、黙って、松田の話を促す。

「結局、ただの言い合いになっただけでした。私はもうぐったりしてしまいまして、今までの人生は何だったのか、とそんなことまで考えていたら眠れなくなってしまいまして」

兜は、松田を見ながら、自分の中に湧いてくる感情の種類が何であるのかを考えていた。同情なのか、共感なのか、それともまったく別の、たとえば自分が仕事で殺害する相手に抱く、薄暗い思いであるのか。

「だけど三宅さん」松田が少し顔を歪《ゆが》めた。笑ったのだとはなかなか気づかなかった。「眠れなくて、部屋を片付けていたら、娘が昔、描いてくれた絵が出てきましてね」

「絵？」

「クレヨンで描いた、確か幼稚園の時のものだと思うんですが、父の日だったのかな。私の顔らしきものがあって」

「ああ」

「パパがんばって、と字もありました」

「ああ」兜は言いながら、克巳の幼稚園の頃を思い出している。自分も、何か絵を描いてもらったはずだ。今も家のどこかにあるのだろうか。帰宅したら探してみよう、と考える。

「今日来て、思ったんですけど」松田はボルダリングの壁を指差した。「あのカラフルな石は、クレヨンで描いたみたいですよね」

兜も同意する。すると今度は、あのホールドにしがみつき、登り続ける自分たちが、幼かった子供たちとの思い出の世界から離れたくない、と必死になっているように思えた。

兜

一杯やっていきませんか、と松田に誘われ、兜は嬉《うれ》しかった。今までも業者仲間と夜の繁華街を出歩くことはあった。仕事をこなすために、バーや居酒屋で時間を潰《つぶ》すこともあれば、仕事の標的がバーや居酒屋の客、ということもあった。

仕事とは関係なく、誰かに誘われることは初めてかもしれない。いや、結婚する前に、妻と行くことはあったが、今となってはあの恋人同士の、甘えるような彼女との時代は、紀元前の四大文明のことに思いを馳《は》せるようにしか捉《とら》えられない。

松田は、私のよく行く店で、と言い、ビルの場所を説明してくれる。兜の知らない場所だったが、もちろん異存はない。強いて言えば、帰りが遅くなることを妻に伝えていなかったことが気がかりだった。ちょっと家に連絡をしていいか、と言いかけたところ、松田のほうもスマートフォンを持ったまま、片手で拝むような仕草をした。そのあたりの、妻に対するケアについては、二人は同じ流派に属しているのだから、話は早い。ツーと言えばカー、やっぱりそうだよね、の心境で、自宅の電話を鳴らす。

飲んで帰るから、と兜が伝えると妻は、「あら、そう」と比較的、機嫌良く答えた。何かいいことでもあったのか、もしくは、夕食の準備がまだだったのか。

「じゃあ、そういうことで」と言い、横を見れば、松田が電話で喋りながらぺこぺこと頭を下げている。と思えば、兜自身も頭を上げたり下げたりしているのだから、やはりこれは似た者同士としか言いようがなかった。

繁華街のアーケード通りは賑《にぎ》わっていた。背広姿の会社員がのしのしと歩く一方、浮ついた口調で喋る男女が楽しげに通り過ぎてもいった。

兜は、松田との話が楽しく、それは、「面倒な用件を切り出す際には、妻がもっとも機嫌が良いタイミングを狙わなくてはならない」であるとか、「仕事の用件であっても、決して楽しんでいる素振りを見せてはならない」であるとか、他人にとってはどうでも良いような話だったが、兜には宇宙の真理を確認し合うような気分だった。

「三宅さん、私はそういうノウハウを記録しているんですよ」

「え、何のために」

「誰かに見せるためではないですけど、やはり、何かあった時に参考になりますから。妻とのやり取りで大事なことを、うっかり忘れてしまうこともあります」

「なるほど」

「何より、自分の頑張った成果が形になったほうがいいじゃないですか」

ああ、それはいい、さっそくやることにしよう、と兜は思う。

まだ店に向かう時からこれほど話が弾むのだから、席に座り喋りはじめたら、時間を忘れてしまうかもしれない、と感じるほどだ。

途中で、柄の良くない若者たちとすれ違い、松田の肩と相手の肩がぶつかった。

松田はすぐに謝罪したが、相手の男は自分の左肩を押さえ、「謝って済むと思ってんのか」と迫力のある声で喚いた。ほかに似たような恰好《かっこう》の若者が二人、ついており、松田と兜の前に立つと、「おっさんたち、ぼんやりしてるんじゃねえぞ」と言ってくる。

兜は、若者たちに構う気にもなれず、「まあ、行きましょう」と松田を引っ張り、先へ行こうとするが、そこでジャケットの背を引っ張られた。

「おい待てよ、逃げるなよ」と若者の一人が兜に顔を近づけてくる。まったくもって面倒だ。うんざり以外に感情が湧かない。ただ、ここで時間を費やすつもりもない。

松田が心配そうに、兜と若者の間に割って入ろうとしたので、それを手で遮り、「いや、行きましょう」と促す。

もちろん若者がしつこくジャケットを引っ張ってくるのは予想できた。だから兜は自分のポケットからハンカチを出し、松田の近くへ落とした。

あ、三宅さん、といった具合に松田がそれを拾うのと同時に、兜はジャケットをすっと脱ぎ、若者の手と一緒に丸め、体を翻し、ついでのように服越しに若者の指を折る。若者は突然の痛みに目を見開くが、兜は別の手で相手の口を塞《ふさ》いだ。そして耳元に顔を寄せ、「このまま帰らないと全部折るぞ。折った指を何度も折ることもできる」と囁《ささや》いた。若者の顔面は白くなり、ほかの二人も途端に不安な面持ちになった。兜はジャケットをすっと広げ、また羽織る。

松田がハンカチを手渡してきたので、受け取った。若者たちはすでに立ち去っている。


アーケード街を出ると少し脇道に入り、ひっそりとした十字路の信号で立ち止まった。二人で話をしていると、横から、「あの、すみません」と声がし、兜は咄嗟《とっさ》に身構えた。先ほどの若者たちが仕返しに来たのか、もしくは、自分を狙う業者なのか、と疑った。

が、実際には若い女性で、しかもお腹を大きくした臨月の妊婦が道を尋ねて声をかけてきたのだと分かり、もちろんそれでも、妊婦に偽装した業者の可能性もあるため気は抜けないのだが、気を抜かず観察した結果、危険な人物ではないとは判断できた。

松田は丁寧に、その妊婦に道を教えており、兜は横でそれを聞きながら、自分の息子が妻の腹の中にいた頃のことを思い出した。

人通りが少ない道であることに気付いたのはその時だ。街路灯はあるが、薄暗い。そしてその薄暗さの中から、マスクをかけたひょろっとした男が現われた。手に刃渡り十五センチほどの包丁を持っている。

松田は目を丸くし、反射的に妊婦の前に立った。兜はすぐに動ける姿勢を取りながら、マスクの男との距離を測る。今度こそ自分を狙った同業者か、とやはり警戒したが、マスク男は明らかに、松田と妊婦に包丁を向けており、「おまえたち、金を出せ」と言った。

「お金なら」と松田が鞄《かばん》に手をやろうとした。マスク男は喚きはじめ、包丁をその場で振り回しはじめた。兜のほうにも手が伸びたため、後ろに下がって、避ける。

妊婦は明らかに怯《おび》え、体を硬直させている。松田も両手を上げ、降参の姿勢を取っていた。兜も同様の恰好になる。兜から見ればマスク男は隙が多く、おまけに兜を警戒しているわけではないのだから、攻撃を仕掛けようと思えばさほど苦労もなく、できた。とはいえ、松田の見ている前で、立ち回りを演ずるのにはためらいがあった。

これほど目立つ武器を持つ、しかも冷静さを失った相手の動きを封じるには、それなりに荒っぽい手を使わなくてはいけないだろう。それを見た松田が、自分と今まで通り、付き合ってくれるのかどうか。せっかくできた友人をここで失うのか、と思えば、思い切れない。

マスク男は、どうやら松田と妊婦を夫婦だと勘違いしているらしかった。マスク越しの高い声で、「幸せそうにしやがって」と叫んだ。

松田は、「いや、そうじゃないんだ」とおろおろ答える。妊婦である女性も手を素早く振るが、恐怖のためか声は出ていない。女の左手の指輪が、暗い中で一瞬光り、その輝きがいっそう、マスク男を刺激しているように見えた。

「赤ん坊も一緒にぶっ殺してやる」

松田はそこで、「逃げて」と後ろにいる妊婦に声をかける。妊婦は走ることはできないものの、その場から必死に遠ざかる。

マスク男が怒りを露《あら》わにし、追いかけようとしたが、松田が立ちふさがった。兜も脇に並ぶ。

男の手は興奮と緊張で震えており、ああ、こいつはまともに刃物も使えない相手だ、と兜にはすぐに分かる。素人なのは間違いない。見た目は恰幅が良かったが、若いのかもしれない。自暴自棄なのか。

「おまえたちに、俺みたいな人間の気持ちが分かるか！」マスク男は言う。

兜はそれを聞き、最近、何度か耳にした言葉だと感じた。わたしの気持ちなど分かるものか、と相手を拒絶するための台詞だ。

「幸せそうで腹が立つんだよ」マスク男がもう一度言ったが、そこで、「幸せだって？」と強い言葉が出た。

兜ではない。

隣の、松田の口から飛び出した。

「俺が幸せだって？　知ったような口を利いているのはどっちなんだ」興奮し、鼻孔が広がり、顔は赤らんでいる。

マスク男は少し狼狽《ろうばい》したが、もともとすでに冷静ではないからか、包丁を突く真似を繰り返し、「偉そうなこと言うな」と声を張り上げる。

「あのな、俺が幸せだとどうして分かるんだ？　いいか、俺が日々、抱えているストレスを知っているのかよ」松田はもはや、兜のことも忘れ、感情的な演説をまくし立てるかのようになっている。自分が妻にどれほど抑圧されているか、さらには、ここ数年は妻の肌に触れてもいない、とまくし立てる。

肩を上下させ、それは威嚇する動物のようだった。溜まりに溜まった、泥のような苦しみが熱を帯び、ぐつぐつ煮立ち、体から蒸気が噴き出しているようにも見える。

「でも、俺よりはマシだろうが」とマスク男は言うが、それとほぼ同時に、「俺が幸せだと！」と松田が声を張り上げた。

雄叫《おたけ》びめいたものを夜の街に響かせると、マスク男に体当たりをした。

兜は咄嗟には動けない。呆気《あっけ》に取られたというよりも、松田の感情の爆発に胸を打たれていた。お互い、妻を恐れ、気を遣う日々を過ごしていると共感し、同志のつもりでいたが、松田が抱えているストレスは、兜とはレベルが違っていたのかもしれない。

松田はマスク男に馬乗りになり、顔面を闇雲に殴りつけている。

兜は周囲に人がいないことを確認しながら、そっと近づく。嗚咽《おえつ》まじりに、拳《こぶし》を振る松田の肩を静かに叩《たた》く。彼ははっとした顔つきで、兜を見ると我に返ったのか目を見開く。

「落ち着いて」兜は、松田に声をかけ、ゆっくりと立たせる。「こういう時は落ち着くのが一番だから。深呼吸をして」

言われるがままに松田は、純朴な子供のように深呼吸をし、その間に兜は、仰向《あおむ》けに倒れたマスク男に歩み寄る。ぴくりとも動かず、マスクを外すと虚空を飲み込むかのように口が開いたまま、瞳《ひとみ》には光がないのだから、間違いなく死亡しているとは思ったが、実際、手首をつかめば脈もなく、やはりそうか、と思った。

おそらく最初に後頭部から倒れた時、打ちどころが悪かったのだろう。

「三宅さん」松田がしゃがみ込んでいる。膝をつき、呆然としていた。「こんなことが」

兜は、死んだ人間を見ることには慣れていた。その死体を自らが作り出すことにも慣れていた。が、人を殺害してしまった人間に声をかけた経験はなく、しかも慰めたい場面など経験ゼロであるから、さすがに悩んだ。

とにかく松田のもとへ近づき、「あれはあっちが悪かった」と言った。

「え」

「自分が一番不幸で、相手はみんなマシだなんて言い方をされたら、腹も立つし、仕方がない」

兜は同情ではなく、本心からそう思った。

松田は心ここにあらずの状況で、まともな言葉を発しない。自分の手を眺め、倒れたマスク男を見てから、また息を荒らげる。

兜はこういった状態の人間を、時折、見た。自分の人生がまさかそこで途切れるとは思っておらず、予告も予兆も覚悟もないのになぜ、と呆然とする者たちだ。起きたことが現実とは思えず、心のどこかでは、まだやり直せる、と信じている。交通事故を起こした者、巻き込まれた者も同じだ。

松田は横にしゃがんだ兜に、「どうすれば」と言った。「どうしてこんなことに。三宅さん、私はどうなっちゃうんですか」

「松田さんには罪はない」兜は言った。「あの男は、妊婦さえ狙おうという最悪な人間だった。しかも、特に理由もないんだから、始末に負えない。松田さんが馬乗りで殴った時にはすでに死んでいたと思う」

「でも、もうおしまいです」

「おしまい？」

「こんな大きな事件、私はもちろん、娘の人生にも大きな影響を与えます。どうなってしまうのか」

松田は自らの、わなわな震える手を見つめていた。

「ここは私がどうにかします」兜はそう言っていた。「このまま帰ってください。松田さんがやったことはそれほど悪いことではない。それは忘れないでください」

もちろん松田は、兜の言い分に首を捻《ひね》り、しばらくは困惑していたが、あまりゆっくりもしていられない。少し離れた場所でタクシーを捕まえると半ば無理やり、松田を乗せた。「飲みに行くのは次回に」

残った兜のやることは、決まっている。

スマートフォンを操作し、担当医師の夜間診療用と言われる電話番号に発信する。相手は寝ていたわけではないだろうが、ゆっくりと出た。

「ＤＩＹの仕事をやった」

「どちらのですか」

「ＤＩＹが依頼してきたほうだ。使えるかどうかは分からないが、身代わり用の体を今ちょうど手に入れた」

「手術をしたんですか」

「道に落ちていたんだ」

医師は笑いもせず、「すぐにそちらに、係の者を向かわせます」と言い、電話を切った。

十分もしないうちに、緊急車両のサイレンを鳴らした、白い車が到着した。

兜

「あのさ、親父、前に、松田の父親と顔見知りだって言ってなかったっけ?」

居間でテレビを観ていたところ、克巳が急に言った。

「ああ」兜は答えながら、何を言われるのかは想像できた。

「この間、転校しちゃったけど」

「そうか」

あの日以来、ボルダリングジムで松田に会うことはなかった。時間が合わないだけだろうか、とジムの男性に訊ねたが、最近はまったく来ていないのだ、と説明を受けた。

理由は想像できる。

あの夜の出来事で、松田はまいってしまったのか、もしくは、あの死体を引き受け、ニュース沙《ざ》汰《た》にもさせなかった兜のことが、怖くなったのかもしれない。

「その子も受験前だというのに、大変だな」

「まあね。両親が離婚したって話もあるみたいだけど」

そうか、と兜は答える。彼は、細君と別れることで自由を得られたのだろうか。

ボルダリングのホールドに必死にしがみつくのを、もう無理だ、とやめたのだろうか。それで彼が楽になったのだったらいいが、と考えずにはいられない。

妻が二階から降りてくる。収納掃除の流行でもやってきたのか、最近は暇さえあれば、部屋の荷物を整理している。

「こんなの出てきたんだけれど」妻は古い箱をテーブルに置いた。蓋《ふた》を開けると中には折り畳まれた画用紙が入っており、広げるとクレヨンで描かれた絵があった。「克巳が幼稚園の時のやつね」

頭の大きな人の絵があり、「おとうさん、がんばってくれてありがとう」とかろうじて読める字が記されていた。

松田さん、同じような文言でしたよ、と伝えたかった。

「これ、捨てないほうがいいよね」妻が言い、兜は自分でも驚くほどはっきりした声で、「もちろんだよ」と言っていた。

それからしばらく、その絵を眺めながら、何も考えることができなくなる。胸が痛み、その痛みのもとである空洞に、クレヨンで色のついた画用紙を貼り、塞ぎたいほどだった。

「親父、どうしたの」克巳が片肘《かたひじ》をつき、教科書を眺めながら、言った。

いや、と兜はかすれた声で、答えた。「やっとできた友達だったんだ」

兜はボルダリングジムに行く頻度が減ったものの、ホールドをつかむ時には、何回かに一度ではあるが、また松田に会えますように、と祈るようになった。

EXIT

友達が多けりゃいいとは限らない。克巳が小学生になる前だったか、妻が言った。おっしゃる通り！　と反射的に返事をする者もいるかもしれないが、それは賢明ではない、と兜は学んでいた。無条件、自動的に反応しているのがばれてはいけない。

「なるほど、どういう意味で？」相手の意見の詳細を聞き、その上での公正な判断ですよ、というアピールをしつつ、最終的には、「なるほどね」と深くうなずく必要があり、その時もそうした。

「だいたい、気が合う友達なんて一生で一人いればいいほうでしょ。わたしの友達でね、友人から借金を頼まれて、大変なことになっちゃった子がいるんだけど。それとは別の友達なんか、彼氏を友達に取られちゃったとか、あとは友達に嫉妬《しっと》されて、ひどい意地悪された友達もいるし」

聞く限り、君には友達がたくさんいるようだが、と兜は思ったが口には出さない。

妻の言わんとする意味は理解できる。

数を競ってどうするのか。重要なのは質だ。産業革命により大量生産が可能になって以降、幾度となく、口にされてきた話と同じだろう。

友達たくさんできればいいね、とは、周囲の人間と軋轢《あつれき》なく、それなりにうまくやれる人間になりましょうね、といった意味合いなのかもしれない。

ほとんど他者と交流せずに生活し、他者と軋轢を生むどころか他者を殺害することを仕事としてきた兜からすれば、別世界の話に思えた。

普段は、文房具メーカーに勤める会社員でもあるから、それなりに人付き合いは経験している。営業社員として得意先と接し、同じ部内の飲み会に参加することも少なくない。ただ、それらはあくまでも表面的なもので、「親しい人間同士はこう振る舞うのではないか」と考えたものを、自ら模倣しているに過ぎなかった。

「あなたが、奥さんとだけは親密になれたことが不思議です」

最近、医師が言った。常日頃、仕事の依頼のこと以外は口にせず、それすらも診察室の問診や病状説明に見せかけるため、世間話など交わしたことは皆無に近かったが、突然、言った。

その発言の目的は理解できた。

業界から抜け出したい兜に、医師は以前から、「すぐには無理です」「先行投資分を回収するまで働かなくてはいけない」と繰り返していた。裏には、「さもなければ」という意味が隠されている。さもなければ、おまえとおまえの家族が危険な目に遭うだろう、と。医師が、兜の妻の話を口にしたのも、家族を失う恐ろしさを認識させるためだ。その時、兜は、依頼された仕事に二の足を踏みかけていたから、というよりも最近は常にそうだが、医師としては釘《くぎ》を刺したくなったに違いない。あなた、家族が大事なんですよね？

「彼女と一緒に時間を過ごすのは、楽しかったんだ」兜はただそうとだけ答えた。過去形で言ったものの、現在だって、楽しさは失われていない。違う点は、当時はまだ、もう少しリラックスしていた。今は、妻に怒られることをいかに回避するか、というぴりぴりとした緊張感に包まれているため、出会った頃のくつろいだ自分のことをなかなか思い出せない。

「奥さんと楽しく付き合えたのなら、ほかの人ともうまくやれるとは思わなかったんですか？」

「思った」別の女性とも仲良くなれるかも、と奮起したわけではないが、自分も人との交流を楽しめるのではないか、とは期待した。「ただ、妻がいるから、それでいいんだ」

「感動的な夫婦愛ですね」

「だったらいいけれど」妻の機嫌に戦々恐々とする日々ではある。「先生はあるのか？」

「ある？　何がですか」

「育んだこと。友情とか」

医師は小馬鹿にしたような表情で、特に答えなかった。

兜

「三宅さん、この後、お仕事大丈夫なんですか？　お時間もらって、すみません」向かい合って座った奈野村《なのむら》が頭を下げる。関東地方にも涼しい風が吹き、そろそろ冬の兆しすら見えそうな季節だったが、ハンカチで汗を拭《ふ》いている。背はさほど高くなく、柔らかそうな腹を抱えた小太りで、顔は四角い。

警備会社の社員だ。半年ほど前から百貨店に配置され、テナントの文房具店に営業としてやってくる兜とは、時折、顔を合わせる関係だった。この一カ月で距離が縮まっていた。

きっかけは、文具店にいた万引き少年だった。

バックヤードで担当店員への新商品説明を終えた後、売り場をふらっと見て回った兜は、その中学生と思《おぼ》しき少年が、ボールペンの試し書きをしているのを目にした瞬間、万引きをするつもりだと分かった。不審というほど不審な動きはなく、それは少年の習熟度を意味していたのだが、兜からすれば、良からぬことを企《たくら》む気配が見え見えだった。

咎《とが》めるつもりはなかった。何しろ兜の少年時代と来たら、万引きとは比較できないほど、法の枠から飛び出したことばかりしていたのだ。いったいどの口が批判できるのか。

そこに現われたのが、奈野村だ。

ジャケットを着た私服姿で、少年に近づき、その直後、よろめいた。少年に小突かれたらしい。少年は深刻な顔をし、売り場から離れ、速足で店から出て行った。

「大丈夫ですか？」兜は、奈野村に声をかけた。

「いやあ、失敗しました」

「万引きを捕まえるなら、店を出た後に声をかけたほうがいいんじゃないですか？」会計前に、万引きしただろ、と声をかけるのは愚の骨頂だ。そのような初歩の初歩をどうして踏まなかったのか、素朴に疑問を覚えた。

「店の外だと、万引きになっちゃいますから」と人が好さそうに、顔を緩めた。

「万引きですよ、あれ」

「思いとどまってくれないかと」

今なら間に合う、商品を戻したほうがいい。どのような言葉を選んだのかははっきりしないが、少年の隣でそう声をかけ、その結果、突き飛ばされたらしい。

「甘かったですかね」

「甘いかもしれませんが、悪くない甘さだと思いますよ」兜は本心から言った。「厳しく叱って、子供がまっすぐに育つとは限らないですから」

「うちの子と同じくらいの子だったんで」奈野村は、自らの甘さを苦々しく言い訳した。

ちなみにその万引き少年はどうなったかといえば、階段近くの自動販売機に商品詰めをしていた男性に取り押さえられた。慌てて逃げていたせいか、ペットボトルの入った箱を蹴飛《けと》ばし、謝ろうともしなかったため、「おい！」とメンテナンススタッフが追いかけたのだという。

その日以降、奈野村とは顔を合わせれば、秘密を共有した仲間同士のように挨拶《あいさつ》を交わす仲になった。兜は表面的な人間関係を築き、「世間話に花を咲かせている」ように振る舞うことはできた。奈野村との交流もはじめはそうだったのだが、次第に、会話を楽しんでいる自分がいることに気づいた。

お互い、一人息子を持つ父親という共通点があった上に、奈野村が口にする話題は、自慢も悪口もなく、天気や季節の話のような当たり障りのないものが多く、そのことが、心地良かった。

「奈野村さんって、すごく気を遣ってますよね」と言ったこともある。

「気を？　そうですか？」

「いつも、角が立たなそうな、交わしやすい話題ばかり選んでますし」

彼は困ったように笑った。「会話なんて内容は何でもいいですから。挨拶をして、何か言葉を交わしていること自体が大事なわけで。宗教や主義は人それぞれですし、スポーツにしても人によっては宗教みたいなものですからね。やっぱり、ぎすぎすする可能性はあるじゃないですか。その点、天気の話は比較的、安全です」

「天気の話は安全。確かに。ただ、あまり膨らまない」兜は日ごろから感じていることをそのまま口にしただけだが、奈野村は、ぷっと噴き出し、「その通りですね」と同意した。

ある時、天気の話から季節の話になり、そこからどういう流れか、昆虫の話になり、奈野村は、「オオクワガタを飼っている」となぜか恥ずかし気に言った。はじめは子供と一緒に飼育していたのが、だんだんと自分がのめり込み、今やブリーダーよろしく、より大きなクワガタを羽化させるために、幼虫飼育の温度管理にも工夫を凝らしているという。裏稼業の際には「カブト」と呼ばれる自分がクワガタの話を訊《き》くのも妙に感じたものの、聞けば聞くほど、話は興味深く、会うたびに奈野村のクワガタ飼育の状況を聞くのが楽しみになっていた。

ああ、これが友達というものかもしれないな。

兜はだんだんとそう感じるようになった。手に水を注がれながら、「water」と掌《てのひら》に綴《つづ》られたヘレン・ケラーが、これが水なのね、と知ったのと同じ感覚かもしれないと思いかけ、すぐに、自分のような人間と一緒にしたら彼女に申し訳ない、と内心で訂正する。

以前、ボルダリングジムで知り合った会社員のことを思い出す。

よき関係が築けそうだったにもかかわらず、友情ができあがる前に、彼がいなくなってしまった。思い出すたびに、兜は胸に寒々しい風が吹くような寂しさを覚えるが、すでにその彼の名前も覚えていない。

とにかく、気の合う知り合いが見つけられたのは運が良かったと兜は感じていたものだから、その奈野村から相談を受けた時は、ためらうことなく話を聞くことにした。

正確には、少し浮かない奈野村の表情に気づいた兜が、「体調でも悪いのですか」と声をかけたところ、「いえ、大丈夫です」と返事があり、それから少しして、「あ、いえ、あの三宅さん、相談に乗ってもらってもいいですか」と言われ、その結果、百貨店の三階、カフェの四人掛けテーブルで向き合うことになった。

「今日はこれから夜の警備に入るんです」と奈野村は言う。

「大変ですね」兜は相槌《あいづち》を打つ。

何が大変なのかは関係がない。世の中の人間はどのような者も大変なのだから、どのような状況であろうとそれを労《ねぎら》っておけば問題がない。兜はそのことを、妻との生活から学んだ。一緒に暮らし始め、とりわけ克巳が生まれて以降、妻が抱える苛立《いらだ》ちや不満の大半は、「自分の大変さをあなたは正しく理解していない」ということに還元できる。と兜は分析していた。

「いやあ、仕事自体はそれほど」奈野村はまた汗を拭いた。その際に、水の入ったグラスに手が当たり、危うく倒しかける。店員に注文した時も、発音がうまくなかったのか二回聞き間違えられた。

それだけで判断するのは短絡すぎるが、要領よく生きてこられなかったタイプに見える。

「夜にこういったビルを巡回するのは、なかなか大変じゃないですか。怖そうですし」

「いえ、夜の店内も特別な感じがして楽しいもんですよ」

「それにしても」

「ただ責任は感じますよね。何かトラブルがあったり、お店に損害を与えてしまったら、申し訳ないことですし。うちの信用にかかわります」

「真面目ですね」これは本心だった。もちろん、警備員としての責任は必要だろうが、お店に申し訳ないだとか、自社の信用にかかわるだとか、そういったことまで考えるものなのだろうか。

「真面目だけが取り柄でして」奈野村は言った。「ただ、こんな父親なので、息子にはずいぶん嫌な思いをさせていると思うんです」

「どうしてですか」

「私は社交的なほうではないですし、昔から暗いほうでしたしね、ようするにぱっとしないんですよ。子供から尊敬される父親とは言い難くて」

「何を言ってるんですか」兜は声を強め、身を乗り出しかけた。

もちろん頭によぎったのは、自分のことだ。「ぱっとする仕事って何ですか。暗いというのは、単に、静かに日々を楽しむことができる、ということですよ」明るい性格です、と自称する人間がえてして、他者を巻き込まなくては人生を楽しめないのを兜は知っている。「むしろ、真面目に生きてこられたお父さんを、息子さんは誇ったほうがいいです」

奈野村が当惑している。「いや、三宅さん、誉めすぎですよ。どうしたんですか」

「本心からですよ」少なくとも、自分のやってきたことに比べれば、奈野村のほうがよほど誇れる。

「そんなに言ってもらって恐縮ですが。ただ、父親というのは、自分の子供には、尊敬というか」

「分かります。がっかりしてほしくないですからね」

兜が、自分も友人を持ちたい、と憧《あこが》れる理由の一つもそこにあった。実の父親に友人が一人もいないなんて！　それを知ったら克巳は、かなり落胆するのではないか。そう思うと不憫《ふびん》でならなかった。友達が多ければいいとは限らない。友達がいればいいとは限らない。分かってはいるのだが、気になってしまう。

「それで、うちの息子が、私の仕事ぶりを見たい、と言ってきたんですよ」

「仕事ぶり？　いいじゃないですか。奈野村さんは、しっかり警備員としての仕事をやっていますから」

「深夜の店内巡回を見学したいと言っていまして」

「夜の百貨店はなかなか興味深そうですしね。中学生ですよね？　うちの子はもう大学生になったんですが、中学の頃は一番難しかった記憶があります」ほとんど記憶はなかったのだが、妻がよく、「中学の頃に比べれば」「中学の時はひどかった」と言っていたため、兜もそういう気持ちになっていた。「ぜひ、見学させてあげてください」

「ですよね」

「会社から許可はもらえないものですか」そのことで奈野村は困っているのか、と想像した。

「まあ、いい顔はしないでしょうね。子供が一緒にいて、何かトラブルがあったら弁解のしようがないですし、公私混同と言いますか、良くないです。新幹線の運転手が、子供に働いているところを見せたくて、運転席に入れたらやっぱりまずいじゃないですか」

「ただ、百貨店の巡回は、人命に関わることは少ないかもしれませんし」

「まあ、それもそうなんですよね」要するに奈野村は、結論を出せずに困っているらしかった。

「日ごろの感じだと、私が一人で見て回るだけなので、こっそり息子を入れても問題ないのも事実でして。次の夜勤のタイミングとかで」

「いいと思いますよ」一般的な常識や業務的倫理はさておき、息子を持つ父親の意見としては、ゴーサイン以外に答えはなかった。

ただ、とそこで奈野村は四角い顔の角を落とすかのようにしょげた面持ちとなる。「ただ、ほかにも気になることがありまして」

兜

「親父さ、おふくろに何か言った？」

兜が居間で本を読んでいると、部屋に入ってきた克巳が抑え気味の声で言ってくる。途端に兜は背筋を伸ばし、「どうした？　何かあったのか」と探る。

「いや、特に。ちょっと不機嫌そうだったから」

「お母さん、今どこにいる？」

「回覧板がどうこうって、外に行ったよ」

兜は頭をフル回転させ、直近の数時間で妻と交わした会話や妻の前での自分の言動を振り返る。緊急会議が頭の中で開かれる。何か失策があったかどうか。

朝からのんびりしすぎていただろうか？　ただ日曜日はいつもそうだ。妻から一時間ほど前に、

「お昼ごはん、何がいい？」と相談された。もちろん、「なんでもいい」などという愚かな回答を兜はしなかった。さほど手間がかからないはずの献立をいくつか挙げた。問題はなかったはずだ。妻の話に、生返事でもしてしまっただろうか。

「親父、心配しすぎだよ」克巳は笑いながら、ソファに寝そべった。「単に、訊いただけなんだよ。身に覚えがないなら、それでいいんだから」

あんなに小さかった子供が、よくもまあ家具を占拠するほど大きくなったものだ、と感心したくなる。

「あ、これ、おまえが前にオススメしてくれたのを読んでいるんだが」兜は持っていた文庫本を少し上げた。

「何だっけ」

「古山高麗雄《ふるやまこまお》」

「ああ、勧めたっけ？　テスト問題に出ていたやつだよ」

確かに、克巳は、「おすすめ」として言ったのではなかったのかもしれない。戦争中のひどい話、という言い方をしていた。ひどくて、つらい話、だけど小説自体は、どこか飄々《ひょうひょう》としていてユーモアがあるから、余計に、哀しみを浮き上がらせているのかな、とそう話してくれた。

人生の多くの時間を、裏稼業のひどい世界で過ごしてきた兜からすれば、ひどい話は珍しくないのだが、この作者の、温かさと諦観《ていかん》の滲《にじ》んだ視点は、新鮮だった。

「捕虜のことを暖めてあげる話、読んだ？」克巳が言う。

「ああ、あったな」

裸にされた捕虜が寒がっているため、ふいに主人公が抱いて暖めてあげるのだが、それがきっかけで、上官が怒ってしまう。良かれと思ったのが裏目に出て、捕虜の苦痛を強くしてしまう。〈僕は、捕虜をだいて暖めてやることができる、と思ったんだ。〉〈おかげで捕虜は殺される前に、ひどい目に合ってしまった。〉と淡々と語られる。克巳はそれを、覚えたかったわけでもないのに、覚えてしまったらしい。

兜には、戦争小説とは思えなかった。もっと身近な、現代社会においても当てはまる寓話を読んでいる気分になった。兜自身が、生死にかかわる仕事に絡んでいるからだろうか。〈人の命なんか、バカな大将のちょっとした気持ちひとつで、バタバタ消えてしまう。〉という一文を読んだ際には、自分に仕事を依頼してくる医師の顔が思い浮かんだ。

「友人と知人との違いについて述べよ」とはじまる作品をちょうど読んでいた。〈親しい知人を友人という。親しくない友人を知人という。〉作者はそれでは答えにならない。と頭を悩ませ、辞書を引く。その結果、「友人という言葉ほど曖昧《あいまい》なものはない」と考える。「親しさ」というもの自体が曖昧なのだ、と。

友人が欲しいと思っている今、何と時機に適《かな》った話なのか、と故人であるところの著者と握手をしたい気分だった。

「克巳、おまえ、友達はいるのか？」深く考えるより先に、兜は訊《たず》ねていた。

「え。どういうこと」と眉《まゆ》をひそめる。

「いや、俺も自分の友達のことを考えていたから」

「親父に友達、いるんだ？」

気軽に尋ねたのだろうが、兜からすれば体のもっとも柔らかい部分に針を刺されたかのようなものだから、しばし動けなくなる。なぜそれを、と怯《おび》えてしまう。

父の心がこっそり痙攣《けいれん》しているのにも気づかず、克巳は淡々と、「でもまあ、大人になればそんなものなのかな」と自分で納得したような言い方をする。

「まあ、そうだな」大多数の大人がどうなのかは知らない。「あ、そういえば、一つ訊きたかったんだが」話を逸《そ》らすためではなかった。「克巳、おまえはいじめられたり、いじめたり、そういう経験はあるのか」

克巳は一瞬、体を固めた。「まあ、なくもないけれど」

兜は少し姿勢を改める。「そうだったのか、いつの話だ」

「そんなに身を乗り出されると」克巳が苦笑する。「いじめる側に立ったことはないよ」

「いじめられたほうなのか」

「まあ、その手前かな」

「手前とか後とかあるのか」

「目をつけられたんだ。中学生の頃」

「どうしてまた」今、前にいる克巳は平然と、飄々としているのだから、無事にその時を切り抜けたのは間違いないだろうが、急に不安になる。

「そんなの分からないよ。何かが気に入らなかったんだろうね」

「人が誰かを憎むのに、論理的な理由は必要ないからな」今まで自分が依頼されてきた仕事のことを思い返す。もちろん、依頼人は理由を持っている。ただ、それが客観的に見て、合理的かどうかは怪しい。逆恨みもあれば、勘違いもある。昔、仲違いした人物とそっくりで、顔を見ると腹が立つ、という理由で殺害を依頼した人の話も以前、耳にした。恨むなら自身の顔を恨め、とでも言うつもりなのだろうか。いや、おまえを恨むに決まっている、と兜なら思う。「どうやって、切り抜けたんだ」

「忘れたよ。ただとにかく、やり過ごしたんだ。歯向かっても、媚《こ》びても、ろくなことはないし。昔から、おふくろがよく言うじゃないか。『やれるだけのことはやりなさい、それで駄目ならしょうがないんだから』って」

「ああ、そうだな」

「できることはやったよ。それで無理なことはもう気にしたって仕方がない。その時は、長く感じたけれど、今となったらほんの一時期だった」

「そいつらの名前や顔は覚えているか?」兜は言っている。もし分かるなら今からでも、その者たちを探し出し、背後から忍び寄り、恐怖の一つでも与えたい。

「親父、目が怖い」

「そいつらに将来、会ったら」

「会ったら? どうすればいいと思う?」克巳が言う。「俺も考えたことがあるんだよ。あいつらにまた会ったら、優しくしてやろうか意地悪してやろうか」

「難しい問題だよな」言われるまで兜の頭には、後者の一択しかなかったが、さも自分も同じことを考えていたふりをした。

「ケネディ大統領がこう言ってたんだって。『汝《なんじ》の敵を許せ。だが、その名は決して忘れるな』」

「なるほど」

「許してもいいが警戒しておけ、ってことなのかな」

「かもしれない。もしくは、来世でやり返せるようにか。それにしても、おまえは物知りだな。ケネディの言葉なんて」

「直接聞いたわけじゃないよ。もしかすると実際には言ってなかった可能性だって」

「おまえはいろいろ物知りですごい。俺の子供とは思えない」

「親父のほうがよっぽどすごいじゃないか」

兜は、不意打ちを食らった気分できょとんとする。昨日のバス停の出来事も驚いたが、それ以上の驚きだ、と兜は思う。


驚きの比較対象となった、「昨日のバス停の出来事」とは、万千岡《まちおか》市の外れでのことだ。東京都でありながら、都心よりも隣県のほうが近く、自然が多く残る閑静なエリア、兜はそこに仕事で向かった。

仕事とはいえ、文房具メーカーの営業ではないほう、医師からの依頼、法律的にも人道的にもよろしくない仕事のためだ。

はじめは、「手術」を勧められた。できればそういうのはやりたくない、と兜は答えた。

「悪性ですよ」

「何度でも言うが、それもできればやめたいんだ」

医師は表情は変えない。「罪の意識ですか」

罪の意識とはどういった感情なのか。兜にはよく分からなかった。「たぶん」と答える。

いったい何がつらいのか、と自分でも思案を巡らせてはいた。どうしてこの仕事がつらくなってしまったのか、もとから楽しかったわけではなかったが、依頼があればそれを達成するのが当然のことだと思って、生きてきたのだ。

「命は尊い」兜はそう言ってみる。

「何かの標語ですか」医師の目に明らかに軽蔑《けいべつ》の色が浮かんでいる。「命は尊い、と医者の私に言ってくるとはね」

「医者の不養生」兜は頭に浮かんだ言葉を手っ取り早く投げる。命は尊い。当たり前だ。兜も昔からそのことは知っていた。が、自分たちが、生き物のその尊い命を奪って食べ物としているのも事実、遠い国で大勢の子供が亡くなろうとさほど気にかけていないのも事実、ということは、命の尊さはかなり相対的なものだろうとも分かっていた。

「家族愛というものはすごいものですね」医師は言う。

「いまさら俺がやってきたことが帳消しになるとは思わないが」

「もちろんです」

「唯一できるのは、これ以上は重ねないことだ」

「何を」

「子供に自慢できないことを」

「悪い腫瘍《しゆよう》を手術で取るのは、悪いこととは言えませんよ」

「だけど俺はもう嫌なんだ」

堂々巡りだ。何度こういった問答、交渉、意見交換をしたのか分からない。はっきりしているのは、やり取りの終着点だ。

「ただ、三宅さんはこのまま、通院を辞めるわけにはいきません」

おまえには先行投資がされている。今辞められては、損をする者がいる。損をして喜ぶ人間はいない。おそらく、怒るだろう。もし、このまま足を洗うのであれば、その怒った者たちがおまえだけではなく、おまえの家族にも容赦なく、手を出す。だから、もう少し仕事をしなさい。

平らにしなくてはいけない。収支を合わせる、と言ってもいいだろう。

そういった説明が、言葉を選びながらではあるが、なされる。いつだって、そうだ。

「手術が嫌ならば、では、別の治療にしましょうか」

その結果、出されたのが、「万千岡市の工場に行き、目的の物を取ってくる」という依頼だった。

そのあたりが落としどころ、とは兜にも理解でき、引き受けることにした。

山を背にした工場は、セキュリティのセの字もないような建物で、裏側の錆《さ》びた窓枠をいじるとすぐに壊れ、窮屈な隙間に体を押し込む苦労はあったが、中には簡単に入れた。長いベルトコンベアが一機だけぽつんとあり、その両脇にはアーム状の機械が設置されている。歯医者の道具のようだな、と兜は思い、ベルトの向こうから巨大な人間が口を開けて流れてくる図を想像した。

事前に目にした見取り図によれば奥に事務室のようなものがあるはずで、軽い気持ちでドアを開けたのだが、そこに罠《わな》があった。

手前にドアを引くと同時に音がする。慌ててのけぞり、ほとんど仰《あお》向《む》けで床に倒れ込むと、その上を鋭く矢のような速度で飛んでいくものがあり、見れば本当に矢だった。

その矢が壁に突き刺さる響きがあった。

ドアが開くと同時に、部屋の奥に置かれたボウガンが起動する仕組みだったらしい。兜が業界に入った頃から、「古いやり方」と言われていたが、古いやり方が今でも通用するのは、掛け算九九や泣き落としの借金術と同じだ。スポーツならばルール改正で使用禁止になる技があるものの、この仕事の中ではそれもない。

兜は慎重に起き上がり、部屋の壁に沿うように中に入る。ドアの向かい側、テーブルの上に、ボウガンが設置されていた。触ると埃《ほこり》がつく。最近、セットした物とは思い難く、ずいぶん昔に誰かが仕掛けた罠かもしれない。このボウガンは活躍の機会をずっと待っていたのか。

部屋の隅に棚があり、鍵《かぎ》がかかっていたが乱暴にノックをすれば戸が開き、壊れたとも言えるが、中に入っている箱を取り出せた。高級な腕時計か、もしくは指輪でも入っているような大きさだった。抱えてきたナップザックに放り込む。

ボウガンの罠には驚かされたものの、箱を持ち帰ればおしまいなのだから、これほど楽な仕事が世の中にはあるのか、と兜は感激しそうになったが、以前、東北新幹線からスーツケースを持ち出すだけの簡単な仕事を引き受けた男が、延々と車両から降りられず、死体がいくつも出来上がるややこしい事態に巻き込まれたという話を思い出し、気を引き締める。どこに危険があるかは分からない。

実際に、あった。

停留所でバスを待っている際だ。兜が停留所標識に辿《たど》り着いた時にはすでに三人が並んでいた。

土地柄なのかいずれも高齢者で、移動するにも車を使うよりはバスなのか、とぼんやりと感じていると後ろから若い男が、「まだバス、行ってないですか？　間に合った？」と声をかけてくる。

「たぶん」

「良かった、逃すと次、一時間後ですからね」

「一時間に一本？」

「ええ、ここ田舎ですから」

「それなら、俺たちがここで待っているのを見れば、まだバスが行ってないことくらいは想像つくんじゃないのか？」どうしてわざわざ訊ねてきたのか。

「あ、そうっすね」急に砕けた口調になった。髪が茶色で、パーマがかかっている。芸術家にも、軽薄なナンパ師にも、バンドマンにも見える。が、そのいずれでもないだろうとは想像がつく。

能天気な若者を装っているが、ぴりぴりとした気配が漂っているのだ。

狙いは、箱か。背負っているナップザックを気にかける。背後から、そっと剃刀《かみそり》のようなもので切られ、中だけ抜かれる可能性はゼロではない。兜自身もそれをやったことはある。

もしくは、背後から直接的に攻撃をしかけてくるか。

どちらにせよ、意識は後ろに向いていたため、前の高齢者が蹴りを放ってきた時には、反応が少し遅れた。

かろうじて右腕が間に合った。

男が蹴りだしてきた足が、鉤《かぎ》型に曲げた腕に激突する。よろけそうになるが、後ろの若者も仲間なのは明らかだ。兜は体を反転させ、列を外れて、道路に転がった。すぐに立つ。周りを四人が囲んでいた。停留所に並んでいた全員、高齢者が三人に、若い男が一人、だ。

兜は神経を尖《とが》らせたまま、後ろに下がり、間合いを取る。

誰が最初に仕掛けてくるか。

半円の形で並び、じりじりと近づいてくる動きには統制が取れており、今日の今日でチームを組んだというよりは、日ごろから連携プレイの訓練をしていることを想像させる。

どこでやっているんだろうか。

チームで仕事をする機会のほとんどない兜は、ふとそのようなことが気になった。市民センターの体育館を予約し、夜間に陣形や段取りを確認し合う様子を勝手に想像し、熱心でよろしい、と思ったが、もちろんそうしている間にも、四人が順番に攻撃をしかけてくる。

後ろ回し蹴りが来たかと思えば、リーチの長い右腕が飛んできたり、刃物が水平に振られたり、と次々と体を狙ってくる。

兜はそれらを躱《かわ》し、一つを防ぐのと同時にもう一方を受け、一つを払うやいなやもう一つを跳ね返し、と防御一辺倒となる。

しかし、悲しいかな、人がやる以上、息切れが起きる。兜はそのことを知っていた。緻密《ちみつ》に組まれた連携プレイであればあるほど、少しの呼吸のずれが、ドミノ倒しを起こす。

最も若い男、兜の後ろに並んできた非黒髪の彼がはじめに疲れを見せた。兜の頭を狙うべく放たれた足がそれほど高く上がらず、隙ができた。

餅《もち》つきの、つき手と返し手のリズムが崩れたら目も当てられない。

後は、兜の番だった。体を翻しながら、一人ずつに打撃を与えていく。もちろん兜も息切れはし、体の動きもだんだんと遅くなったが、それでも自分の鈍さは自分で修正でき、どうにかこうにか四人の動きを止めた。

地面に這《は》う四人の呻《うめ》く声はするが、バスの来る気配のない停留所の周辺は静かなままで、ひゅうっと風が、色づいた落ち葉をぱらぱらと捲《めく》っていく音が、静寂を引き立たせる。

バスは諦《あきら》めることにして、その場を離れようとした兜は気配を感じ、はっと振り返れば、高齢の男が倒れたまま右手を動かしている。

慌てて近づき、その手をつかむ。掌の中から小さな玩具のようなものが落ちた。

手で握れるほどの大きさの、拳銃《けんじゅう》だった。「スイスミニガン」と兜は呟《つぶや》く。スイスの時計職人の技術が使われているらしく、親指大という表現がよくされる。一時期、話題になったが、実物を見るのは初めてだった。改良が重ねられているのかもしれない。

しばらくいじくり、観察する。これならどこにでも隠せるだろう。

昔の兜であれば、特にためらいも疑問もなく、この四人の命を奪っていた。自分に危害を加えた者たちは、いずれまた、自分を狙ってくる可能性が高く、特にあちらが先に手を出してきた場合は、やられる覚悟はあるはずなのだ。

汝の敵を許せ。とは行かないのが常だ。

が、今は、倒れている四人を見下ろしても、致命的な傷を負わせようとは思わなかった。むしろ、彼らも誰かの子供なのだ、という当たり前のことに思いを巡らせてしまう。どのような親に育てられたのかは分からぬが、彼らも幼児の頃はもっと可愛げがあったのだろう。翻って自分はどうだったのか、と想像すると複雑な気持ちになる。親からほとんど見放されて育った自分の幼少期の記憶は、皆無だった。


「親父、どうしたのびっくりした顔をして」

克巳の声に我に返る。「いや、昨日、仕事で予想外のことがあって驚いたんだが、それ以上に、今のおまえの言葉に驚いただけだ」

「俺の言葉？　なんだっけ」

「俺のことをすごい、と言っただろ」

ああ、と克巳が少し照れた。鼻の頭を掻《か》く仕草をした。「実際、親父はすごいじゃないか。ちゃんと働いて、俺たちの生活を支えてくれて」

「その年で、そんなことまで考えるとはな」兜は素朴に感動した。

「しかも、家ではおふくろに、ええと、優しくして」

「優しくというか」

「機嫌を窺《うかが》って」克巳が笑う。

「そりゃあ、誰だって家族には機嫌良くいてほしい。たぶん、これは本能的なものじゃないのか？　むすっとしている人間が近くにいると、不安になる。どうにか対処しなくちゃいけない、と」

「たとえ自分が犠牲になろうとも？」

「犠牲ってのは言い過ぎだろ。そう見えるか？」

「媚びてるとまでは感じないけれど、もっと強く出てもいいとは思う」

「そうか」兜は笑みが浮かびそうになるのをこらえ、むしろ険しい顔つきになるのを自覚しながら、「地味なプレイでも、見ている人はいてくれるんだな」と洩《も》らした。

「地味なプレイって何？」

「いや、何でもない」

「確かに、親父は意外に、地道な作業が得意だよね」

「そうか？」

「時々、クロスワードとかを真剣に解いてるし」

「嫌いではないな」誰と競争するでもなく、頭を捻《ひね》りながら升目を埋めていくのは、兜からすれば平和な作業だった。「決められたことをやっていけばいい。実際の社会ではそういうことは少ない」「ああ、だろうね」「分かるのか」「いや、バイトしているだけでも、ややこしいことは」

「そうか」

「クロスワードを解いてるつもりだったのに、タテとヨコの升だけじゃなくて、別の軸が出てきたり」「クロスワードのバイトがあるのか」「譬《たと》えだよ、譬え。社会にはそういう、解答の出しにくい問題が多い、という」

「確かにそうだな、こっちはクロスワードだと思っていたら、ルービックキューブだったということも少なくない」

克巳が笑うものだから、「何が可笑《おか》しい」と訊ねた。

「おふくろがそうだろ。いつだって、親父の思いもしない角度から、不機嫌に」

「角度って何のこと？」突然、妻が居間に入ってきたものだから兜は、ひい、と悲鳴を上げそうになる。

「数学の話」克巳は落ち着いたものだった。

「へえ」と答えた妻は特に不機嫌ではなく、むしろ明るい調子だったので、兜は心底、ほっとする。何かいいことでもあったのか、と思えば、「今、買い物帰りにね、小さいレストランを見つけたの。できたばっかりで」と声を弾ませる。

「それはいい」兜は瞬時に、相槌の最適解を見つけ出す。「今度、行こう」

「だよね」

「俺はいいよ。二人で行けばいい」克巳が言うと妻は、「せっかくだからみんなで行こうよ。こうやって家族水入らずで食事するなんてね、これから先、限られてくるんだから」と声を高くする。

「面倒だし、俺は遠慮したい」克巳も頑固だった。

兜は本来であれば、克巳の好きにすればいい、と息子の意思を尊重させたいところだが、どちらの側に立つべきかは決まっている。「試しに一度くらい、行ってみよう」と提案する。

妻は、「克巳の分も、こっちが食事代を出すんだから得でしょ。いいじゃない。そうじゃなかったら、わたしと一緒に、富士急《ふじきゅう》行って。ハイランド」と主張した。

「急に富士急」克巳が戸惑っている。

「絶叫マシン三昧《ざんまい》を楽しみたいんだけど、一緒に行く人がいなくて」

「親父がいるだろ」

そうだ俺がいる、と兜は言っても良かったが、妻が求めている言葉ではないことも分かっている。

「レストランに行くのが嫌なら富士急ね。どっちか選んで」

克巳が、「それって、詐欺師のやり口なんだよ」と苦笑した。「選択肢を絞るんだ」

兜

閉店後の百貨店は予想以上に暗く、しんとしていた。奥のほうで大きな獣が寝ており、鼾《いびき》が聞こえてくるのではないかと思いたくなった。建物には一階の裏口ドアから入った。警備室の前を通る必要はあるが、今回は、当の警備員が手引きしてくれているのだから、これほど楽なことはない。

仕事柄、暗い中を歩くことには慣れていた。ただ、デパートともなるとどこに物が置かれているのか予想がつかなかった。小型ライトで周囲を照らしながら、進む。

ライトを動かすと化粧品売り場の鏡がちらちらと光り、そのたび、隠れた動物が瞬《まばた》きをするかのように見える。

すでに、奈野村とその息子は上の階にいるのだろう。

兜は事前に、奈野村に教えてもらっていた通り、階段を使う。

警備自体は最上階から各フロアを見ながら、降りてくるらしい。上から巡回する、ということが兜には興味深かった。不審な侵入者がいた場合、下から追い詰めたほうが逃げ場を失わせることができるはずだ。が、下手に追い込むのは危険がある。自暴自棄になられても困るし、籠城《ろうじょう》されても困る、だから上から下へ、外へ追い出すように巡るのかもしれない。

捕まえて懲罰を与えることよりも、トラブルが起きないことを選んでいるのだろう。

足音を立てず、階段を進んでいくと少しずつ声が、奈野村の声が聞こえてきた。四階だ。鉢合わせになるわけにはいかないため、タイミングに気を付け、売り場に出る。


「当日、警備員は奈野村さん、おひとりなんですか？」先日のカフェで、兜はいくつか気になる点を訊ねた。息子に職場見学をさせることには賛成だったが、クリアしなくてはいけない問題が多いようには感じた。

「いえ、二人一組です。ただ、事情を話せばたぶん、大目に見てくれそうな人でして。定年して再就職した、おじいさんで」

「奈野村さんのことを信用しているんですね」

「だったらいいんですが」と奈野村は照れ臭さと自虐のまざった笑みを浮かべた。「真面目で信頼されるくらいが、私の武器なので」

「すばらしいじゃないですか」さまざまな武器や凶器を使い、使われてきた兜からすれば、最終的に、争いを止めるのに必要なのは、「信頼」だと思えた。

懐中電灯が、四階フロアを照らしている。奈野村親子が通路を歩いているのだ。百貨店の店内は意外に身を隠しやすいことを、兜は初めて知った。婦人服売り場のせいか、服があちらこちらにかかっており、さらにはマネキンがあちらこちらに立っているのも好都合だ。

靴音に気を付け、右へ左へと斜めに移動しながら、彼らとの距離を縮めていくうちに、少しずつ奈野村の喋《しゃべ》っている声が聞き取れるようになった。

「不審者がいないかどうかはもちろんだけどな、消火器に異常がないか、ごみが落ちていないか、そういったことも確認しなくちゃいけないんだ」

「へえ」と答える息子は明らかに気もそぞろだ。関心のあるふりをするならもっと上手《うま》くやればいい、と兜も思わずにいられない。

フロアの先まで行ったところで通路が右に曲がる。ライトが揺れ、天井をさっと撫《な》でると、身を隠していた悪魔がそっと逃げるように影が変貌《へんぼう》した。

兜の尻《しり》ポケットで、スマートフォンに着信があった。短い音が鳴る。すぐに取り出せば、妻からのメールが届いている。「帰りは何時ごろになりそうか」という質問だ。得意先の社員と食事に来ていることになっていた。

「遅くなりそうだから寝ていいてください」と兜は返信する。言わなくても眠くなれば眠っているのだろうが、時折、帰宅すると寝ずに妻が待っている場合があり、そういった時には、莫大《ばくだい》な借金を肩代わりしてもらったかのような罪の意識を覚える。着信音を消すべきかとも思ったが、急な用件が発生した場合に気づかないのも恐ろしい。音量を少し下げ、ポケットに戻した。

そうこうしているうちに奈野村の息子が、「お父さん、ちょっと待って、トイレ行ってきていいかな」と言うのが聞こえた。

「ああ、そうか。トイレの場所分かるか？」

「階段の途中。ここで待ってて」と言うが早いか、息子は階段を降り始めた。

懐中電灯が必要だろ、と言う言葉を無視し、逃げるように姿を消す。

兜はもちろん、そのあとを追っていく。階段途中、踊り場を利用した位置にトイレはあったが、息子は素通りしてさらに下へと向かう。

事前に奈野村から、デパートの大まかな案内図は見せてもらっていたため、彼がどこへ向かっているのかは予想がつく。建物の裏手にある搬入口だ。通路からバックヤードに入るドアを開け、姿を消す。兜も続き、息子の足音が遠ざかるのを確認したのち、やはりドアを開けて中に潜り込み、静かにそういったことをやるのはお手の物ではあるが、スタッフ用と思しき通路を、指に付けた小さなライトを使いながら進んだ。

がちゃがちゃと音がし、錆びたドアが開く音が先から聞こえ、兜は脇に積まれていた段ボールの横に隠れる。

「遅いんだよ、どれだけ待たせるんだよ」若く、幼さの残る声がする。「外、寒くて、死ぬかと思った」

「おまえ、本当に使えねえな」

「ごめん」と息子のものと思しき声が聞こえた。

兜がいることにも気づかず、店内フロアに戻る道を進んでいく。通過した彼らを確認すれば、奈野村の息子と、ほかに三人の少年がいた。体格はそれなりに凸凹があるものの、ほとんど同じようなものだ。

一階フロアに出たところで、奈野村の息子が周囲を指差し、それから人差し指を口に当てた。離れていた兜には声は聞こえなかったが、おおかた、静かにしてほしい、と訴えているのだろう。

防犯カメラが設置されていることも説明したのかもしれない。先ほどは把握できなかったが、少年たちは防寒用のフェイスマスクをしているらしく、顔が見えにくい。カメラに映った際の予防に違いない。

奈野村の息子が何か言い、すると少年の一人が殴るような恰好《かっこう》を、右こぶしを振りかぶる真似をした。おまえ誰に向かって口利いてるんだ？　というやり取りか。ほかの少年たちがけたけたと笑う。

おまえはさっさとパパのもとへ行けよ、といった具合に少年たちが手を振ると、奈野村の息子は不安そうながら、階段のほうへ戻っていった。

杞憂だったらいいのですが。

奈野村はそう言っていたが、残念ながら、嫌な想像は的中したわけか、と兜は思う。

「たぶん、悪い友達に命令されているんじゃないか、と」

先日の百貨店内のカフェでのやり取りで、奈野村は言いにくそうに声をひそめた後で、口にした。

悪い友達は、友達の概念から外れるのではないかと兜は少し気になった。知人の中でも親しいのが友人、という古山高麗雄の言葉を思い出した。

「急に父親の仕事ぶりを見学したい、なんておかしいじゃないですか。わざわざ夜に、ですよ。私もそれなりに人生経験はありますから、裏側を想像しちゃいまして」

「息子さんは」

「真面目でいい子なんですが、気が弱くて。小学校の時には苛《いじ》められていたこともありました」

「ああ」兜は嘆息する。

「弱い人間に付け込む奴らが何を考えるのか、想像はつきます。もし、自分の言いなりの相手、その子の父親がデパートの警備員なら」

「そのデパートで悪さでも？」

「夜間に、商品を盗むことくらいは」奈野村は寂しげな顔つきになった。「やりかねないでしょうね。息子に私を誘導させて、その隙に。だから、息子は私の仕事を見学しながら、どこかのタイミングで裏口あたりからその、悪い友達を引き入れるつもりなんじゃないか、と」

考えすぎですよ、と兜は言ったが、実際には考えすぎではなかったことになる。その光景が目の前で広げられていた。

「ゲーム売り場な、ゲーム売り場。五階だ、五階」少年たちは停止しているエスカレーターをどすどすと上がっていく。

さて、と兜は少し考えたのち、少年たちの後を追った。彼らはスマートフォンの懐中電灯機能を使っているのか、周囲を照らしながら、まっすぐに目的の売り場へと向かっていく。

無防備に明かりを照らす様子から想像するに、奈野村の息子には事前に、このフロアに父親が来ないようにしろよ、と念を押しているに違いなかった。

巡回を終えたフロアは、ノーマークとなる。だから四階まで父親と一緒に降りてきた後で、彼らを招いたのだろう。

一方が、自尊心を削られても抵抗できないほど、怯えているにもかかわらず、もう一方が、自分たちは安全地帯にいる、と平然としている。珍しい光景ではない。世の仕組み、社会を構築する土台とも言えるかもしれないが、兜は好きではなかった。フェアさに欠ける。

だから気づいた時には、ゲームソフト売り場で顔を隠しながら物色を続ける少年たちのそばに、近づいており、「どこが面白いんだ?」と言っていた。

奈野村の要望に背いていた。

「息子は私を、その友達のいないほうへと誘導すると思います。その隙に、商品を盗むか店内にいたずらをするんじゃないでしょうか。だから三宅さんには、私のかわりにその彼らの行動をチェックしてほしいんです」と彼は言った。

「チェックとは」

「できれば、証拠の写真を撮っておいてもらえれば」

「防犯カメラはないんですか」

「あることはあるんですが、出入り口はまだしも、各フロアのものは古い機器で、繊細な映像は残らないんです。少し顔を隠されているとお手上げでして。どうせなら、もう少し近くから動画や写真、声が記録できれば」

「それを」

「もしもの場合は、突き付けてやれます」奈野村が苦笑したのは、子供相手に大人げないと感じたのか、それとも、「もしもの場合」が比較的、現実的な未来として想像できたからなのか。

「咎《とが》める必要はないんですかね」

「その子たちがどう出るのか想像できませんし、三宅さんが危険な目に遭うかもしれません。それに、騒ぎになったらそれはそれで大変ですから。見つからないように、できる範囲で」

さっそくその言葉を破ってしまった。

もちろん、奈野村に頼まれた通り、「見つからないように」を守るつもりではいた。が、奈野村の息子を子分のようにあしらい、満足げにしている少年たちを見ると、我慢の目盛りが振り切れていた。ああ、あれだ、と兜は前に観た戦争映画を思い出す。兵士たちが、捕虜の命をゲーム感覚でもてあそぶ場面に、むかむかとした。いや、違う。戦場での不快な出来事に、いちいち目くじらを立てるほど、兜も牧歌的な人間ではない。その、痛めつけられている人間が、自分の息子、克巳だったら、と想像した瞬間、憤慨せずにはいられなくなるのだ。

少年たちは、突如、出現した兜に驚き、三人で顔を見合わせ、「え、え、え」と短い言葉を、リズムよく発した。

やばい、警備員だ。そう判断した直後、彼らが即座に逃げ出すのは間違いない。勢いに任せて行動する者は、危ないとなったらまず、なりふり構わず逃げる。過去も未来も気にせず、今現在のことしか考えていない。他人の身に何が起ころうが気にかけず、自分の身に少しでも傷がつきそうになれば、必死に逃れようとする。後先を考えずに行動し、後先を考えず、助かろうとする。そして時間が経ってから、「あれは誰のせいだ？」と責任を押し付ける生贄《いけにえ》や、やり玉に挙げるべき相手を探す。

苦しむのはいつだって自分以外の誰かで、責任があるのはいつだって自分以外の誰か、と信じているのだ。

兜は、彼らが逃げるより前に動いた。

三人の中で誰がリーダーシップを発揮しているのかは分からなかったため、一番近くにいる少年の体を、肩を押さえるようにし、つかんだ。

「ちょっと待ってくれ。逃げたら大変なことになる」とほかの二人にも釘を刺したところ、一人は立ち止まり、もう一人は逃げた。一心不乱にためらいもなく、この場から無事に生還すれば勝利、と確信しているようだ。

「何すんだよ」少年が体をゆすり、兜から離れた。

強面《こわもて》でいくか、礼儀正しくいくか、兜は方針を決めていなかった。「私はここを巡回しているんだ」と言ってみる。

少年二人が顔を見合わせた。奈野村の父親か？　と疑っているのだろう。

「中学生か？」まずはそう訊ねた。

兜の言い方にどこか温情的な響きを感じたのだろうか、少年は肩を押さえながら、「ふざけるなよ、すげえ痛いじゃねえか。暴力振るうなよ」と若干、強気の、媚びるか強硬かの二択で後者を選んだのだろう、そういった態度に出た。

「痛かったか」

「超痛いっての、これはひどいって」

このような猿芝居で、学校の教師はうろたえたりするのか、これが普段は通用するのか、と兜は感心した。少年の肩に手をやり、今度は先ほどよりも強く力を込めた。

少年は悲鳴を上げ、その場にしゃがみ込む。

もう一人の少年が顔を引き攣《つ》らせているのは、顔の下半分をマスクで隠していても分かる。

「おまえ、五十メートルは何秒で走る?」兜は、つかんだ肩のことは気にかけず、茫然《ぼうぜん》と立つ少年に言う。「俺より早く走れるんだったら、逃げろ。そのかわり、絶対に逃げ切れよ。逃げて、捕まったら最悪だ。俺は容赦しない。いいか、俺から逃げるなら、絶対に捕まらないくらいの速さで走れ。自己最高記録を出せ」

少年が動けなくなるのを見て、兜は、何てことだ、と愕然《がくぜん》とした。

自分が今やっていることこそが、圧倒的な腕力の差による苛めにほかならないではないか、と。

弱い者を痛めつけて支配する者たちを、結局俺も、痛めつけて支配しようとしているだけだ。

もちろん言い訳はある。

弱い者いじめはいけない。ただし、弱い者いじめをした者に対しては除く。

これはこれで有効な理屈で、詭弁《きべん》とは言えないと兜は思うが、ただ、予想以上に細い手首の中学生の、痛みに悶《もだ》える顔を見ているとこの上ない罪悪感が襲ってきた。

はっとした時には、少年たちは逃げていた。手を離していたらしい。

どうするべきか。

それなりに恐怖と痛みを与えたのだから、懲らしめ、という意味ではここでおしまいにしても良かったのかもしれないが、少年たちが奈野村の息子を逆恨みする可能性は否定できない。あと一言、二言、今後はもう少し自重しなさい、と言い含めるべきだと判断した。奈野村のことも気になった。

暗い店内に耳をそばだてる。しんとしており、五階にいる気配はなかった。階段を下り、一つ下のフロアに行ったところ、足音がかろうじて聞こえる。頭に入れたフロアマップと照らし合わせ、トイレではないかと推理した。

四階の脇の細い通路を進んでいくにつれ、トイレから声が聞こえてくる。少年たちが、「どうする」「何なんだよあいつ」と相談していた。

逃げ場のないトイレに隠れるのは、リスクが高すぎることにも頭が回らないのだろう。

兜は呆《あき》れながら、足を踏み入れるべきかここで相手が出てくるのを待つべきかと思案したが、その答えが出る前に悲鳴が聞こえた。さらに、すみませんすみません、とひたすら謝る声が聞こえる。

緊張に耐えられなくなったのか？

トイレに入ると中は暗く、兜は躊躇《ちゅうちょ》なく、電気をつけた。

少年たちの姿が浮かび上がり、彼らはいっそう甲高い声を発した。

少年たちは、トイレの奥、個室の前で硬直している。やってきた兜に気づくと、口を開いたまま、青褪《あおざ》めた表情になっている。手にはスマートフォンが握られており、どうやら彼らは暗い中、その液晶画面の明るさで周囲を把握していたのだと分かる。

隠れるために個室の中を見て、そして慄《おのの》いたのだ。

個室内には人がいた。開いた戸の向こうに、男が倒れている。赤いジャンパーはどこかで見た記憶があり、すぐに自動販売機のメンテナンススタッフだと気づいた。デパートで何度か見かけたことがある。

左胸から突き出ている物があった。包丁だろう。死んでいるのは間違いない。

少年たちにとっては、前門の虎、後門の狼と言ったところか。前門の死体、後門の殺し屋であれば、死体のほうがまだ安全だろう、と兜は思った後で、前門の死体、後門の恐妻家、の場合はどうか、と頭によぎった。

「俺たち、何も」少年たちは肩を寄せ合うようにし、見るからに震えている。

死体のことが気になるものの、まずはこの少年たちへの対応が先だ。「おまえたち、いいか、調子に乗るなよ」と兜は優しく、プロ同士の戦いの中ではわざわざ忠告し合うようなことはないためこれは非常に優しい対応だが、声をかけた。「学校の中や自分の周りで幅を利かせていてもな、それは小さな世界の中で威張っているだけだ。分かるか。誰だって、小さい世界で生きている。だから謙虚にならないといけない。少なくとも、自分よりも力の弱い相手を」と言ったあたりで兜は、柄じゃないな、とやめた。そもそも今の自分が、力の弱い相手に恐怖を与えている。説教する資格はない。「世の中には、楽して手に入れられるものなんてない。二度とこういうことをやるな」

彼らは首を縦にぶんぶんと振る。

「それから、このことは絶対に口外するな」

恐怖の底に落ちた今この瞬間は反省するが、喉元《のどもと》過ぎればで、家に帰ればすっかり忘れている可能性はある。兜の意識は、個室の死体に向いていた。

「今すぐ、ここから出ていけ」と少年たちを追い払う。彼らは足に力が入らないからかよたよたとした歩みで、姿を消した。

赤いジャンパーの男は息もせず、便器によりかかり目を閉じている。兜はなるべく手が触れないように、と気を付けながら死体の様子を見た。

殺害されたのは、それほど前ではない。

デパート内で何が起きたのか、何が起きているのか。

奈野村のいるところへ戻ったほうがいいだろうと判断し、外に向かう。出口付近で立ち止まり、一度、振り返った。個室で絶命している男を見る。彼にも親がいるのだろうし、子供時代があったのだろう。このような形で人生を終えるだなんて。

兜は黙禱《もくとう》を捧《ささ》げる心持ちで、ゆっくりまばたきをした後で、トイレの電気を消した。が、その瞬間、目に入ったものがあり、慌てて点灯し直す。

個室に戻り、便器によりかかる死体の足元に身を屈《かが》める。銃だ。腰のベルトに目をやれば、銃のホルスターがある。自動販売機のメンテナンススタッフに必要な装具とは思えない。

兜はトイレから出て数メートル歩いたが、そこで電気を切り忘れていたことに気づき、「電気代!」とよく妻に叱られるのではっとし、一度戻り、電灯スイッチをオフにした。

まったく、と思う。

兜はトイレを出て、周囲を見渡す。何が起きているのか、と頭の中を整理したかった。前日に突如、医師から連絡があり、診療所に出向いた時のことを思い浮かべる。

あのあたりから事態は複雑になっているのだ。横軸と縦軸だけのクロスワードではなかったということか。

後ろから、「三宅さん」と声をかけられた。懐中ライトの動きはあったから、彼が同じフロアに来ていることには気づいていた。

「何をしているんですか」

兜は振り返った後で、首を後ろに傾け、そこにある缶ジュースの自動販売機に目をやった。

「取り忘れのお釣りがないかどうか探ってたんです」と肩をすくめる。小銭も馬鹿になりませんからね、と。照明で照らされた脱走犯よろしく、両手を上げた。「息子さんは?」

奈野村が、「もう帰りました」と答える。「急に対応しないといけないことが起きたから、と言って帰したんです」

「お父さんのお仕事見学の続きは次回?」

言いながら兜は、奈野村の動きに注目する。向けられた懐中ライトの眩《まぶ》しさでよく見えない。

「一つ教えてほしい」確認すべきことはいくつかあったが、まずは、と思い兜が言おうとしたところ、先に奈野村が、「一つ教えてほしいんですが」と同じことを言った。

「どうぞ」兜は両手を下げるつもりはなかった。

「今日は、そういうことだから、引き受けてくれたんですか?」

「そういうこと、とは」

「私を狙うのに、ちょうどいい状況だと思ったんですか？」

奈野村は懐中電灯を左手で持っている。そして、右手は頭上にあった。肘《ひじ》を折り曲げた腕を耳の後ろにやり、彼は刃物を握っている。包丁だ。

兜は横に目を移動させ、懐中電灯で照らされたフロア案内の看板を見る。「キッチン用品・調理器具」と書かれていた。兜は寂しさを滲ませながら、言う。

「会計前の商品、使って大丈夫ですか」


奈野村はふっと息を洩《も》らした後で、「やっぱりそうなんですね」と残念そうに言った。

「やっぱり？」

「この状況で、そんな風に落ち着いているのは、三宅さんが一般の人ではないということでしょうね」

「文房具メーカーの営業社員です」

「表の顔は」

「奈野村さんも表と裏が」

「いえ、私はもうやめたんです。正確には、やめるところだったんです」

「ここの警備の仕事は」

「やめるための最後の仕事として、ここで警備員をやるように言われました。何のためにかは分かりませんでしたが、そのうち指示が出るだろうと」

「今日のこの、夜のお仕事見学は。息子さんの話は」

奈野村は少し顔をしかめ、申し訳なさそうに眉を傾け、「あれは、本当です」と言う。「息子が、悪い友達に付け込まれているのも」

兜は、本当の息子かどうかも怪しい、と思い始めていたところだった。少年から老人まで、それらしい人物を手配してくれる業者はいるからだ。が、奈野村は嘘をついている様子はない。悪い友達、という響きが、兜の耳にこびりつく。友人と知人は違う。悪い友人は、友人とは違うのだろうか、とまた考えてしまう。

「ああ、そういえば、どうなりましたか。息子の友達は」

「実はそれは謝らないといけないんだ」少しずつ、手を上げたままの姿勢がつらくなってきた。「言われた通り、証拠写真や動画を撮ろうと思っていたんだが、彼らにばれてしまってね。大人げなく、注意してしまった」

「注意を」

「軽く喝を」兜は肩をすくめる。「申し訳ない」

「予想通り、息子は、その友達の命令でこの百貨店に来たかったわけですか」

落胆する奈野村に胸が痛む。「いや、たぶん、ついでじゃないか。父親の仕事ぶりを見たかったのも事実だが、そこに悪い友達が乗っかってきたのかもしれない」

「三宅さんは優しいですね」奈野村が息を漏らす。

「そんなことを言われたのは初めてだ」兜は言ったが、実際それは初めての体験に感じられた。このあたりで兜は、奈野村に対する丁寧な話し方と、いつもの口調が混ざりはじめていた。表と裏の、どちらで向き合うべきか判断がつかなかったのだ。「実はそこのトイレで、人を見つけた。

あれは」

奈野村は息を小さく漏らす。「ここに自動販売機のメンテなどで来ていたスタッフです。今日、機械が故障したとかで遅くまで、作業をしていたのは知っていたんですが」

「うまく直せなくて、むしゃくしゃして自分で包丁を胸に刺したとか？」

懐中電灯がふっと、心なしか明るさを増したように感じたのは、奈野村が表情を緩めたからだろうか。

「どうやら、あのメンテナンススタッフは、飛び入りのようです」

「飛び入り？」

「私に指示が来たのは、つい先ほどでした。息子を連れて、巡回を始める直前です。何事かと思えば、今から私の命を狙いに行く人物がいるから、殺害しろ、と言うじゃないですか」

「それが、自動販売機の男だったわけか？」

「いえ」奈野村は表情を変えない。というよりも、どんどんと顔が冷たくなり、感情が見えなくなっていく。「三宅さんのことです」

「ああ」

「三宅さんが、私の命を奪いに来ると」

医師から伝えられたのは、前日のことだ。気が進まぬ「診察」に出かけた兜に、「悪性の手術」として医師が「レントゲン写真」を見せてきたのだが、そこに映る「腫瘍」、つまり標的の情報が、奈野村であることにはさすがに言葉を失った。

「知り合いですか？」医師は言った。おそらくは、すべてお見通しなのだろう。

「さあ」

「この方の勤務先は、三宅さんの営業先と重なっていますよ」

とぼける言葉を続ける気にもなれず、黙っていると医師は、「これをやり遂げれば、引退できます」と続けた。

「引退できる？」思わず聞き返してしまう。仕事をまだやらなくてはいけません、であるとか、もっとお金が必要です、であるとか、そういった言葉は今までさんざん聞いてきたが、「これをやれば、辞められる」といった具体的な話は初めて、耳にした。

「ええ、そうです。この手術をやれば」

「よっぽど」考えられる可能性は多くはない。「よっぽど、悪性なのか？　もしくは、大物からの依頼なのか？」

医師は答えなかった。


目の前の奈野村は淡々と続けた。「だから、息子と店内を巡回し始めた後で、人影が見えた時は、三宅さんかと思いました。私をやはり狙ってきたのか、と。が、違いました」

「自販機の男だった、と」

奈野村がうなずくのを代行するかのように、懐中電灯が少し下がる。「夜は防犯用ネットがかけられる店が多いのですが、うちはそのままです。マネキンや商品がたくさんありますから、意外に身を隠しながら移動するには適しているんですよ」

「それは、さっき実感した」

「あの男はそうやって、こそこそと動きながら、明らかに私を狙っていました」

「もしかすると」兜はそこで、以前、医師と喋っていた内容を思い出した。業者の中では二極化が進んでいる、と。有名な業者は依頼がたくさん来るため、より有名になっていくが、その一方で、無名の者はいつまでも無名のままだ、と。腕が良くても、目立たなくてはいけない。注目されるために、過激なことの一つや二つ、やる必要もある。「無名の業者が、どうにか名を上げたくて、首を突っ込んできたのかもしれない。いや、そうじゃなく、もともと奈野村さんを狙うように依頼されていたのか」

奈野村に接近するため、自動販売機スタッフとしてここに来ていた可能性は高い。となると、奈野村はあちらこちらから命を狙われるほど、腕が立つのかもしれないな、と兜は思った。

「息子がいる時に仕掛けてこられたら、面倒だと思ったんですが、四階まで来たところで、息子がトイレに行きまして」

「それは、トイレじゃなかった。悪いお友達を呼びに」

「トイレにしては長かったですからね。おかげで助かりました」

その間に奈野村は、自動販売機の男を始末したらしい。

「そんなに簡単に？」

「売り場に、包丁があったので」箱を乱暴に開けると即座に投げたのだという。夜の百貨店の宙を飛んだ包丁は、あっという間に自販機男の胸に突き刺さった、というわけだ。

「二丁で一セット？」兜は、今、奈野村が右手につかんでいる包丁を見ながら、言う。

それには奈野村は答えなかった。「とりあえず彼の死体はトイレの個室に隠しておこうと思ったのですが、三宅さんに見つけられてしまうとは」

「悪い中学生たちがトイレに入って、見つけてしまったんだ」

奈野村はその後しばらく無言だった。じっと兜を見ていた。振り上げた包丁はずっと頭上にあるままだ。

恐怖はなかった。疑問もさほどない。状況は分かった。

「信じてもらえないかもしれないが、俺は、奈野村さんを狙うつもりはないんだ。依頼があったのは事実だが、奈野村さんをどうこうしようとは思っていなかった。ここに来たのは、最初の約束通り、奈野村さんの息子さんのことがあったからで」

「三宅さんは私とどこか似ている部分があると思っていたんです。家族のことや、仕事に対するスタンスも。ただ、こっちの仕事の面まで一緒だとは」

「本当に残念」兜は肩を落とす。「奈野村さんに危害を加えるつもりはないんだ」と繰り返した。「奈野村さんならそれも分かってくれるはずだ」だから、包丁を下げてくれ、と暗に伝える。

奈野村が並の業者ではないことは疑いの余地がない。医師の口ぶりから、奈野村がただの悪性ではない、とは想像していたものの、こうして向き合うと、明白だ。物腰は低く、言葉遣いも丁寧だが、神経を周囲に張り巡らせ、少しでも妙な動きを見せれば、稲光のような素早さで反応するのは間違いなかった。

「そう思いたいのですが、信じることはできません」

もっともな話だ。

プロ同士であれば、自分の仕事を有利に進めるための駆け引きはいくらでもする。特に、今のように、相手が武器を構え、こちらが不利な状態ならば、嘘の一つや二つは平気でつく。

生きると死ぬとでは大違い。裏と表、天国と地獄、誰を裏切ろうが道徳的になじられようが、生き残ることこそが重要なのだ。業界での経験が長ければ長いほど、命がけの仕事をこなしてきたことが多ければ多いほど、そのことを知っている。

「俺は、奈野村さんに手は出さない」兜は言うが、このような場面では、本心を本心だと受け取ってもらうこと自体が困難なのだ。理性的な分析をする余裕はない。直感で動くほかなく、たとえばここで兜が手を下ろし武器を探すような仕草を見せれば、奈野村は考えるより先に、刃物を投げてくるはずだ。兜が素早く横に避けても同じだろう。生き残るために体が、頭より先に動く。それは兜も変わらない。

「三宅さんも分かるかと思いますが、言葉を簡単に信じるわけにはいきません」

だろうな、と兜は言うほかない。

今、兜と奈野村が、その頭と体が考えていることはただ一つ、この場から生きて帰ること、それだけだった。

「息子のためにも」奈野村が言った。「ここで死ぬわけにはいきませんから」

俺もだ、と兜は言いかけたが口にしなかった。

非常口を示す表示が緑色に光りながら、濁った音を小さく発している。

相手が本当に危険人物かどうか分からない場合でも、懸念や不安があるのならば、倒しておくにこしたことはない。

それは、生き残るための秘訣《ひけつ》、秘訣というよりも常識だ。

奈野村が腕を振った瞬間、俺は死ぬ。死ぬのは構わぬが、妻にも克巳にも二度と会えないのはつらい。想像するだけで、胸が苦しくなる。今度一緒にレストランに行こう、と言っていたが、その「今度」は永遠にやってこない。

そこでふと兜は、「おまえはこれまで何人に、その苦しい思いをさせてきたのだ」と咎められている気分になった。急に、体の中に重みを覚える。

自分が今までにやってきたことを考えれば、生き延びようとするのは、この上ない我儘《わがまま》に思えた。

「奈野村さん、自動販売機の小銭を取ってもいいかな」兜は手を少し後ろに傾けて、言ってみる。

「実は、釣銭を取り忘れていて」

「残念ながら、駄目です」奈野村は言う。隙がまったく見えない。

刺そうが刺すまいが、蚊は潰《つぶ》しておく必要がある。刺されてからでは遅いからだ。

打てる手は限られている。投げられた包丁をどうにか避けるほかない。懐中電灯の眩しさが厄介だが、目を凝らし、相手の挙動に意識を集中させた。

西部劇さながら、向き合い、黙り、相手の呼吸を感じ取る。

自動販売機の男の死体を見る限り、包丁は左胸にきっちりと刺さっていた。離れた場所から投げたのだとすれば、奈野村の腕の良さは推して知るべしだ。

投げる直前、兜なら懐中電灯で相手の視界を潰す。だからライトが揺れた瞬間、横に飛ぶべきか。いつ来るか、今か、今か？　それとも今か？　「今」は次々と後ろに流れていく。集中力が途切れぬように、不要なまばたきをしないように、と神経をぴんと張る。次の瞬間には、胸に包丁が突き刺さり、すべておしまい、家族のことを思い浮かべることもできず、全部、真っ黒の無の宇宙に放り出されるのかもしれない。

その時鳴った、兜のスマートフォンの着信音はかすかなものだった。が、その音は向き合う兜たちからすれば明らかに異質な、予想外のものであったから、奈野村の注意がほんのわずかではあるが、そちらに向いた。

兜は右に飛んだ。直後、左肩を包丁がかすった。痛みを感じている余裕はない。兜は勢いよくその場に転がり、その間に包丁が、肉をえぐるようにしながら外れた。

起き上がると同時に、奈野村に向かう。そこからは兜の頭の中はほぼ空になった。体がひたすら攻撃を繰り返す。腰を落とし、腕を振る。

奈野村が防御に回り、後ろに下がっていく。

言葉を発する暇もない。

二人の息だけがその場を飛ぶ。

兜が振った右腕を、奈野村が脇で挟む。捻《ひね》り上げてくるため、兜も体を反転させ、手を引き抜く。左肩の痛みを無視し、左の拳《こぶし》を相手の顔面に放つ。奈野村は跳ねるように後退し、拳の軌道から外れた。

兜は目を凝らす。

懐中電灯はすでに床に転がっていた。そこから広がるぼんやりとした明かりが、暗闇の中にかすかに景色を描いている。

奈野村の目は鋭く光っている。その瞳《ひとみ》の中に、兜自身の目も映りこんでいた。お互い呼吸は荒いが、兜は、奈野村の動きが鈍くなっていないことに落胆する。

攻守交代の合図があったかのように、奈野村が前に出て、攻撃してくる。兜は後ろに下がり、避ける。

武器になるものがないか、と左右を見る余裕もない。幸か不幸かキッチン用品のコーナーは、フロアの反対側のはずだった。奈野村がまた包丁を手にしたら、ほぼ決着はつくだろう。

兜が攻撃を仕掛け、奈野村が後退しながら、それを捌《さば》く。

フロアの通路を、フェンシングの試合でもやるかのように、あっちへこっちへといったり来たりした。

自分の肩から、血が垂れていることには気づいていたが、床に落ちたその血で足が滑ることまでは想像していなかった。体が斜めにひっくり返りそうになる。床に手を突き、その動きに逆らわず、右足を後ろ回し蹴りの要領で、奈野村の顔面を狙った。

転んだことでリズムが変わり、惑わす動きになったにもかかわらず、奈野村はとっさに反応し、体を逸《そ》らし、兜の足先を避けた。

兜の足は回転し、そのまま隣のマネキンに激突する。

音が鳴ったものだから兜と奈野村はそちらに目をやり、同時に動きを止めた。

必死の攻防を繰り返し、動き回っているうち、兜たちが辿り着いていたのは、学校の新年度のための特設コーナーだった。ランドセルが並んでおり、子供のマネキンが立っていた。そのうちの一つを、兜が蹴ったのだ。

マネキンはその場に俯《うつぶ》せの恰好で倒れ、そればかりか腕が外れていた。

兜ははっとし、一瞬、そのマネキンをじっと見つめてしまう。奈野村も戦闘態勢を崩していた。

二人の呼吸音がリズムを取るように、繰り返される。

俯せで倒れた人形は本物の子供のようだった。

少しして兜は、倒れたマネキンに近づき、間近で見ると外国人の少年のような顔つきだったが、それをそっと起こす。奈野村も、腕のパーツを拾い上げていた。

マネキンを立ち上がらせ、もとあった場所を探しながら、置く。腕をはめた後で、転がっていたランドセルを、マネキンの体に背負わせた。

兜の頭にあったのは、克巳が小学校に入った時のことだ。登校する克巳の、ランドセルよりも小さな背中を見送り、不安に駆られながら、「この先、恐るべき出来事が何一つ、この子には訪れませんように」と祈ったことや、ランドセルに教科書を詰め、「忘れ物があったらどうしよう」と怯える克巳に妻が、「一緒に確認してあげるから。忘れたって、大丈夫なんだよ。次から気を付ければ」と宥《なだ》めるように言っている光景が、次々と思い出された。

マネキンの置き直し作業を黙って終えると、二人はふたたび向き合う。

話せば分かる、という思いはなかった。兜同様、彼は経験豊富なプロなのだから、やる時にはやる、やれる時にやる、という鉄則は体に染みついているのは間違いない。だから兜がそれを口にしたのは、相手を止めたいのではなく、自分が言葉を発することができるうちに、本心を発しておきたいという欲求からだ。

「俺はこれ以上、やりたくない、奈野村さん」

奈野村は黙ったままだったが、攻撃を仕掛けてもこなかった。

向き合ったままの時間が過ぎる。

しばらくして奈野村の、「三宅さんは、死に物狂いで、私を狙ってくる、と言われました」と口にする。

「それは」兜は言った。「間違った選択肢だったんだ」

「間違った選択肢？」

頭にあったのは、先日の克巳が妻に、レストランに行くのが嫌なら富士急ね、と言われた際の話だ。

あたかも選択肢は二つしかない、と思わせる詐欺師のやり方について、克巳は説明した。「これとこれのどちらにしますか」「これができないのなら、こうするしかないですよ」とどちらかを選ぶほかない、と相手を追い詰めるのだという。

言われてみれば、たちの悪い男が、交際相手の女に、「もし俺と別れたいのなら、借金を帳消しにしてくれよ。それならいいよ」と無茶な二択を押し付け、それに女が囚《とら》われるパターンを見聞きしたことがある。

まさに、あの医師の言い分と同じだ。兜はいまさらながらに察した。

「選択肢はほかにいくらでもあるのに」克巳は残念そうに言ったが、まさにその通りだ。

もし今の仕事を辞めるのならば、お金が回収できるまでもう少し仕事をやってもらわなくてはいけません。

「どちらも嫌だ、という選択もある」

先日読んだ小説の一文が蘇《よみがえ》る。〈人の命なんか、バカな大将のちょっとした気持ちひとつで、バタバタ消えてしまう。〉

奈野村は、兜の動きをじっと観察する。そこで兜は、また両手を上げることにした。攻撃意思がないことを強調する。肩からの出血がひどいが、服が吸い込んでいるからか床にはさほど垂れていない。

兜は後ろを向き、奈野村に背中を見せる。そして一歩、足を踏み出す。

静かな、小さな動きではあったが、兜からすれば今までの人生で、蓄積してきた勇気をすべて使う思いだ。

無防備な背中を、狙われる可能性は十分にある。

今にも包丁が、背中にめり込む衝撃が来るのではないか。

足を出し、少しずつ離れていく。ゆっくりと一歩ずつだ。

言いたいことはいくつかあった。友人と知人の違いは何でしょうか？　どうしたら知人から友人になれるのでしょうか？

しばらくして、そっと振り返れば、奈野村の姿は見えなくなっていた。あっちも離れていったのかもしれない。

奈野村の声だけが、床を伝うように兜に届いたが、それは、「お子さんの話、もっと聞きたかったです」という言葉だったものだから、実際の発言だったのか空耳なのか、兜には判断がつかない。

止まったエスカレーターがあったため、そこを歩いて下ることにした。

「さっきの自販機の小銭、奈野村さん、回収しておいてください」思い出した兜は、声を響かせる。「差し上げます」

デパートを出た兜はポケットからスマートフォンを取り出す。着信したメールを確認すれば、差出人は妻で、「克巳が一人暮らしをしたいと言ってるんだけど。相談したいので起きて待ってます」とあった。先ほどの、奈野村との格闘の時以上の緊張感が、体中を走る。すぐに返信をしなくては、と操作しようとしたが指にぬめりがあり、うまくできない。血が付いているのだと遅れて気づいた。肩に痛みがあり、スマートフォンを落としてしまう。拾い上げ、手でさすると、子供の頃の克巳が転んだ際に、必死に体をさすってやった時のことを思い出した。

血の付いた恰好でタクシーに乗るわけにもいかず、どうすべきかと考えるが、そもそも妻が起きているのならば、どちらにせよこの恰好では帰れない。

転んだことにするか、酔っぱらいの自転車にぶつかられたことにするか、と言い訳を考えた。それならば少しは同情してもらえるかもしれない、と。

奈野村を殺さずに済んだ。そのことは兜を幸福な気持ちにした。がんじがらめの鎖を、意志の力で断ち切ることができたのではないか。

真に自由を勝ち取るため、兜はその一週間後、医師に自分の覚悟を話した。あなたの提示した二択はまやかしで詐欺師の手口であり、自分はその両方ともを選ばない、と伝えた。その言葉は医師の心を動かした。そしてその結果、兜は八階建てのオフィスビルの屋上から落下し、死亡する。

◆

奈野村は、兜が立ち去った後のデパートで後始末をしていた。マネキンのところに戻り、目立つ破損がないかを確認し、電話をかけ、トイレの中の死体処理について依頼した。フロアの破損個所や汚れてしまった部分を確認しなくてはいけない。さらには、屋内に設置された防犯カメラの映像から、都合の悪い場面を削除する必要もある。

懐中電灯で床を照らし、移動しながら奈野村は、息子の問題について少し考えていた。

兜が、悪い友達を一喝してくれたことで息子の環境が良い方向に変わる可能性はあったが、息子自身が変わらなければ根本的な改善とはならないのは、奈野村も承知している。

心配だ。

けれど、心配できること自体が、ありがたいとも言える。

つい先ほど、自分は死んでいたかもしれない。兜に命を奪われていたのならば、息子を心配することもできなかった。生きていることに感謝、とはどこかの寺の敷地に飾ってありそうな言葉だが、奈野村はそのことを実感せずにはいられなかった。

背後に気配を感じたのは、階段に向かおうとした時だ。

兜が戻ってきたのか、と思ったのは一瞬で、すぐに違うと分かる。

振り返れば、二回り年上の、夜勤を共にする同僚が立っていた。白髪頭の中肉中背、昼間だろうが夜だろうが、常に気怠《けだる》そうな顔つきをしているのだが、今は、目つきが鋭く、暗闇に瞳を光らせている。

彼の手に銃が握られていることで、奈野村はようやく、この男も自分を狙っていたのか、と理解した。

自己都合で仕事を辞めるのは、なかなか難しいのだな、と呆れつつ感心する。

それからふと、自分に仕事を出してくる男、仲介者の医師のことを考えた。あの医師は、自分と兜をぶつけ、どちらも潰すつもりだったのではないだろうか。相打ち狙いなのか、もしくはどちらかが倒れれば御の字と考えたのか、とにかく、二人を対決させたかったのかもしれない。二人が試合を放棄したため、引き分けに終わったと言うこともできるかもしれないが、次なる段階として、この同僚に指示が出た。そうは考えられないだろうか？

「手を上げろ」と同僚は言った。

体が強張っているようには見えず、声も震えていない。

奈野村は後ずさりをする。すぐに言いなりになる必要はない。手もなかなか上げず、一歩、二歩と下がる。

銃口はしっかりと、奈野村の胸を狙っている。

結局、ここでおしまいなのか。ただロスタイムをもらっただけだったのか。諦めかける自分に、望みを捨ててはいけない、と鼓舞する。

「手を上げろ」と同僚は繰り返し、近づいてきた。

「ちょっと待ってください。どうして私を」

「分かるだろ」

「いや、本当に分からないんです」

「あんたをやったら、一目置かれるらしいからな」

「どういうことですか」

「もう俺も年だからってな、連絡係みたいな仕事しか来ないけれど、これで少しはまだ現役ってことを証明できる」

「ちょっと待ってください」奈野村は懇願の声を出した。

「待たない」

「待ってください。一つだけお願いが」

「何だ」

「この自動販売機のお釣りを取らないと」後退したこともあり、すぐ後ろが自動販売機だ。

「お釣り？」

「さっき買った時のお釣りです」

同僚は笑った。「この期に及んで、お釣りとはな。死んだら、小銭も使えないってのに」

「気になるので」

「分かった。釣銭のところだけだ。変なところはいじるなよ」

同僚が言い、奈野村は感謝する。

私とこの同僚の違いはここだろう、と思った。彼が、第一線から退かざるを得なくなったのは、年のせいではなく、こういった迂闊《うかつ》さ故ではないだろうか。奈野村はそう感じた。奈野村は、兜が頼んできても、小銭口には手を入れさせなかった。相手に主導権を握らせてはならないからだ。

奈野村は自動販売機に背を向けたまま、右手を後ろに伸ばし、小銭口に指を入れた。

確証はなかった。

ただ希望はそこにしかなかったのだ。

指が、小銭口の中のそれに触れた時、その正体はすぐには分からず、指先で少し触り、形状を確かめる必要があった。

「小銭、いくらだよ」

そう言う同僚に奈野村はうなずく。「助かりました」

右腕を前に出すと同時に、撃った。

掌で楽々、包むことができる大きさの、拳銃だった。実物を触るのは初めてだったが、弾は出た。

短く鋭い音がした。

親指大ながら、殺傷能力はある、と謳《うた》われた海外製のミニ銃だ。

同僚の額に赤い穴ができ、彼は直立不動の体勢から後ろへと一気に倒れた。

奈野村は小さく息を吐く。三宅さんはやはり、有能だったのだろう、と思う。優れた業者は様々な準備をしておくものだ。武器を失った時のことを考え、何らかの道具を事前に隠しておくのは、仕事現場が判明している場合の基本だ。銃や刃物を隠しておくだけで、形勢逆転が狙えることもある。だから、見つかりにくい場所にミニ銃を隠しておいたのだろう。

三宅さん、助かりました。

奈野村は、今度会った時に直接、礼を言わなくてはいけないと思った。時間がかかってもいいから、また以前と同じような関係に、親しい知人に戻れないだろうか、と。

FINE

大事な試験の当日だというのにまったく準備をしておらず、おまけに遅刻した。せめて学校に行く間に、できる限り教科書を暗記しようと思うが、めくってもめくってもページは白紙で、通学路も工事中、一向に学校に辿《たど》り着かない。と焦りに焦っていたところで目が覚め、時計を見ればすでに朝の八時を回っており、これは会社に遅刻だ、今日は会議だと飛び起きた。

「パパ」部屋の入り口に息子の大輝《だいき》が立っている。「ママ、パパ起きた」と言いながら向こうへ行った。布団から起き、スマートフォンのボタンを押し、日付と曜日を確認する。

「月曜かと思った」と苦笑しながらリビングに行くと妻の茉優《まゆ》が、「そんなに会社が好きなの？」とからかってきた。「というか、今日こそはわたし美容院行きたいから」

「ああ、そうだった」普段、三歳を過ぎたばかりの大輝と二人で日々を過ごさなくてはいけない彼女は、自分の時間を持つことが難しく、髪が伸びてきた、パーマは望まないがせめてカットを、とずいぶん前から希望していた。

好きなアニメ番組に釘《くぎ》付けの息子を眺めながら朝食を食べていると、妻が洗濯物を持って右へ左へ行き来し、かと思えば、食器を洗い、かと思えば、掃除機をかけ、とまさに八面六臂《はちめんろっぴ》の活躍ぶりを見せており、自分は果たしてここでのんびりしていていいものか、と不安になり、父のことを思い出してしまう。母が家事で忙しく、機嫌が悪くなっているのを察すると、急に肩身を狭くし、どうすればいいかとおろおろし、その挙動が怪しいがゆえに結局、母に怒られるということが多々あった。

「あ、克巳君、そういえばおかあさんから電話があったよ。年末、おとうさんのお墓参りに行くかどうかって」

茉優が言ってきた。まだ秋だというのに年末の話なのか、こちらは日々の仕事と子育てのことで手一杯であるから、そんなに先のことを言われても、と不快になるが、母からすれば大事なことなのかもしれない。「電話してあげて。おかあさん、少し元気がなかったから」

まさか。ここ数年、母は心療内科に通わずとも通常に生活ができるようになっていた。おそらくは初孫誕生が大きなきっかけなのだろう。処方された薬を定期的に飲んでいたことなど今となっては昔の話、とすっかり安心していた。油断したころに問題は起きるのだろうか。父が亡くなって以降の、表情が消え、ただ呼吸をするだけとなったかのような母の姿が浮かび、また、ああなってしまったのでは、と怖くなった。


「どうしたの、そんなに心配そうな声で」電話に出た母はあっけらかんとしており、ほっとすると同時に拍子抜けした。こちらとしては会社を早退し、実家に立ち寄る段取りを考えていたくらいなのだ。

「いや、茉優が、母さんが元気なさそうだって気にしてたから」

「元気はないって。だって、十年前とはいえ、夫が自殺しちゃったんだよ」と身内ですら笑っていいのかどうかためらう冗談を口にするほどには、立ち直った、と言えるのだろうか。人を喪《うしな》ったつらさに効く薬は、時間しかない、とはよく言われるが、十年はそれなりに長い年月と言えた。

父のことがちらつくたびに苦しくなるならば、いっそのこと、その父の話を頻繁に口にしたほうがいい、そうすれば麻痺《まひ》するのではないか、と母なりに考えた末の、対処法なのかもしれない。

「年末はいつも通り、帰るつもりだけれど」

「大輝も一緒にだよね?」

もはや自分は、孫のおまけのような存在だ。「そりゃね。何か困ったことはない?」

「ああ、そうそう、実は」母が声のトーンを変えた。「この間、急に人が来たの。若い男が」

「若い男。いいね」

「怪しい用件なんだよ。あ、この間、茉優さんと喋《しゃべ》った時、そのことが頭にひっかかっていたから、元気がないと思われたのかも。茉優さん、鋭い。克巳、甘く見てると浮気、ばれちゃうよ」

「浮気をしている前提みたいな言い方はどうかと」

そこで母がしばらく無言になった。呼びかけると今度は明らかに、力のない口調になった。

「お父さんも、わたしに浮気を疑われて、あんなことになったんだよねえ」

「何その話」電話に向かって声を強くしてしまう。

聞いたことのない新作の話をいち早く聞きたい! ということではまったくなかったが、僕は会社帰りに、職場から埼玉の分譲マンションへ帰る途中駅で降り、実家に寄った。

母は平然としており、「そんなに父親の浮気のエピソードが気になるなんて、克巳、本当に、浮気しているんじゃないの?」とからかってきた。

むきになって反論するつもりもない。「親父、あの時、浮気していたの？」

居間に置かれた仏壇に目をやってしまう。親父、本当に？　と遺影に訊《たず》ねる。

「あの日の、確か前日だったと思うんだけれど、わたしが朝、少し責めたんだよね。職場の女性からメールが届いていたから、どういう関係なのかと思って」

「女性からのメール？　おふくろが読んだの？」

「たまたまね」

「たまたま？」

「そう、たまたま」母は言った。「夜にあの人のところにメールが来て。うるさいから音を消して。その時、ちょっと気になったから読んじゃったの」

意外だった。父が常に、母の言動に気を配っていたのは小学生の頃から察していたが、その逆はあまり感じたことがない。「それで、どうしたの」

「どうしたの、って言うか、訊《き》いたよね」

「尋問だ」

「そんなんじゃないけれど。ただ、その日、有給で休むことにしたのはもしかすると」

「おふくろに浮気を疑われたから？」

母の顔が曇るため、僕は焦る。こちらとしては半ば冗談のつもりで、先の丸い棒で軽く押すような気持ちだったが、母からすれば、治りかけの瘡蓋《かさぶた》を突かれた感覚だったのかもしれない。

もしかすると、父の死後、母が精神的な落ち込みに襲われ、通院するようになったのは、そのことも関係しているのではないか。自分が父を悩ませたのでは、と罪の意識を感じていたのか。

「でも、親父、浮気なんてするかなあ」

「意外にもてるんだって、ああいうの」

「いや、もてたとしても」いつも母にあれほど、びくついていた姿を見て育った僕からすると、果たして、そんな危険なことをするだろうか、という気持ちはあった。が、恋愛や性欲の領域は、理性や冷静な判断の及ばぬところで、だからこそ、人間の歴史の中では様々な事件やドラマが起きてきたのだろう、とも思う。「それで結局、どうだったの」

「浮気のこと?」母はそこで一気に老いた。ように僕には見えた。開けてはならぬ箱の蓋が取れたかのようで、聞くべきではないことを質《ただ》してしまったのだと気づいた。「その時、お父さんは、たぶん人間違いだって言ってたんだよね。その女の子は別の人に送ったつもりだったのが、アドレスを間違えたんじゃないか、って」

「苦しい言い訳」

「わたしもそう思ったよ」

どうやら父の死後に、その苦しい言い訳は真実だった、と判明したらしかった。詳しくは説明してくれなかったが、父のもとに、「間違えちゃいました」と謝罪するメールでも届いていたのかもしれない。

「あ、それで、若い男が来たという話なんだけれど、どういうこと」

「若いって言ったっけ」

「確かにね。怪しい人?　セールス?」

「突然やってきて、お父さんの名前を口にするわけ。ご主人、いますかって」

FINE

「親父に会いに？」

「そう。はじめは一瞬、隠し子か何かかと思っちゃったけれど」

「いくつくらい？」「二十歳前後かな」

母がサイドボードの、ハガキ入れから、今気づいたのだがそれは僕が小学生の頃の図画工作の授業での作品、彫刻刀で装飾を施したもので、いまだにそれが現役選手としてそこに置かれていることが、もちろん新しい選手からの突き上げがないとはいえ、感動的ですらあったが、とにかくそこから小さな紙を持ってくる。「名刺、置いていったんだけれど」

見れば、スポーツジムのトレーナーの肩書があり、「田辺亮二《たなべりようじ》」と名前がある。

「どうして、親父に会いたいんだろう」

「気味が悪いから追い返したの」

「話も聞かず？」

「聞く気にならないでしょ」

「どうしたらいいかな」

「それにしても大きくなったねえ」

「え」

「克巳ももうお父さんだし、早いね」

「話、嚙《か》み合ってないんだけれど」むしろ、母の認知がおかしくなったのではないか、と不安になった。

「お父さんに似てきたなあ」

田辺亮二はジムのトレーナーというだけあって体格が良かった。髪はさらさらし、爽《さわ》やかな大学生のようだ。「会ってもらえてうれしいです」

「いえ、まあ、はい」僕は曖昧《あいまい》に返事をした。妻からも事前に、どんな人かも分からないんだし、変な団体に勧誘される可能性も高いから会う際には十分警戒して、とさんざん釘を刺された。

「あの、いったいどういう理由で、うちの実家に」

「急にすみませんでした。お母さまも不安にさせてしまいまして」

お母さま、という言い方に引っかかる。「いえ、不安とかは」

「うまく説明できなくて。私としてはただ、お父さまのことを話したかっただけなんですね。ええと、事の次第を喋ると長くなるのですが、いいでしょうか」

嫌ですよ、とは言えず、なるべくショートバージョンで、とは頼み、「分かりました」と彼は答えたものの、これがまたびっくりするくらい長い話だった。ぱっとしない小学校時代の話から、少しずつ性格が明るくなり、体を鍛え始めてハンドボールに夢中になった十代、運動能力が買われて推薦で入学した大学での生活、と披露宴での紹介ですらかくや、と思えるほど長々と喋る。

僕に、伝記でも書いてほしいのだろうか。

「今はトレーナーとして、まずまずの日々を送っているんですけど、それはあくまでも、まずまず、なんですよ」と今度は、現在の不満や不安を滔々《とうとう》と語るものだから、リモコンがあるのなら早送りをしたかった。「それで、です。最近、都内でも有名な占い館に行ったんです。私の人生がさらにジャンプアップするにはどうすればいいんでしょうか、って」

「ジャンプアップね」

「そうしたら、占いの人が、あなた何か昔にやり残したことがあるんじゃないですか、って言うんですよ。やらなくちゃいけないことを忘れて、そのままにしているんじゃないですか、って」

目を輝かせて喋る田辺君には悪いが、それは明らかに、胡散《うさん》臭い占い師特有のやり口だ。サラリーマンに対し、「人間関係に疲れていますね」といえば九割方、該当するだろうし、「本当は寂しがり屋の部分もあるはずです」と言えば、思い当たる節は出てくる。しかも、田辺君が投げかけられた言葉は、「何か」「昔に」「やり残したことが」という抽象的なものに抽象的なものを組み合わせた、解釈の余地がありすぎる、あやふやの王様のようなものだ。

「そこで私、思い出したんですよ。すごいものですよね。十年間、すっかり忘れていたことを電撃的に」

「やっと、僕たちに関係のある話になってくるのかな」

嫌味を込めて言ってしまったが彼は気にせず、「そうなんです」とうなずいた。微笑んでさえいた。「十年前、私がまだ小学生の頃です。六年ですね。その日は、学校を休んでしまったんです。先ほども話した通り、当時、私は学校で居場所がなかったので。ふらふらと時間を潰《つぶ》していたんです。そうしたところ、怖い年上の、と言っても中学生だったんでしょうが、彼らに囲まれて、お小遣いをくれよ、と言われてしまったんですね」

話が見えず、苛立《いらだ》ってくるが僕は我慢する。興味があるふりをし、うなずく。「かつあげだ」

「私はほんと怖くて仕方がなくて。そうしたところ、ある男性がやってきて、追い払ってくれまして」

まさか、とは思ったが、田辺亮二は、「それがお父さまです。克巳さんのお父さまでした」と言う。

「親父が？」不良少年の恐喝現場に居合わせて、そのような行動を取るとは思いがたかった。常識を持った会社員ではあったが、果たしてそこまで正義感を持っていたかといえば、そういった印象はなかった。ただ、フェアかどうか、を大事にしていた記憶はある。世の中で、何が正しいかは分からないが、フェアではいたほうがいい、と僕にも時折、言った。

「行ってしまう時に、ポケットから飴《あめ》を出して、私にくれたんですが、そこでこれを落としたんです。拾って、渡そうと思った時には、すぐに見失ってしまって」

彼が自分の財布から取り出したのは、小さなカードだった。かなり古びており、長方形の角がぼろぼろになっている。

病院の診察券で、父の名前が書かれてはいる。

「その時の私、これを持ったまま、帰っちゃったんですよ」

診察券程度であれば再発行も可能だろうし、貴重品とは言い難い。

田辺亮二は、「子供でしたからね。返さなくちゃいけないとは思いつつ、それきりで」と罪を告白するような顔つきになる。

「はあ」

「占い師に言われた時に、私の人生が今一歩、ぱっとしないのは、これだと分かったんです」

おそらく、と僕は想像した。田辺君は占い師の、抽象的なアドバイスを真に受け、「過去にやり残したこと」がどこかにないか、と自宅の部屋をひっくり返し、あれが原因かこれが諸悪の根源か、どこかにあるに違いない、と探し、その中で、この診察券が発掘されたのだろう。

昔、返しそびれた診察券を、十年経ったのちに持ち主に渡すことで、人生ががらっと変わるほど、人生は単純ではないことくらいは分かっているだろうに、と思うが、目の前の田辺君の瞳《ひとみ》は純粋無垢な輝きを浮かべている。「人生案外に単純」論を信じる者だけが発することのできるきらきらだ。

「それでわざわざ」礼を言っておくのが無難に違いない。「どうもありがとう」

「いえ、これでほっとしました」封印のお札が剝《は》がれたかのように、これからの私の人生はバラ色です、と言いたげに見える。

ここで、田辺君開運の儀式はおしまい、という気持ちだったが、受け取った診察券をひっくり返したところで、事態は少し変わった。「あ」と思わず、声を漏らしてしまったのは、そこに書かれていた診察予約の日付が、気にかかったからだ。「これ、翌日だ」

「翌日？　何のですか」

父が亡くなった日の翌日、と僕は言う。この予約の前日に自殺したのだ、と。

田辺君はきょとんとした。「え、お父さまはご自分で」

「そうだね、ご自分で」ビルから飛び降りた。

「先日、お母さまに、お父さまが亡くなったことを伺った時はてっきり、病気か何かでかと思ったのですが」

「だったとしたら僕たちも少しは」と言いかけて、やめた。病気で家族を亡くした者と、自殺で家族を亡くした者のどちらがつらいのかといえば、どちらもつらいに決まっていた。

「え、ちょっと待ってください。ということは、私が会った日に、お父さまは亡くなったということに」

「そうなの？」

「これを拾った時、私も診察券の日付を見たんです。それで、明日だ、と思った記憶はあります。だからすぐに返さないと困るんじゃないかと思ったんですが」

僕は、田辺君をまじまじと見る。この彼は、死を迎える直前の父に会っていたのか。

「信じられません」と彼は言う。

「僕たちもだった」

「いえ、そうじゃないんです。本当に信じられないんです」

家族の僕たちよりも？

「だって、私、覚えているんですよ。お父さまの話」

「父の？」

「そうです。子供の時はいろいろ大変だけれど、頑張れよ、と言ってくれて」

それから彼が、自分には友達がいない、と打ち明けたところ父は、「俺もいない」と笑った後で、こう続けたらしかった。だけど、幸せだ、恵まれた日々を送っている、と。

「そんなことを言っていた人が亡くなるなんて。しかも」

FINE

ビルから飛び降りるなんて。

それまで靄《もや》がかっていた頭が、その瞬間、ぱっと晴れたように感じた。

母は、父の浮気を疑い、そのことで父を責めたことを後悔していた。やってもいないことを疑われ、説明を信じてもらえず、ショックを受けたのではないか、と。僕も半分、そのことに納得しかけていた。だが、よく考えてみれば、そんなことくらいで父が命を絶つわけがないのだ。むしろ事実を説明せずに、母を怒らせたまま姿を消すほうが、父らしくない。いつだって父は、母に怯《おび》えていたではないか。死後だって母の機嫌を窺《うかが》うに違いない。死ぬにしても、濡《ぬ》れ衣《ぎぬ》は晴らすはずだ。

論理的ではまったくなかったものの、僕は確信しつつあった。

この十年の間、僕が胸の中で抱え込んでいた箱、悲しみと後悔の色で塗られたその箱の中身は、自分で思っていたものとはまるで違っていたのではないか。

僕は、田辺君に礼を言っていた。

彼のほうはまだ、自分の思いの丈を伝えきれていないかのような顔をしていたが、いても立ってもいられない気持ちもあり、その場を後にした。

父はどうして死んでしまったのか。

「三宅さん、このベルトもクリーニングしちゃいますか？」

家の近所にはなぜかクリーニング店が多く、群雄割拠、クリーニング戦争と呼びたくなるほどで、実際に呼んでいるのは妻と僕くらいだが、店の位置も等距離に近いものだから、どこを利用するかは家によってまちまちだった。ポイントカードがあるとかないとか、接客態度がいいとかそうでもないとか、できあがりがいいとか早いとか、そういった要素が判断材料となる。

我が家がその、なのちゃんクリーニングを使っているのは単に、看板に描かれた「菜の花」の絵が可愛らしく、息子がよく指差していたからという理由からだったが、店員の印象もクリーニングの仕上がりや価格も満足のいくものだった。

「ベルト？」

「このコート、ベルトは取り外せるので、別扱いになっちゃうんですよ。別料金で」

「ああ、なるほど」僕はあまり考えずに、「じゃあ、それは別にクリーニングしてください」と答えた。

「かしこまりました」と答えてくれた店員はどうやら、ここの店主らしいと最近、分かった。四十代後半か五十代といったところだろう。愛想が良く、はきはきとし、話しやすかった。

料金を払い、店を出た後でふと、父のことがまた頭を過《よぎ》る。自分が子供の頃、父に付き添いクリーニング店に来た時のことだ。似たようなことがあったのだ。

母のコートを出したところ、ベルトは別料金だがどうするか、と店員から質問された。父は今の僕と同様に、「ベルトも」と言いかけたがすぐに悩んだ。ようするに、料金が余計にかかるくらいならばベルトはクリーニングしないほうがいいのではないか、後で母に、「何で、別料金なのに頼んじゃったの?」と怒られるのではないか、と気になったのだろう。が、一方で、ベルトだけ引き上げてくれれば、「ベルトだけ汚れたままでいいなんて考えられないでしょ。どうせわたしのコートだからって思ったんじゃないの」と嫌味を言われることも怖くなった。小学生の頃には僕も、父のその母の機嫌を必要以上に気にかける性質に気づいていたから、「電話をして、質問したら?」とアドバイスをしたのではなかったか。ただ、電話をしても母が出なかったか、もしくは、「そんなことで電話してこないでちょうだい、と怒られるかもな」と言ったか、とにかく解決にはつながらず、結局どうなったかといえば、父が自分の財布から金を出し、ベルトもクリーニングに出した。「簡単なことだったな、克巳」と父は満足そうに言った。「母さんの反応を見て、もしベルト代を節約したほうが良さそうだったら、ベルトが別料金ということは伏せておけばいい」

　母がベルトのクリーニング代如《ごと》きに大きなこだわりを持っているとは思えず、どうして父はいつも、びくびくしているのかと不思議でならなかった。

「克巳君のおとうさんってたぶん、他人とどう付き合っていいのか分からない子供だったんじゃないかな」妻が以前、言っていた。僕たちが結婚した時には、父はすでに亡くなっていたから、彼女は、僕が面白おかしく喋る父のエピソードから感じ取っただけだが、「わたし、子供の頃、友達とか少なかったから分かる気がする」と共感していた。「だから、大事な人ができると、ちょっとしたことでも相手が離れていくんじゃないか、って怖くなるんだよね」

「いや、うちの親父のはそんな大層なものでは」単に、妻の尻《しり》に敷かれる一般的な恐妻家としか思えなかった。

子供の頃は、自分も結婚し子供を持てば、父の気持ちが分かるのでは、と思っていたのだが、実際そうなってみると、父に共感する気持ちよりも、どうしてあれほどまでに、と呆《あき》れることのほうが多かった。

父は自殺ではなかったのでは？

悩んだ末、母には、田辺君の話を一部しか伝えなかった。父の死のことを蒸し返すことが正しいとは思えず、何より、結論は依然として不明のままなのだ。とはいえ、「あの田辺って人、何を話したの」と問われて、何も答えないのでは余計に心配させてしまうため、彼のピンチを父が救ったことがあったようだ、とだけ話したのだが、すると母は、「あら」と言い、少し目を潤ませた。

僕の中では日に日に、父の死に対する疑念が大きくなり始めた。

父が自殺するはずがない。この十年、僕はそう思ってはいた。とはいえ、父が自殺した現実が眼前にあるものだから、自分の考えのほうを否定するほかなかった。

母ほどではないものの、父の死はずいぶん堪《こた》えた。一緒に生活していた自分が、どうして自死への思いを察してやれなかったのか、止めることができなかったのかと自責の念に駆られ、しばらくは鬱々《うつうつ》とした日々を過ごした。死の直前まで、父の様子に変わりはなかったことは、つまり死の直前の状態がずっと続いていたことの証《あかし》に思え、僕と楽しそうにしていた時も、どうでもいい雑談をしてきた時も、ずっとつらかったのではないか。そう考えると、いったい何を信じたらいいのか分からず、塞《ふさ》ぎ込んでしまった。母のように心療内科に通わなかったのは、その頃に茉優と会うことができたからだろう。そうじゃなかったら、母と一緒に通院していた可能性もある。

自殺ではなかったのか？　では、どうして亡くなったのか。

手がかりとなるものは何もなく、強いて言えば、田辺君が十年後にして返してくれた診察券といったところだ。

ネットで調べたところ、診療所はまだ存在している。突然電話をし、「十年前に診察を受けていた三宅を知っていますか」と訊ねたところで、「はあ？」と訝《いぶか》られるのがオチだろう。

どうしたものか、と悩んでいるうちに、その診療所の前まで来ていた。営業回りの途中に立ち寄ったのだ。正しくは、そこに立ち寄れるように営業回りの経路を組んだ。ビルのテナントの一つで、三階の角にある。プレートに記された診療所名は診察券のものと同じで、院長も変わっていない。内科と循環器科とあるが、果たして父は何の病気で通院していたのか。

いや、なぜ、ここに通っていたのか、という疑問が大きかった。

かかりつけの医院ならば自宅近くにあった。はじめは、会社から通うのに楽なのか、とも想像したが当時の父の勤務先からはだいぶ離れていた。ならば、特別な検査が受けられる病院なのか？　見る限りではごく普通の、町医者に近い。

どうしてここに？

仕事上の付き合いだろうか。父は文房具メーカーの営業社員だったが、たとえば、この診療所でも何かしらの文房具は使っているだろうから、その担当をしていた可能性はゼロではないはずだ。その関係で、ちょっとした病気をここで診てもらっていたのではないか。

「どうかしましたか？」

声がして、見れば白衣の、若干、薄いピンクがかってはいたが明らかに医療スタッフの一人と思《おぼ》しき女性がいた。母と同年代くらいだろうか、背筋が伸び、姿勢がいい。外からの用事から帰ってきたところのようだ。

「あ、いえ」曖昧に誤魔化しても進展はない。「あの、実は十年前にここに父が通院していたようなんですが」

相当に怪しまれるだろうという予感に反し、彼女は、「あら、誰かしらね」と落ち着き払った口調で言うものだから僕のほうが戸惑った。「十年も前なので」

「十年前もいましたから、わたし」と彼女の喋り方ははきはきとしている。聞きようによっては冷たい。「記憶力もいいので」

アンドロイド看護師、という表現が頭に浮かんだ。

僕はいつの間にか診察券を渡していたのか、「ああ、三宅さん。懐かしいですね」と彼女が名前を見ている。懐かしんでいるようにはまったく見えなかったが、嘘ではなさそうだった。実際、嘘をつくメリットもない。

「父のことを知りたくて」

「知りたくて？　知らないんですか？」

「最近、この診察券が出てきたんです。それでこの診察予定日が」

「書いてありますね。今はもう少ししっかりしたカードになっていますが」

「その日付、父が死んだ翌日なんです」

無言でちらっと彼女が、僕を見つめた。視線でレントゲン写真を撮られる気分になる。

「父は自殺しまして」聞いて楽しい話ではなかったが、目の前の彼女は何を聞いても動じないように見えた。「それで当時、どういう病気だったのかと気になったんです」

「病気のせいで自殺を？」

「それすら分からないんです」

診察券と僕を交互に見た後、彼女は、「ちょっと待っていられますか」と言い残し、診療所の中に入った。じっとしていられる？ と問われた子供がじっとしていなくてはならないように、待っていられますか、と言われては待つほかなかった。


「三宅さんですか。十年前のことですから、覚えているとは言いにくいのですが、ただ、それなりには記憶に残っています」

向かい合った医師は、五十歳にも七十歳にも見える。短い髪は真っ白で、顔に弛《たる》みはなく、皺《しわ》も老化からではなく、わざわざ彫刻刀で削ったかのようだ。眼光鋭く、背筋は伸び、唯一穏やかなのは話す口調だけだ。最初に声をかけてきた女性スタッフ同様、機械じみている。

診察時間内であるにもかかわらず僕を中に案内し、話をはじめたものだから、ほかの患者に迷惑にならないのか、仮に患者がいなかったとしても何らかの法律に違反するのではないか、と不安で肩をすぼめていると、「休診時間ですから」と見透かしたように言った。

エコー検査の器具を押し当てるかのように、視線をこちらの顔に注ぐ。

「面影がありますね。三宅さんを見ていたら、お父さんのことを思い出してきました」

「父はここに患者として通っていたんでしょうか？ それとも仕事で」

こちらを黙って見つめてくる医師は、重い病気を告げるようにも思え、緊張する。「仕事とは」と短く訊ねてきた。

「文房具メーカーの営業をしていたので」

「ああ、そちらの」

「そちらの？　ええ、そうです、営業で」父の勤めていたメーカーの筆記用具がないだろうか、と医師の机の上を眺める。

「お父さんは患者としていらしていましたよ」

「どこが悪かったんでしょうか」

「そのあたりは本来、教えることはできませんが、ただ、それほど大きな病気ではありませんでした。胃腸薬や頭痛薬が出る程度の」

重い病気を抱えきれずに自殺をしたとまでは思っていなかったが、その線は消えたことになる。

「ただ、この場所は父の職場とも、自宅とも近くなかったので、どうしてここに通院していたのか気になったんです」

「なぜ今になって？」医師は冷たく言った。

どうしてこんなに悪化するまで放っておいたんですか、と責められている気分になる。「たまたま診察券が出てきたんです。ちょっと気になりまして。ちょうど父が亡くなった翌日に、ここの予定が入っていたので」

ので？　だから何だと言うのだ。記念の場所を訪れたかったのです、と続けるわけにもいかない。

FINE

医師は、僕を見る。ほかにどこか気になるところはありませんか？　と問診を受けている気持ちになったが、結局、「ではありがとうございました。こういうことは初めてだったので、新鮮でした」と言われて終わった。冷静沈着な研究者のように見える。研究者にしては不可欠であろう好奇心は皆無だ。

椅子から立ち上がり、診察室から出ようとしたところ、「ああ、すみません」と医師が呼びかけてきた。「お父さんから何か聞いていることはありませんか」

「何か？」そりゃあずっと育ててもらっていましたから、たくさんのことを聞いてきました。多かったのは、母に対する愚痴、愚痴というよりも弱音ですが、と言いたくなるが、医師が求めているのはそのような言葉ではないとも分かる。

「十年前ですか、そのころに私に話してくれたんです。息子に残したいものがあると」

「残したいもの」

「心当たりがないのならば別に」

診察室を出たところ、待合室には誰もおらず、少し暗く感じた。照明がいくつか消えているのかもしれない。この診療所は本当に今も現役で患者を診ているのか、そのことさえ疑いたくなる。

会計すべきかどうか悩みつつ、窓口にいる女性は下を向いたままであるため、ありがとうございました、と小声で言いながら頭を下げ、いそいそとそこを後にした。

父が亡くなった理由を、病死なのか事故死なのかすらあの医師は訊いてこなかったことに気づいたのは、下りのエレベーターに乗っている時だ。もしかすると僕のほうから話したんだったか。

「急にどうしたの」

「急ではないよ。十年経っているんだから」僕はそう答えたが、母の言いたいのは、十年もそのままだったのに急にどうしたのだ、ということだろう。

週末、父の部屋を調べるために実家に来たのだ。十年前の父が何を考えていたのか、たとえば死について、もしくは、何を考えていなかったのか、たとえば死について、それを知ることのできる物がないかどうか。

母には、「この間、田辺君と話をしていたら、親父の部屋を片付けたくなったんだ」とあやふやな説明をした。

この十年、母は、父の部屋に入ろうともしなかったという。

父の部屋、とはいえ、それほど立派なものではなく、もともとは納戸だったところを作り変えたものだ。

ああ、そうだ、懐かしい。

僕が中学生の頃だったか、父が突然、「自分の部屋というものに憧《あこが》れる」と言い始めたのだ。家が建ってからの年月を考えたら、リフォームしてもいい時期かもしれない、と父は意気揚々と訴えた。ただ、平民の声はお上にはなかなか通らず、通ったとしてもせいぜいが妥協案というのが真実なのか、リフォーム代に使うよりは子供の教育に使うべきではないか、部屋なら納戸を少し改良すれば、という案が母から出て、父はすぐに手を叩《たた》いた。「名案じゃないか！　どうして思いつかなかったんだろう」

当時の僕はそういった父を見るたび、日和見、という言葉が浮かんだのだが、厳密に言えば、それは違う。日和見とは、立場を固定せずに形勢が有利なほうにつくことを指す。父はおそらく、母が圧倒的に不利な状況にあっても、母の意見に従ったはずだ。

テレビの野球中継を見ている時、審判の「ボール」の宣言に、「うそ、入ってるでしょ」と母がむっとすれば父も、「ひどいな。あれはどこからどう見てもストライクだよ。節穴だ」と合わせ、「あ、でもやっぱりストライクだったのかな」と母が言い直せば、「確かに、きわどいところだなあ。ぎりぎりストライクゾーンをかすってる」と自然な調子で、意見を変える。そういった場面は何度も見た。

僕が、父の部屋を整理することに対し、母もさすがにそろそろどうにかしなければと思っていたのだろうか、数年前に、「部屋の整理」を提案した時に見せたような感情的な反発はなく、「捨てたほうがいいものはこれに入れてね」とゴミ袋を渡してきた。

作業はそれほど難しくなかった。部屋と言っても大きめの納戸なのだから、片付けるのに時間はかからない。キャビネットの中身を検《あらた》め、残すものと捨てるものに分けていく。

物が出てくるたびに父との時間を思い出し、しんみりとしてしまい、それを片付けたら次の物が父との記憶を刺激し、という繰り返しで、作業はちっとも進まなかった。ということはなく、淡々と荷物の整理は進んだ。そもそも父の荷物は、特にこちらの琴線に触れるようなものはなく、会社からもらった備品であるとか、磁石やダブルクリップであったり、会社の資料であったり、無味乾燥な物が多かったのだ。

これはただの納戸の片づけで終わりだと感じはじめた時、それが見つかった。重い段ボールが置かれていて、その奥に隠すように紙袋があった。段ボールをどうにかこうにか外に出し、その後で袋の中身を確かめていく。

はじめに出てきたのは、画用紙だった。何かと思えば、クレヨンの人物画があり、「おとうさん、がんばってくれてありがとう」と下手な字が描かれている。自分が幼児の頃のものか。描いた記憶はなかったが、たぶん、そうなのだろう。こんなものを取っておいてくれたのか。

大学ノートが三冊出てくる。表紙には何冊目かを表す数字がぶっきらぼうに書かれていた。めくれば、父の字が詰まっていた。受験生や大学生が授業を丁寧にまとめたかのようで、父が若いころに勉強していた時の物だろうか、と思ったが読めば、そうではないとすぐに分かった。

『「どうして怒っているのか？」と訊ね、「別に怒っていない」と答えがある場合は、基本的に「怒っている」』

格言じみている。が、格言よりは実践的な、生活の知恵のような物で、どちらかといえばマニュアルに近かった。父は文房具メーカーに勤めていたからクレーム対策かと想像したが、「相手の話には常に大きく相槌を打たなくてはならない。よほどのことがなければ、オーバーリアクションによって怒られることはない」であるとか、「作ってもらった料理はどのような味であろうと、一口でやめてはいけない」であるとかいった個所を読めば、これが、特定の相手に対する応対術だと分かった。間違いなく母だ。母に対してどう振る舞うべきか、そのコツや知恵が書かれている。フローチャート図が書かれたページもあり、自分の言動により母の態度がどう変わっていくのかが細かく記されている。

父が、母の機嫌を常に気にしていることはもちろん知っていたが、まさかここまで本格的に勉強していたとは、勉強と呼ぶのが正しいかどうかは別にして、想像もしていなかった。

よくもまあ。

同時に、母の顔色を窺いながら食器を片付けたり、深夜に帰宅してきた際にトイレに起きた僕を母と間違えたのか、背筋を伸ばして謝りはじめたり、母の料理を美味《うま》い美味いと頬張ったりする父を思い出した。

そんなに一生懸命に頑張らなくても、と当時の僕は思った。今もそう思った。先ほどの絵をもう一度開いてしまう。おとうさん、がんばってくれて、の文字が目に入る。

泣いていることに気づくまで、時間がかかった。笑っているはずなのにおかしい、と自分でも困惑し、心の中でも決して泣いているつもりはなかったのだが、頬がなかなか乾かない。

視界が滲《にじ》むものの、僕はそのノートを読み続け、ところどころで噴き出しながら、ただ一つのことだけを、また会いたいな、とそれだけを思っていた。

最近、会っていないな、とさえ感じるほどだから、僕こそが、父の死を実感できていなかったのかもしれない。

ほかには何かないか、と探ると、チラシが出てくる。「キッズパーク開園！」と書かれている。いつか行こうと思っていたのだろうか。

そして最後に見つかったのが、小さな封筒だった。離婚届でも入っているのだろうかと思いながら覗《のぞ》けば、鍵《かぎ》が滑り落ちてきた。

「親父、あの頃、どこかに倉庫とか借りてた？」

片づけを終え、ごみ袋を持って母のいる一階に降りたところで訊ねる。

「倉庫？」母が眉《まゆ》に皺を作った。

鍵が出てきたから、と素直に報告しても良かったが、万が一、母が、それはやはり浮気をしていたのではないか、不倫相手のマンションの鍵ではないか、と想像を巡らせてしまう危険もあった。

「いや、あまりに荷物がなかったし、昔、俺が見たことのあるトロフィーとかもないから、どこかにしまっていたのかと」口から出まかせを言うのも難しい。目立つ上に貴重な品物、という点から、「トロフィー」と言ってしまったが、もちろんそんな物を見たことはなかった。

「トロフィーって何のだっけ」

「さあ」恐妻家グランプリとかの。「でも、倉庫とかマンションとかは持っていなかったもんね」

「うちのどこにそんなお金が」母は言いかけたところで、「ああ」と宙に舞う綿埃《わたぼこり》でも眺めるような顔つきになった。「そういえば、ほら」

「ほら？」

「克巳が言ってたじゃない」

「俺が？」まさかこちらに矛先が向くとは思ってもいなかった。

「一人暮らしをしたいって」

FINE

「ああ」それなら記憶はある。大学入学後、学校までの電車通学が大変で、何しろ帰宅時間が深夜過ぎになることも多かったからだが、どこかでアパートを借りたいと思ったのは事実で、母や父にもそう伝えていた。バイト代も貯《た》まっていたからそろそろ物件を本格的に探そうとした矢先、父が亡くなったため、やはり実家を出ることは取りやめになったのだ。

「お父さん、結構真面目に考えていたんだよね」

「真面目にって何を」

「克巳のために、いい物件がないかどうか調べていたような」

「不動産を扱っているわけでもないのに」と言ってから、生前の父に同じような台詞《せりふ》を発したことがあったかもしれない、と僕は思い出した。

兜

「克巳、一人暮らしをするならどのあたりだと都合がいいんだ？」二階から眠そうな顔でやってきた克巳に、私は訊ねた。

「え」

「昨日も遅かったんだろ。前に言ってたじゃないか。ここまで帰ってくるのが大変だって。確かに、大学からだとずいぶん遠い。友達との付き合いも遅くまでは無理だろ」

「気が進まない時は、終電を理由に帰ってこられるけれど」

「俺がいい物件、探してみようか」

「物件？」

「アパートとかマンションとか」

「親父、いつから不動産はじめたの」

克巳はどうやら、私の話を根拠のない冗談めいたものだと思ったのか、すでに話を聞き流している様子だった。

私は半ば本気だ。もちろん、息子が家を出ていくことに寂しさはあったが、同じ都内に住むのならば、会うのは難しくない。何より、私や妻がこのまま、克巳と一緒の生活が永遠に続くと思ってしまうほうが怖かった。いつか克巳がこの家から離れるだろうから、それならば今は良いタイミングに思える。

「どうして？」そのことを話した際、妻は挑むように訊ねてきた。「別に、うちから通っていればいいじゃない」

「まあね。ただ、いつかは出ていく。就職した時よりも学生の時のほうが、まだ時間に余裕があるだろうし、そのうちに一人暮らしに慣れてもらったほうが」

「そうかなあ」

私も自分のその意見が正しいと本心から考えていたわけではなかった。克巳がどう生活していくかは自分で考えればいいとも思った。実際に私の念頭にあったのは、自宅とは別の避難場所が必要となるかもしれない、というそのことだった。

例のデパートでの出来事、夜勤の奈野村が包丁をつかみ、私と向き合ったのは二日前だ。あの後、医師には一度連絡を入れ、「手術はやめた」と報告した。

「どうしてですか」

「やめることにしたんだ」何度も繰り返してきたその意思表示を今までにないほどすっきりとした気持ちで、伝えた。

医師はいつも同様、黙った後で、いつもよりは重い声で、「そうですか」と答えた。辞めるためにはもう少し仕事をしてもらわなくてはいけません、とも言わなかった。仏の顔も三度までということなのか、さすがにこれ以上、「退会についての注意事項」を親切に教える必要はないと思ったのかもしれない。

前までならば、家族に被害が及ぶことが恐ろしく、医師の話を聞こうとするが今回は違った。

仕事を辞めるためには、もっと稼いでからでないと駄目ですよ。医師はずっとそう言ってきたが、それに従う必要はないのだとようやく気付いた。医師と私の間にはビジネスとしての付き合いしかなく、対等の立場なのだ。

選択肢は、医師が提示したもの以外にもあるはずだ。

朝のワイドショー番組では、ある喜劇役者が芸能事務所を辞めて独立しようとしたところ交渉が決裂し、揉《も》めに揉めている、というニュースが流れており、なるほど事務所からすれば、無名の時から金と手間暇をかけて育ててきたというのに、ようやく一人前になったというタイミングで、出て行ってしまうのか、というつらさはあるのかもしれない、と思ったが、自分と医師との関係はそれとは違うとも分かっていた。

私は別に、独立するつもりも移籍するつもりもなく、ただ引退したいだけだ。おまけに新入社員や新人タレントとは異なり、最初の仕事の時から結果を出し、仲介業の医師には利益をもたらした。彼は、「多額の費用がかかった」と主張し、私も、そういうものか、と受け入れていたが、よく考えれば、どこでそんなに費用が必要だったのか。

「非常階段はあちらです」

不動産屋の、偶然なのか苗字《みょうじ》が布藤《ふどう》と言うらしいが、その不動産屋の布藤さんの声に、私は我に返る。

顔を上げれば、マンションの通路部分に立っていた。

物件の案内をしてもらっている。築三十年の貫禄《かんろく》を感じさせる外観で、日当たりは良くない。

FINE

その分、場所のわりには家賃が安かった。

開けてくれた玄関ドアの中に足を踏み入れる。

「お引っ越しを考えていらっしゃるんですか」布藤さんは三十代半ばといったところか、私の記入したシートを見ながら、訊ねてきた。

「まあ、いい物件があれば、というか。本当のことを言えば、息子が一人暮らしをしたいというので。学生なんだが」

学校はどのあたりにあるのか、という質問に答えると、「ここからは少し遠いですね」と言う。

「通えないかな」

「無理ではないですよ。地球は丸いですから」布藤さんは気の利いた冗談として言ったようだが、地球がいくら丸かろうが見当はずれの方向に歩きだしたら永遠に目的地につかないことは明らかだ。返答に困る。

部屋は可もなく不可もなく、いや、不可がかなり多く、家賃の安さでどうにか相殺できるかどうかといったところで、私自身はもちろん不満を覚えないものの、当の克巳にこの家を見せた時に、「親父、ありがとう」と言われる予感はまるでなかった。

妻の言葉を思い出す。「わたしは別にね、感謝されたいわけじゃないわけ。家事だって、PTAのことだって。ただ、それがやって当たり前のことだ、みたいに思われるとさすがに、言いたいことはあるんだよね」

さすがに克巳も、「子供の一人暮らし用のマンションを、親が用意するのは当たり前」とは思わないだろうが、それにしても、喜ばれないのは寂しい。さらに、無理をして喜んだふりをされるのも、つらい。

「もう少し、近い場所で、どこかないかな」

「家賃が高くなってしまいますが。息子さん一人でしたらワンルームでもいいかもしれませんね」

「ああ、そうなんだが、もしかすると時々、俺が泊まらせてもらおうかと」

彼は、私の全身を上から下へとさっと眺めた後で、何か言いたげな表情になったが、無言だった。どうぞ言いたいことを口にしてくれ、と私は肩をすくめる仕草で促すと、「お子さん、嫌がりませんかね？」と笑った。

「かもしれない。ただ、もちろんしょっちゅう来るつもりではないんだ。緊急時に」

「緊急時？　そういうお仕事なんですか」と私の記入した紙に目をやる。

「文房具メーカーの営業なんだが」

「シャーペンのことで緊急事態が？」

「消しゴムでも」

彼が困惑した顔になる。「奥さんと喧嘩《けんか》した時にも避難できるように、ですかね」

「その通り」と答えたものの、私と妻の間では基本的に、大きな喧嘩は起きないのも事実だ。動物は基本的に、集団において争いが起きるようにできているが、序列がはっきりしている場合には争いは起きにくい、と聞いたことがある。争いは、序列を作るため、権力闘争のため、ポジション取りのために発生するわけで、私と妻の間では、序列が、妻はさておき私の心の中では、明確にできあがっているのだから争う理由がない。だから私が、緊急事態として想定しているのは、私を厄介払いしようとする者たちが攻撃を仕掛けてきた際のことだ。家族を避難させられないだろうか、と。「ああ、そういう意味では」と言っている。

「何でしょう」

「家賃は少し上がってもいいんだが、ええと言い方が難しいけれど、たとえば、管理がしっかりしていない物件はないかな」

「え、しっかりしているのではなく？」

「管理人がいたとしても、融通が利くと言ったらいいのかな」

物騒な連中が仮に、妻や克巳のもとに近づいてきたとすれば、そのマンションかアパートで争う必要が出てくる。いちいち管理人がうるさく口をはさんでくるような建物だと、思うように動けない可能性がある。

「耳が遠くて、ぼんやりしている、お年寄りの管理人がいるような」私は言った後で、そういった無害で弱々しい老人を巻き込むのは申し訳ないな、とも思い、「しかも、いけ好かない感じの管理人」と言い足した。

「今すぐは無理ですが、探してみましょうか？　確か、今日はお時間、あまりないんですよね？」

時間がない理由は、医師から呼び出されていたからだ。前日に、「すぐに診察に来てください」と連絡があった。

呼ばれたからといって、のこのこと行ってしまうから駄目なのだ。縁を切るのだから無視すればいい。

もし私のこの人生を眺めている者がいるなら、そう言いたくなるに違いない。だから、いつまで経っても仕事を辞められない、と。だが、外野から、正しそうなことを言うのは易しい。当事者からすれば、物事はそれほど単純ではない。こちらも考えた末に行動している。

交渉決裂となった途端、医師はもっと直接的に、私と私の家族に攻撃を仕掛けてくるはずだ。彼にしても、足を洗おうとしたらこのようなことになる、とほかの下請け業者への注意喚起をしなくてはならない。

完全に決裂するのはまだ先、今は交渉中だと思わせる必要がある。

「治療をやめるという考えは変わりませんか？」向き合った医師は言った。

「まあ、そうだな。このまま続けていくのはお互いにとって良くない」

「お互いにとって？」

「やる気のないスタッフを抱えている店には悪評が立つ」

「私は別に構いませんが」

やる気がなくても、やるとなったらちゃんと仕事をこなす。それが私だ。医師も知っているのだ。仕事を与え続ければ、鵜飼《うか》いの医師には利益が入っていく。

「いや、もういいんだ。引退するよ」

「そのためには、あと少し」

「それももういいんだ。もうやらない」

医師はすぐには答えなかった。このやり取り自体が、すでに何度目か、という具合だったから、

FINE

「もう離婚よ！」の言葉が頻繁に飛び交う夫婦のようなものだ。

ここで攻撃を仕掛ければ。

そう思う自分がいた。おそらく、外野で私を眺めるみなさん、いるかどうかはさておき、彼らも同じことを考えているだろう。

診察室では、医師と私が二人きりで向き合っている。膝《ひざ》がつくかつかないかの距離だ。道具を使わなくとも、相手の息を止める方法であれば、大げさではなく十通り以上は思いつく。それは初めてここで医師と話をした時から思ったことだった。

が、容易ではないのだ。

「私の身に何かあると」初めて会った時に、医師は言った。大半は、診察に関係する用語や病状や治療を想像させる言葉を使うが、その時は単刀直入だった。「診療所からは出られなくなります。この診察室はもちろん、外の出入り口もロックされます」

そして有害なガスが流れ、一巻の終わり、という仕組みらしかった。無論、ほかのスタッフや患者は巻き込まれる。もし自分に危害を加えるならば、何があっても道連れにします、というわけだ。

つまり、命を奪うとすれば診療所の外でなければならないのだが、この医師と来たら、ほとんど診療所から出ようとしない。根でも生やしたかのようだ。無理やり誘い、診療所の外へ呼び出すことはできるが、その場合にはかなり警戒されるのは間違いない。

「ということはもう三宅さんは、治療はしないということでよろしいのですね」

「前からそう言っている」

「ただそうなると、悪性のものだけではなく、正常な細胞もダメージを受けます」

家族に危害が加わるということだ。「悪性の個所だけピンポイントで狙うこともできるんじゃないか？　医学は進歩している」

「そうはいかないんですよ」

「少し考えさせてくれないか」

「もちろん、よく考えてください」

ここ数年繰り返されたやり取りだ。結局、家族のことが気がかりで仕事を辞められないのだ、と医師も思っているのだろう。

「考えがまとまったら、連絡する」

「手術はいくらでも提案できます」


診療所を出て、いつもならばエレベーターで階下に向かうところをそうせず、不便な階段を使うことにしたのはやはり嫌な予感があったからだろう。医師の表情はいつもと同じだったが、いつも以上に、私と目を合わせようとしなかった。

それから私はいつも診療所の後はそうするように、ビルを出たところでタクシーに乗り、会社へ戻ることにした。

この先で事故があったようなので少し迂回《うかい》しますね、と運転手が言い、私は反対しなかった。

交差点を左折し、次の十字路を右に入ったところあたりで、スマートフォンにメールが届いた。見れば会社の事務担当の女性からだったが、内容はどこからどう読んでも私的な内容で、困惑した。送信先を間違えたのだろう、と気づくまで少し時間がかかる。それほど親しくはないが、注意不足によるミスの多い印象もある。

誤送信ではないですか？　という文章を作成し、送信ボタンを押そうとしたがその直前、車の走行音が変わっていることに気づいた。異常な加速にはじめは、運転手が意識を失っているのかと疑うが、バックミラー越しに顔が見える。

しっかりと前を睨《にら》んでいる。意図的に加速しているのだ。

医師の顔が頭に浮かぶ。

このままどこかに激突させるつもりか。

診療所を出た後はいつもたいていビルの前でタクシーを拾う、その行動パターンに付け込まれたのだろう。

運転席との間には透明の仕切りがある。シートにのけぞるような恰好《かっこう》になり、両足を思い切り突き出し、それを破壊する。運転手がハンドルを傾けた。腕を回し、運転手の首をしめる。手加減する余裕も、理由もなく、ほとんど首の骨を砕くつもりで力を込めた。

アクセルから足は上がったが、車は減速しない。フロントガラスの向こうに、道路沿いに並ぶビルが見える。歩行者がいた。若い女だ。後ろから運転席に強引に割り込むようにし、ハンドルをどうにか捻《ひね》る。女を避けたが、そのままビルの横、電柱にぶつかるのは避けられない。

ダメージを最小限にするほかなく、私は後部座席で体を丸くする。首をやられたらおしまいだ。背中を前にし、運転席のほうに向ける。

直後、衝撃が来る。背もたれに体を預けながら、勢いをどうにか殺す。エアバッグが開くのが分かる。タクシーは斜めに衝突し、半円を描くように水平回転した。反対側の壁に当たったらしく、大きな揺れが体を襲った。私は飛ばされ、ドアに激しく当たり、頭に痛みが走る。フロントガラスが崩れるように割れたのが、音から分かる。

回転が止まり、体が動くこととドアが開くことに幸運を覚えながら、外に出た。煙を上げんばかりの車をそのままに、歩道を戻っていく。

体の芯《しん》が振動し続けているような状態は続いていたが、これくらいで済むのならば御の字だろう。

医師は、俺を始末することにしたのか。もしくは脅しのつもりか？

ここで死ぬような業者ならばもはや役立たず、という思いもあるのかもしれない。

悠長なことは言っていられないわけだ。

車が激突した音のせいだろう、ビルのあちこちから、ハチの巣を突いたが如く、人が飛び出してくる。私はその間を縫うように、戻る。

道を一本外れたところで、「あの、すみません。お怪我、大丈夫ですか？」と声をかけられる。振り返った時には、その女が先ほど、車がぶつかりそうになった歩行者だと分かった。ぴりぴりとした緊張感を察する。向こうが刃物を突き出してきた。頭に、ずきっとした響きを覚えるが、それでも私のほうが動きは速い。

FINE

「この鍵ですか。調べることはできますよ。たぶん。ええ、たぶんですけど」背広を着て、爽やかな顔をした彼は、張り付くような笑顔を浮かべた。依頼者の僕に対して、馴《な》れ馴れしいとも礼儀正しいともつかない中途半端な愛想で接してくるが、爽やかな笑顔のせいか不快感はない。

父の部屋から出てきた鍵がどこの錠を開けるものなのか知りたくて、はじめは合鍵屋や不動産屋に、「できるわけないですよね」と言いつつ相談したが、返ってくるのは当然、「できるわけないですね」で、これは無茶だったと感じていた矢先、ある鍵職人から、「ここだけの話、合鍵を作った時のデータをかなり収集している業者がいる」と教えられた。

「集めていいものなんですか?」僕が驚くと、彼は顔を綻《ほころ》ばせ、「もちろんいいわけがないですね」と言った。

違法な名簿業者のようなものだろうか。

亡くなった父の部屋から出てきた鍵なのだ、と説明したことで同情してくれたらしい。「君は悪用するとは思えないから」とも言った。そんなことで信じていいのか、と呆れつつ、ありがたかった。

そして現れたのが、目の前の、雑誌のモデルを二段階ほど庶民的に下げたような外見の、爽やかな若者だ。

「どこかのアパートとかですかね？」十年前、僕が一人暮らしをしたいと考えていたことと結び付け、賃貸アパートやマンションの鍵ではないかと推測を巡らせていた。

「たぶん、そうですね。ええ、きっと。持って帰って、うちのデータベースで検索してみます。直接は分からなかったとしても、どこの店で作られた合鍵か分かれば、そこをとっかかりに調べていくこともできます」

「すぐに分かるものですか」

彼は、僕をじっと見つめ、「コンピューターの処理の速さがどれくらいだと思っているんですか？」と訊ねてくる。

気分を害することを言ってしまったか、と反省する。「どれくらいの速さなんですか？」

「さあ、分かりません」

明鏡止水、澄んだ瞳でそう答えられると、腹も立たない。


「おとうさん、隠れ家が欲しかったんじゃないのかな」

夕食を食べていると、妻の茉優が言った。

「隠れ家？」

「男の人は一人になりたい時がある、って言うでしょ」

「たぶん、一人になりたい男が言っただけだと思うけれど」女性だって一人になりたい時はあるだろう。

妻の隣にいる息子は、テレビに夢中で、口の中に入った食べ物をまったく噛まないものだから、

FINE

頬が膨らんだままで、「止まってる」と僕は指摘する。一回、二回と口が動くがすぐにまた止まった。

「でも確かに、親父は、おふくろに気を遣ってばかりいたから、息抜きはしたかったのかもしれない」

「おかあさん、優しいのに」

「夫婦間にはいろいろあるのかな」

僕が見る限り、父は明らかに母に怯えすぎていた。かといって母が家庭内権力を握っていたかといえば決してそうではなく、夫婦仲は悪くなかった。

「おとうさんのことで一番、覚えていることって何？」

「何なの急に」

「参考に。ほら、わたしの家、父親不在だったし」

「どうだろう」

「何で笑ってるの」

そう言われて自分が思い出した記憶のことに気づく。「起きたら、宇宙から帰ってきたような恰好でぶっ倒れていたことがあった」

「おとうさんが？　宇宙服とか持っていたの？」

「庭に巨大な蜂の巣ができて」

朝の四時だか五時だかとにかく夜明けの時間に、いったいどうして奮起したのかは分からないが、僕たちが目覚めるまでに対処しなくてはと使命感を抱いたらしく、スプレーを駆使して、立ち向かった。らしい。僕が起きた時にはすべて終わっていた。噴射された液体によってなのか、ハチの巣は溶け落ちたようで、たくさんの蜂の死骸《しがい》があった。可哀想なことをした、と洩《も》らした父は本心からそう思っていたようだが、ただ、スキーウェアやダウンジャケットを重ね着した完全防備の恰好は暑くて仕方がなかったのか、その日はずっと横になっていた。何もそこまでして、と母にちくちくと嫌味を言われていたのではなかったか。

今思えば、父はああやって、僕たちが知らないうちに、僕たちのことを守ってくれていたのかもしれない。

大輝がいつの間にか椅子を降り、僕の横にいた。どうしたのか、と不思議に思っていると、「ちょっと怖かったのかも」と妻がテレビを指差した。

アニメの番組だったが、お化けが出てくる場面らしく、恐怖心を煽《あお》るような音楽が流れている。

僕は息子を抱え上げ、自分の膝に乗せた上で、「大丈夫だよ。パパがいるから」と声をかけた。子供を安心させるための掛け声ではなく、本心だ。本心だということに、自分で言ってから実感した。

この子がこれから人生において体験する恐ろしいこと、理不尽なことから自分が守ってやりたい、守ってみせる、と当然のごとく、思った。もちろん一方で、生きていく上で、恐ろしいことや苦しいことが避けきれるはずがないとも分かる。

がんばれ、と内心で息子にエールを送りかけたところで、自分もまだがんばっている最中ではないか、と苦笑する。おとうさん、がんばってくれて、とクレヨンで描いた自分の絵を思い出す。

「おとうさんと最後に何を話したか、覚えてる？」

FINE

「え」

「おとうさんが亡くなる前、一番最後に何を話したのか」

「ああ」そのことについては、十年前から考えていた。父は何の兆しも見せず、突如、ビルから飛び降りてしまった。それを予感させる言動がなかったか、と考えたものだ。「変なもので、うまく思い出せないんだ。思い出そうとすればするほど、砂浜の中から物を掬《すく》おうとすればするほど沈んでいくみたいに、記憶が逃げていく感じで」

「覚えていない？」

「そうだね」と答えた瞬間、僕は思い出した。掘っても掘っても湧いてこなかった泉が、十年経って、軽く爪でこすったら、噴き出したかのようなあっけなさだ。

あれは朝だ。僕が二階から降りていくと、父がプリンだったかアイスだったかの蓋を開けたところで、「これ、もらっていいか？」と言った。それから、「最近どうだ」と父は曖昧な質問を投げてきて僕も、「まあ、まずまず」と曖昧な返事をしたのではなかったか。

「あ、それ、おふくろが食べるつもりだったんじゃないかな」僕は指摘した。

父はすでにその、プリンだったかアイスだったかを食べはじめていたものだから、「まずいな」と顔をしかめた。

「そんなに深刻な問題ではないよ」

「深刻な問題だよ」と父は言い、「後で買っておけばいいよな」と弁解口調になった。

あれが最後のやり取りだったのか。「十年目にして、思い出したよ。どちらかといえば、ぱっとしないやり取りだった」と笑ったものの、忘れていなかったことが自分でもうれしかった。

「後で買っておく、と言ってたおとうさんが、飛び降りちゃうとは思えないけれど」

人の言動は論理的ではなく、突発的に自殺することもある。十年前ならたぶんそう思ったかもしれないが、田辺君の話を聞いた今は違う。「その通り、変だ」

「それが最後のやり取り？」

「確か、あの日だ。その後も会話は続いたような気がするけれど、思い出せないな」もっと時間が経てば、今のように、ひょっこり記憶が芽を出すのだろうか。あの後、何を父と喋ったのか。

大輝の頭を眺めながら、自分もこうして父の膝に座っていた時のことを想像する。当たり前のことだが、まったく覚えていない。

「電話、かかってきてるよ」妻に指摘され、見ればスマートフォンに着信があった。都内の知らない番号からで、出ないべきかとためらいつつも無視しなかったのは、例の鍵に関する連絡ではないかと想像したからだ。

予想は外れたが、当たらずも遠からずと言うべきか、かけてきたのは先日、僕が訪問した診療所の医師だった。健康診断で悪いところが見つかった報告を受けるようで、いい気分ではない。

「お父さんのことで」

「ああ、先日は突然申し訳ありませんでした」喋りながら僕は、妻に向かい、「医者からだ」と伝えるためのジェスチャーをするが、とっさに思いついたのが聴診器で相手の心音を聞く仕草で、それをやってみせるほかない。妻は理解したのかしないのか、どちらとも言えない表情でうなずいている。

「実は、うちのスタッフでお父さんのことを覚えている者がいまして」

「看護師さんですか」

「当時、仕事面で悩みがあったそうですね。そういった方面の医師を探していたらしく」

あやふやな言い方をするのは、十年前のこととはいえプライバシーに関する事柄だからだろうか。「心療内科的な？」

「うちよりも、もっと専門的な医者を紹介してほしい、と言っていたとか」

「そのスタッフからお話を伺うことはできますか？」

「はい」医師の声は冷たい。「その後、お父さんのことで何か発見はありましたか」

「少し」と僕は答えていた。鍵のことだ。沈黙があるため、不安になり、「少しありました」と繰り返した。「発見というほどではないですが」

「何か出てきたんですか」

「父の部屋から」これもどこまで喋るべきなのか分からず、何しろ鍵の正体がはっきりしていないものだから、曖昧にしか話せなかった。万が一、その鍵が父の愛人のマンションの部屋のものだとしたら、可能性は低いがゼロとは言い切れず、ぺらぺらと洩らすのは父に申し訳ない。

水曜日の午後は休診ですから、その時間に当院に来ていただければ。

医師は言い、僕も日程を確認後、了解し、電話を切った。

妻に電話の内容を話すと、「おとうさん、仕事で悩みとかあったのかな」と首をかしげる。「そういうタイプには思えないけれど」

「会ったこともないくせに」僕は茶化す。

「まあね」妻は素直にうなずいた。それから、「で、さっきの片っ端から自動販売機のボタンを押す恰好は何だったの?」と眉をひそめた。

管理人は、それがお気に入りの口癖なのか、「俺が死んだら、保証はできないけどな」と私の前でまた言った。

高齢なのは間違いないが、筋肉質の体型といい、活舌のいい喋り方といい、そうそう簡単に死なないように見える。皺はあっても、肌は艶々《つやつや》としていた。

不動産の布藤さんは律儀で、仕事ができた。私の要望に近い物件を見つけてくれたのだ。

「俺は住人の生活には関与しないよ。俺もここに住んじゃいるが、そこの一階の奥の部屋だけどな、よほどのトラブルが起きない限り、目くじらも立てない」管理人の男は笑う。

「部屋の中でプロレスをやろうと?」

「アメフトをやろうとな。少し前に五階の奴が、理科の実験をして何か爆発させたことがあったが」

「ありましたね」と布藤さんが懐かしそうにうなずく。その反応からすると、彼もまた感覚が一般人とはずれているように見える。「理科かどうかは分かりませんが」

「学科は何であれな、とにかく爆発音はうるさいわ、非常ベルが鳴るわ、消防車のサイレンがでかいわ、えらいことになった」

「うるさいのは駄目ということか」

「ああいうのはまずいが、そうじゃなければな、大目に見てやるよ」

「さすがに爆発したら、部屋を出る時に敷金は返ってこないのかな」私は言う。

「ここはもともと分譲なんだよ。ただ古くなってきて、住人も入れ替わっている。部屋の所有者が賃貸でも出しているんだ。俺の所有している部屋もある。何も使ってない。金があるなら売ってやってもいいよ」

「買ったほうがいい理由でも」

「賃貸と違って、返さなくていい」

「理科の実験も？」

「うるさくなくて、爆発もしなけりゃな」

管理人は現役老兵のようだったが、マンション自体は比較的、垢《あか》ぬけており、数年前にリフォームされたらしく、築年数の割に古臭さはなかった。

「ここなら息子も嫌な顔をしないかもしれない」

「息子のマンションを探してやるなんて、甘やかしてるんだな、最近の親は」

「自分のシェルターがわりにもなる。いざとなったらここに来ようかと」

「息子さん嫌がるかもしれませんよ」布藤さんはやはり、そう言った。

「このマンションを買ってやったのは俺だぞ、と言えればいいのかもしれないけどな」管理人が言う。「まあでも、シェルターは必要かもしれないなあ。核戦争やら環境破壊やら何が起きるか分からないからな」

「そうなんですか？」

「定期的に神様はリセットするんだよ。断捨離みたいなもんだろ。部屋がごちゃごちゃしてきたら、全部捨てて、やり直す。で、また荷物が増えて、収拾がつかなくなる。地球ができてから、たぶんずっとそうだろうな」

「整理整頓《せいとん》が苦手な神様」私は言いながらも、「リセット」という言葉を頭の中で反芻《はんすう》している。今まで犯してきた罪を全部帳消しし、なかったことにして、真っ白の状態からやり直したいと思う自分からすれば、何とも魅力的な言葉だった。一方で、そんなことが許されるのか？　と睨んでくる目が自分の中にはあった。自分だけリセットできるとでも？

「で、どうするよ。契約するか」管理人が私を見る。

「どうします？」

「賃貸でも購入でも」

「仮に購入したとして、今日買って、明日には住む、とかそういうのは可能なのかな」

さすがに通常は一カ月はかかります、と布藤さんは言う。実際その通りだろう。ただ管理人のほうは意外に大らかで、「ローンとか使わないんだったら、できるだけ早く住めるようにしてやることはできる」などと言う。「俺が所有している部屋もいくつかあるしな、何だったら手続きも全部やってやるよ」

この管理人は不動産屋の仕事もやっているらしく、たまたま布藤さんが紹介してくれたものの、融資のことも登記のことも彼がやれるのだという。

また連絡します、と私は言ったが、管理人は、そういうやつはだいたい連絡してこないけどな、

FINE

とにやにやした。

「兜、あんたのマネージャーはもう、かなり感情的になっているよ」

帰りに立ち寄った店の主人は言った。ポルノ雑誌を大量に陳列した「桃《もも》」という店の主人で、彼女自身も「桃」と呼ばれることが多い。体が大きく、ゴム毬じみた外見で、いつだって下着同然の透けた服を着ている。いったい何年前から営業されているのか分からないが、私が仕事をはじめた時にはすでに、「業界の情報を得たかったら桃に行け」と言われており、実際のところ、さまざまな噂が彼女のまわりには集まっていた。

「マネージャーではない。かかりつけ医だ。それにあの男は感情的になんてならない」あの男自体が医療器具のようなものだ。

「見た目はそうでも、内側は違うもんだよ。だいたい医者ってのはプライドが高いんだから」

「偏見だ」

「まあね。だけど、今まで投資してきた選手や社員が急に、辞めます、なんて言ってきたらそりゃあ、心中、穏やかじゃいられないよ」

「そういうものか?」

「男を作った奥さんが突然、別れてください、なんて言ってきたら」

「それは嫌だな」

桃が噴き出す。「でしょ? そうなるとね、もう冷静で論理的な交渉なんて無理なんだから。相手をいかにして困らせるか、不幸にさせるか、死なばもろとも、道連れに、の気持ちになってくるもんだよ」

「さすがに、あの医師がそこまでは」

「まあ確かに」桃もそこは認めた。「ただタクシーで仕掛けてきたんでしょ？　なりふり構っていられないってことじゃないの」

「今や、書類を出そうとする不動産屋の動きにもびくびくする始末だ」

「本当に仕事、引退するわけ？」

「そのつもりだ」

「できると思ってるの？」

私は、桃の顔をじっと見た。彼女はおそらく、数えきれないほどの、厳密には数えられるのかもしれないが、とにかく多くの業者を知っているはずで、その者たちの仕事ぶりや失敗同様、引退についてもたくさん見聞きしてきたに違いない。「縁を切るのは難しいってことか」

「そんなことじゃないよ。もっと重要なことだって。あんたが今までやってきたことを思い返してみなよ。悪いことばっかりだろ。人の物、命を奪ってきたわけで、そういう恐ろしいことをした人間が、過去をリセットして、はいやり直します、なんてできると思っているの？」

痛いところを突かれた。大袈裟《おおげさ》ではなく、呻《うめ》き声を上げたいほどだったが、それをこらえる。

今まで自分がやってきたこと、奪ってきた命の数、人生を台無しにさせた数を考えると、どう考えても帳消しにはできないとは分かっていた。自分の人生だけはどうにか、と言う資格はない。

「過ちを犯した人間が心を入れ替えて、人生をやり直せる社会のはずじゃないのかな」私はどうにか言う。

FINE

「もちろんそういう社会だろうけど、あんたたちみたいなのはさすがに、無理だよ。マイナス百点くらいだったら帳消しにできても、マイナス五万点くらいだろ？」

「マイナス五万」採点するほうも大変だろうな。「リセットは無理か」

「さすがに怒るでしょ」

誰が、とは訊かなかった。

「想像してみなよ、あんたの息子の命を誰かが、金をもらって、奪いに来たら」

「マイナス五万じゃ足りないな」即答した。実際に想像してしまったら、憎悪の炎が体から噴き出すから、具体的な事態は考えなかった。「それなら、俺はどうすればいいんだ」

「知らないよそんなのは」桃が笑う。「ネットの知恵袋にでも訊いたらいいんじゃないの。ただ、確かに、あんたのマネージャーはもう、冷静さをなくしちゃってるだろうから、家族の心配もしたほうがいいかもよ」

「家族に手を出したら、俺がどれほど怒るかは分かっているはずだ」

「感情的になったら何をやるかは分からない」

私の頭に不安が過ったのを桃も察したのか、「警戒するに越したことはないよ」と言った。「タクシー運転手どころじゃ済まない」

「タクシーから降りたら、通行人が刃物を振り回してきたしな」すぐに対処できたが、攻撃に見境がなくなってきたのは事実だ。「何かいい案はないか。罪をリセットしたい、とは言わない。ただ、あの医師が、俺たち家族に危害を加えないような、防衛策が何か」

桃は腕を組み、少女が可愛らしく考え込むかのようなそぶりで、しばらく黙った。私も口を閉じ、彼女の答えを待っていた。途中で、スマートフォンにメッセージが届いた。

「よほど怖い連絡？」桃が言った。「怯えた顔をしているけれど」

「妻から、帰りに片栗粉を買ってきてくれないか、と。前に買い忘れた時のことを思い出したんだ。慌ただしいと、うっかりする」

桃は小馬鹿にしたいのか、それとも感嘆したのか、どちらとも取れる息を漏らした。「で、そうだね、あんたのマネージャーがどう出るのかは読めないけれど、せいぜいできることといえば、保険をかけておくくらいじゃないの」

「どこの保険に」

「もし、俺の身に何かあったら、おまえを告発する文書がマスコミに届くぞ、とか」

「ありそうだな」

「そうじゃなかったら、うちの家族に危害を加えたら、おまえが破滅する情報を流すことになるぞ、とか」

「やらないよりはましか」

「だろうね。時間稼ぎにはなる。あのマネージャーはそれなりにベテランだけど、ずっと現役でいるわけじゃない」

「結構、長いけどな」十代の終わりに出会った頃から、あの医師は第一線でやっているように見えた。

「あんた、平家物語の冒頭、知ってるでしょ」

「月日は永遠の旅人みたいなもので、という」

FINE

「それは奥の細道。とにかく、ずっと威張っていることなんて誰もできないんだから。業界の中心にいた寺原《てらはら》も峰岸《みねぎし》も消えた。ヒットチャートはいつも入れ替わるし、パワハラ上司もいずれ定年退職して、よぼよぼ爺さんに」

「それまで俺は仕事を辞められないわけか」今時、ヒットチャートにどれほどの価値があるのか、とも思った。

「仕事をやりたくないわけ？」

「暴力を振るったり、誰かの命を奪ったりするのは、もう嫌だな」

「この業界に入ってきたばかりの若いのが言うならまだしも、あんたみたいな」

「思春期が今頃やってきたんだろう」私は答えながら、頭の中で考えを整理する。「あの医師が怯える材料は何かないか？　さっきの、俺の家族に何かあったら、それが表に出るぞ、という牽《けん》制《せい》に使えるような」

「すぐには分からないね。ただ、なくてもいいんじゃないの」

「なくても？」

「具体的な情報じゃないほうが、相手はいろいろ勘ぐって、警戒するかもしれない。やばい情報を持っている、とだけ仄《ほの》めかしておけば。それと同時に、誰かに頼んだら、どう？　その医者を殺害してもらったら」

「頼むくらいだったら俺がやる」とはいえ、あの医師を診察室で殺すことはできない上に、診察室から出ることもほとんどない。

それを話すと桃は、「誘《おび》き出すしかないだろうね。それこそ、あんたが囮《おとり》になって」と言った。

「どうやって」

「だから知らないって。ただ、外に出たらたぶん警戒するだろうから、別の業者に頼んで、隙を突いてもらえばいい」

「どうしても業者を紹介したいのか？」私はからかう。手数料欲しさに様々な商品を薦めてくるかのようだ。

「良かれと思ってだよ。だいたい、紹介したって、わたしには何も入らないよ」

「おすすめの業者はいるか」

「わたしが気に入ってる子はだいたい死んじゃってるんだけどね。蟬も、蜜柑と檸檬も」

「俺のことは気に入らないでくれ」冗談として口にしたが、その瞬間、自分の死が急に眼前に迫ってくるのを覚えた。

「私の死」も決着の付け方の一つなのだ。そのことが、今までよりも現実のものとして感じられた。

「俺は死ぬ」と口に出している。

「どうしたの急に」

「俺だけじゃなくて誰だっていつかは死ぬ」

「そりゃそうね」

「そうだな。俺は死ななくちゃいけないんだ」

「何よ、それ。それより、槿《あさがお》はどう？　優秀だよ。押し屋」

「実在するのか」

FINE

「そりゃ」

通行車両や列車に人を押し、殺害する業者だった。そんな仕事のやり方はすぐにばれそうなものだが、ずいぶん長いこと現役なのだから腕はいいのだろう。「悪くないな」

どうにかあの医師を外に連れ出し、車通りのある交差点を渡らせることくらいはできるかもしれない。

「まあ、わたしは別に仲介はできないからね。自分で依頼しなよ」桃は言い、槿と連絡を取る方法について教えてくる。まさか自分が業者を雇うことになるとは。「本気で戦うつもりなら、念には念を入れたほうがいいよ。業者に頼むだけじゃなく、自分でも」

「もちろんだ」最後に信頼すべきは、自分自身だ。自分に期待を裏切られるのならば、まだ諦《あきら》めがつく。

「無理しない程度にね」桃は言った後で、「わたし、あんたのこと気に入ってるんだから」と微笑む。

私はその時、これはろくなことにならない、と察した。ただ、私は、妻が、克巳に昔からよく言っていた台詞を思い出す。「やれるだけのことはやりなさい」

それで駄目ならしょうがないんだから。

その通りだ。

「実は、父の部屋から鍵が出てきたんです」僕は、向き合った医師に話した。母にもまだ話していないことを喋ってしまっていいのだろうか、という躊躇《ちゅうちょ》はあったものの、診察室の医師から問われると、正直に話さなくてはならないような圧力を感じた。

　十年前の父が精神的にまいっていたという話について、詳細を教えてほしい、と頼んだところ、医師は、「診療所に来てください」と言った。水曜日の午後は休診なので空いています、と。言い方は穏やかだったが、そこ以外では会うつもりがない、という意思は伝わってきた。会社を早めに上がれば立ち寄ることはできるため、そのこと自体に不満はなかった。ただ、いざ行ってみたら、父から相談を受けていたという看護師がいないことには、むっとした。

　その人の話を聞きに来たのだ、不在なら不在で、事前に連絡をくれれば無駄足を踏まなくて済んだ。という意味のことを、棘《とげ》のない柔らかい表現に変えて伝えたのだが、棘がなさすぎたのか、医師は、「忙しかったので」と、その言葉ですべてが解決できるとでもいうように、言うだけだった。そして、「お父さんのことで何か見つかったりはしましたか?」と訊ねてきた。

ああ、それが、と僕は、父の部屋から出てきた鍵のことを話した。

「どこの鍵なんですか」

「今、調べてもらっているんです。どこかの部屋じゃないかと思うんですが」

FINE

「部屋ですか」

「こういう鍵なんです」自分のスマートフォンを取り出し、写真を表示させた。鍵自体は、調査のために渡していたが、念のために写真に撮ってあった。医師に見せる必要があったのかどうか、疑問は過るものの、当の医師は意外に、身を乗り出し、その写真を見つめた。「この写真、私にもいただけませんか？　こちらでもしかすると探せるかもしれません」

「探せる？」

「どこの鍵なのかを」

そうですね、探す人数は多いほうが、と言いかけたにもかかわらず僕は、「今はまだ、こちらで探してみます」と答えていた。なぜなのだろう。医師が、鍵の調査ができるとは思えなかったからか。もしくは、もしこの鍵が、父の隠したかったものだとするのならば、共有するのは限られた人間にすべきだと感じていたからか。

「ああ、そうですか」と医師は別段、気分を害するでもなく答えた。


ひったくりに遭ったのは、埼玉の最寄駅から自宅へ戻る途中だった。僕は大き目のバッグを肩からかけていたのだが、細い道を歩いている際、原付バイクが通りかかり、さっと横に避けたところ、体が引っ張られた。

バッグが強引に奪われており、僕はその場に倒れた。すでに日は暮れ、街路灯があるものの周囲は暗く、ほかに人影もない。

起き上がった時には痛みよりも恥ずかしさのほうが先に立ったが、僕が悪いわけではない。慌てててバイクを追いながら、バッグの中に入っていた物を思い出していた。スマートフォンは背広のポケットの中にあった。定期券と財布はバッグだ。被害は大きいか？　小さいか？　失う金額が大きいかどうかよりも、クレジットカード類を再発行する手間のほうがつらいかもしれない。

走ってバイクに追いつけるわけがないが、僕は近年まれに見るほどの必死さで走った。

走れ。

声がしたように感じ、はっと横を見れば、父が並走している。もちろん実際にはそのようなことはなく、ただ単に、二十年近く前の少年時代に公園か何かで走る練習を父としていた時の記憶が蘇《よみがえ》ったのだろう。そうだ克巳、腕を振れ、そうだ速いぞ。あの頃も息が切れたのだろうか。初めて駆けっこをしたあの時の自分と、久しぶりに駆けっこをする今の自分のどちらが大変なのか。

父は非常に軽やかで、少し前方を颯爽《さっそう》と走っていく。待ってくれ、と追いかけていくと曲がり角を右に、父が消えた。追い越さないと。

前傾姿勢の全力疾走のまま道を右折したところで、バイクが横転しており、僕は急停止する。すぐには光景が受け入れられなかった。原付バイクがエンジンを動かしたまま、横向きに倒れ、少し離れた場所にフルフェイスヘルメットをかぶった男がいた。放り出されたのか、どうにか起き上がるところのようだ。自分のバッグが落ちているのが目に入り、慌てて確保したところ、男はヘルメットをしたまま走り去っていく。足を引きずりながらもそれなりに速い。僕は呆然《ぼうせん》とし、周りには人だかりができていた。

「それは大変だったねえ。で、どうなったんですか」クリーニング店の店主は、僕が出した背広を畳み直し、訊ねた。「警察は?」

「来ました。いろいろ話を聞かれました」

「バイクはどうして」

「曲がった後、スリップしたようです」数人の目撃者が教えてくれた。曲がり切れなくて、車体を寝かしてどうにかしようとしたんだろうが、タイヤが細いからね、そのまま滑ったんだよ、と。

「横転したバイクが歩行者に激突しなかったのは、不幸中の幸いでしたが」

転んだ際に、背広がこすれてしまった。破れてはいないが掠《かす》れた傷がひどく、「どうにかなりませんかね」と相談した流れで、ひったくりに遭った話をしたところだ。

「奥さん、びっくりしたんじゃないですか?」

「初めは怖がっていましたけど、今はもう、話のネタができたと思っているかも」僕は冗談めかした。

店主は残念そうに顔をしかめ、「ちょっとこれ、どうにもならないかもしれませんね」と背広を指差した。「表面がだいぶ、やられちゃっていて。でも、これたぶん、お金じゃ買えないタイプのものじゃないですか?」

「え」

「だいぶ古いですし、ここのイニシャル、三宅さんのと違うし」と背広の内側の刺繍《ししゅう》を指差した。

「何か思い出の」

「ああ、父のです」よくそんなことにまで気づくものだ、と僕は感心した。

「お下がりですか」

「まあ、そうですね。できればまだ着たかったんですけど、永遠に着ているわけにもいかないですし」

店主は、「修復できるかどうか、ちょっと確認してみますよ」とありがたいことを言ってくれる。「完璧《かんぺき》にはならないけど、ごまかすことくらいは」

「それでも十分です」そろそろこの背広を引退させてもいいかもしれないという思いもあったのは事実だ。父の形見という理由だけでなく、それなりの高級ブランドで、僕の体型にも合っていたが、いつまでもこれに甘えているわけにもいかない。これはいい機会だったのかもしれない。


朝起きて、妻に顔を合わせると同時に、「今日も一日すみませんでした」と謝るくらいでないと真の恐妻家とは言えない。以前、どこかの落語家が喋っているのを聞いたことがある。私からすればそれは、笑い話どころか非常に共感しうる悲話に近かったが、今朝、朝食を作る妻の全身から、不機嫌の炎、冷たい炎がふんだんに発散されているのを察知した私は、まさに謝罪を口にしかけた。そうしなかったのは、不機嫌の原因も分からずに無闇に謝ることで、「自動的に、心を込めずに、謝っているだけだ」と余計に怒られる可能性を想定したからだ。自動的に謝っているのは事実だが、心は込めているつもりだ。

いったいどうして不機嫌なのか、まさか自分が原因ではあるまいな、と私は頭を回転させるが思い当たる節がない。

あたりさわりのない会話を交わしつつ、自分に非があった時のために、反省の面持ちもうっすら見えるようにしながら、食パンをかじる。

浮気を疑われているらしい。それが分かるまでにさほど時間はかからなかった。ぎすぎすした雰囲気に耐えがたく、スマートフォンで天気予報を眺め、妻の機嫌もこうやって予測してもらえるとありがたいのだが、と思っていたところ、「昨日、夜中に音消してなかったでしょ？」と妻が言った。

森の生き物をすべて凍り付かせるような冷たい口調だ。いったい何のことかと戸惑っていると、ぽつりぽつりと妻が喋りはじめた。

夜中に私のスマートフォンにメールが着信し、音が鳴った。妻は、眠りを遮られたことにむっとし、スマートフォンの音を消そうとしたらしいが、その時にメールの文面が目に入ったのだという。

いったい何のメールが、と私はそこでようやく内容を読んだ。つまり、それまでメールを受信していたことすら気づいていなかったのだ。

同じ職場の事務職員の女性社員からのものだ。「この間は相談に乗っていただいてありがとうございました」「夜、とても楽しかったです」などという文章とともに、ハートマークや可愛らしい絵がちりばめられている。暗闇の中で敵と遭遇した時にもかいたことのない汗が、背中に垂れた。

これは非常によろしくない。

むろん、その女性と特別な関係にはなかった。ただの同僚に過ぎず、社内でもどちらかといえば縁遠く、事務連絡をするくらいだ。営業の外回りにいる時のために、スマートフォンの電話番号やメールアドレスは知っているはずだが、メールに書かれていたような「相談」や「楽しかった夜」についても心当たりがない。

頭を回転させた後で、「もしかすると、アドレスを間違えたのかもしれない」と言った。必死の言い訳ではなく、その可能性はあった。

思えば、ついこの間もメールが来ていたのだ。記憶をひっくり返せば、その彼女が、残業時間に別の営業社員と親し気に話をしているのを見かけたことがある。あの彼に送るはずのメールだったのではないか？

妻は、「はあ」と分かりやすい溜め息を漏らすと、「苦しい言い訳」と洩らし、洗濯物を干すために部屋を出ていく。

「嫌いじゃないよ、そういうせっかちな人間は。善は急げ、というか、急ぐのが善だからな」うすら寒い季節にもかかわらず彼は半袖《はんそで》シャツを着ている。伸びる腕は、細いながらも筋肉が詰まっているようだ。つい先日見せてもらったマンションの管理人だ。

すでに部屋の購入の意思は伝え、手続きをしてもらっていたのだが、できるだけ早く部屋を使いたい、と電話で連絡をすると、「今すぐ来てくれ」と言う。

打てば響くかのような反応の良さは、管理人が単に暇だからでは？　と疑った。

マンションへ出向き、管理人室に行く。

FINE

一階の隅にある管理人室は実に豪華で、目を瞠《みは》るほどだ。革張りのソファに、大きなテレビ、それとは別に、ホームシアターのシステムらしきものが設置されており、家具はどれも重厚な光を発していた。

「いつから住めるのかな」

「今日、金を払ってくれたら、まあ、明日かな」

「そんなに早く」

「普通は無理だよ」俺だからこそ、と言いたげだった。「あんたの息子、すぐに住みたがっているのか？」

「ええ、まあ」と曖昧に答える。

「ははあ」訳知り顔で管理人は笑った。「何か隠しておきたいものでもあるのか」

「え」

「昔、どこかの政治家が死亡して、マンションの鍵が出てきたというから、愛人でも囲っていたのか！　と慌てて行ってみたら」

「いったい何が」

「ガンダムのプラモデルがぎっしりあったんだと」

「政治のために？」私は冗談で言ったつもりはなかったのだが、管理人は愉快気に声を立てた。

「ガンダムは政治の勉強になるからな」とうなずく。

「でも、似たようなものかもしれない」危険が迫ってきた時の避難所になるのではないか。はじめはそう考えていたが、今は少し違う。

「家族に見られたくないものを、隠しておくというわけか」

「ええ、まあ」

「誰かの死体とかじゃねえよな?」

不穏な単語が唐突に飛び出してきたため、私はぎょっとする。特に深い意味はないようだった。しかも、「まあ、それでも構わないけれどな」と言う。

「構わないのか」

「部屋の臭いがひどくて苦情が来るとか、音がうるさいだとか、虫が湧くとかな、そうなると困るが、ばれないんだったら俺は知らんよ。あとはプライバシーってやつだろ」

「いやさすがに死体を置くのは、プライバシーとは別の次元ではないかな」

「まあそうか」と言いつつ管理人は、死体を部屋に置いておくことはプライバシーの範囲内と思い込んでいるように見えた。「俺が気づかないところのことは、全部、そいつのプライベートだろ」

「たぶん、違う」

「あんたも急に、引き渡しを早めたくなったんだな。まあ、俺が全部、書類やらなにやら準備しておいたから」

「本当にありがたい」これは本心だった。

つい先日までは、このマンションの一室を買い、息子の一人暮らしの住居兼、不測の事態の際の避難所としようと思っていた。

その方針を変えることにしたのは、今朝の通勤中にかかってきた電話のせいで、つまり数時間前だ。

電話の主は、桃だった。私が通勤電車から降りた直後で、そのタイミングを見計らったかのようで驚いたのだが、話の内容にも驚かされた。

「ちょっとよろしくないかも」と彼女は言った。「わたしの読み違えかもしれない」

「読み違え？　何をだ」

「あんたのかかりつけ医は、予想よりも行動派というか、心配性だったという。医者だから予防意識が強いのかな。ウィルスが近づく前に、抗生物質を飲んじゃおうというタイプみたい」

「ウィルスに抗生物質は効かない。細菌だけだ」

「この間の話通り、噂を流したのよ。兜が医者の秘密を持っているようだ、って。兜の家族の身に何かがあると、暴露されちゃう仕組みだよ、と」

「さすがに嘘臭くて、ばれたのか」

「その逆だよね。医者はびびったみたい。わたしのでっち上げた話が、それっぽかったのかな。臨場感ありすぎたのか、あっちの感受性が豊かすぎたのか。とにかく、医者は今、その噂のことを調べているらしくて、もちろんあんたの持っている情報の内容も知りたいんだろうね、情報網をなりふり構わずつかって、業者を動かして調査しているみたい」

「誰だってずっと威張ってはいられないんじゃなかったのか」

「盛者必衰のことわりってのは真実。ただ、すぐに駄目になるってわけじゃない。医者はまだ力があるのね。見誤ったよ」

「気を付けろ、と言いたいのか」

「昨日、違う業者が家族もろとも殺されたらしいの」

私は一瞬、黙る。「家族」という言葉が頭の中に突き刺さった。「どの業者だ」

桃はそれに答えなかった。「兜、あんたと同じだよ」

「何が」

「医者から仕事を紹介されていて、最近になって辞めようとした」

「その家族が？」

「ファミリーレストランに入ろうとしたところで、車が突っ込んできた」

「あいつがやらせたわけか」

「そういうこと。待てば海路の日よりあり、だけじゃなくて、待っている間に嵐がひどくなる、というケースもあるってことね。日々、勉強になるわ」

「なるほど」自分に残された道が少なくなってきたことを実感する。「いよいよ、俺たちの業界で昔から言われている格言が生きてくるわけか」

「何だっけ、それ」

「やられる前にやれ」

結局そういうことになるのか。

電話の後で私は、会社に休暇を申し出て、家には、「今日は少し遅くなるかもしれない」と連絡を入れた。会社は事務的にそれを受け入れてくれ、妻のほうは、今日の夕飯がどうこう、と洩らしていたが、それを気にしている余裕もなかった。心なしか彼女の声が暗く、まだ浮気を疑っているのだろうか、と気になった。

FINE

できるだけ早く、準備をしなくてはいけない。もっと前に決断しておけば良かったのだ、と思うが、そうすれば正しかったのかどうかも定かではない。

「ローンは使わないんだったよな」

「ええ」と言い、購入代金の入ったバッグを出すと、管理人は少しだけ驚いた顔を見せた。

「そこの銀行で盗んできたとか言わないでくれよ」

「ずっと貯めていたんだ。真面目に仕事をして」

管理人は半信半疑の顔ではあったが、「まあ、そういうプライバシーを穿鑿《せんさく》する趣味はないからな」と言う。

書類を完成させ入金を確認すると、「明日、登記が終わったら鍵を渡すから、そうしたら部屋を使っていい」と言ってくれる。「俺は仕事が早いだろ？　どうしてか分かるか」

暇だからだろ、と言いたいのをこらえ、「手際がいいから？」と答えたところ、「暇だからだよ」と管理人は笑うのだった。


プランと呼べるようなものではなく、即席の思いつきに近かった。が、これで行くしかない、と私は思い込んでいた。

やられる前にやらなくてはいけない。

以前、家の庭に巣を作ったスズメバチたちと対決した時のことを思い出した。

あれもまさに、家族にとって喫緊の危機で、私はネット検索で得た情報と、自分の家にあったスキーウェアやヘルメットを使い、どうにか対処した。今回は、ネット情報に頼ることはできない。スキーウェアやヘルメットを使っても、医師を倒すことはできない。

ただ、手に入るものを使って家族を守るほかない、という意味では同じだ。スズメバチは退治できた。あの医師に対してもおそらく、という希望を抱くことはできた。

槿への連絡は恐れていたほど難しくなく、むしろ容易だった。桃から得た情報通りの手順を踏めば、電話で話すことができ、彼は、私の素性を確かめようともしなければ、目的の相手、医師についての詳細な情報についても訊ねてこなかった。

必要最低限のことを確認し、報酬を払う方法を告げ、明日こちらから連絡する、と槿は電話を切った。

もちろん、この業界で仕事をしている者の大半が、自分が命を奪う相手のことやそれを依頼してくる者に関心は持っていないはずで、私も昔は、それが誰であろうと気にかけなかった。必要なのは、いつ、どこでやるか、それに対するリスクと難易度、天気といった情報だけだ。

が、槿からはそれとはまた異なる、「無関心」が感じられた。もともと、人を車や電車の前に突き飛ばして殺害する「押し屋」とは、「運悪く事故死した者」のことを指す表現の一つで、実在はしないのではないか、という話もよく耳にした。「かまいたち」や「神隠し」の、「いたち」や「神」のようなもので、「あいつは、押し屋にやられた。可哀想に」と言われるだけの名称ではないか、と。

電話で話をし、「押し屋」とごく普通に会話できたことには拍子抜けしたが、一方で、実際に話をしたがゆえに、相手が捉《とら》えどころのない雰囲気を持っていることも分かった。

そこから藤沢金剛町《ふじさわこんごう》まで足を延ばした。表向きは、小さな釣り具店だが、裏では銃器や火薬のたぐいを販売している。歴史は長く、店主が高齢になると、引退した業者が引き継いでいるのだ、と聞いたこともある。

銃や火薬のたぐいをいくつか買うことにした。

「こういうのをどこにしまっておくんだ。家族に見られたら困るだろうに？」髭《ひげ》を生やした店主が言ってきたのは、会計をしている時だ。

私は、じっと彼を見た。

無言で観察する。

体格が良く、格闘技の選手だったという噂もあながち嘘とは思えない。私が購入した拳銃《けんじゅう》や防弾の服を海外旅行で使うキャリーバッグに詰め込んでくれている。

「俺に家族がいるとどうして思うんだ？」私は、彼の少しの反応も見逃さないように、と見つめる。何度かこの店で武器を買ったことはあるが、余計な話をした記憶はなかった。

「え、いないのか？　ただ、家族がいそうに見えただけだ。どんな人間にもたいがい家族がいるもんだしな」

「そういうものかもしれないな」

私は言ったが、もはやこの店主を信じてはいなかった。間違いなく、あの医師から私に関する話を聞いている。私が武器を必要とし、この店に来ることを想定していた可能性はある。

「悪いな。やっぱり買うのはやめておく」

店主が慌てて顔を上げた。「もう渡すだけなんだけれど」キャリーバッグを持ち上げ、前に置いた。

「まだ受け取る前だ。金は返してくれ。物はいらない」

「おいおい、そりゃないだろ」

不満げに言ってくる店主を、俺は睨む。次にもう一度、攻撃的な言葉を投げてきたら、すぐにとびかかり、指で首をつかむ準備はできていた。

さすがに店主も愚かではなく、私の目つきからこれは冗談では済まないと察したらしく、言葉を飲み込んだ。先ほど私から受け取った紙幣を、名残惜しそうに数え、戻してきた。

「医者に伝えておいてほしいんだが」おそらく、私がここに来たことを店主は、医師に報告するはずだ。「俺が明日、会いたがっている、と。来なければ、俺が持っている物を全部、出すべきところに出す、と言っておいてくれ」

いったい何を持っているのか、出すべきところとはどこなのか、私自身も分かっていないため、仄めかしにもほどがあるな、と半ば呆れる気持ちだったが、すでに桃の流した噂話が下地となっていたからか、それとも私の演技が上手《うま》かったからか、店主は神妙にうなずいた。

金を受け取り、財布に入れた。店から出る直前、振り返ると店主は、びくっと背筋を伸ばした。背後から銃を構える気配はなかったから、おそらく単に怯えただけだったのだろう。

「たぶん、通報しているんだろ?」

「え」

面倒な客が来た場合の対処のために、店内に通報装置があるのは、間違いない。ドアノブのボタンや床の突起など、客にばれないように操作する仕掛けだ。通報先は警察か、もしくは、強硬的に追い出す用心棒じみた業者か。私と対等にやれる相手が暇を持て余しているとは思えず、だとすれば警察を呼んだ可能性はある。私がここで購入したものを持って出たところに、警察をぶつけるつもりだったのではないか。

「あの医者は、俺が警察に捕まったほうがマシだと思っているのか？　俺が全部喋ったらどうするつもりだ」

言ってから、私の自由を奪った上で、家族を脅しに使うのだと想像できた。その上で、警察施設に、業者を派遣してくるかもしれない。確かにそのほうが、私の抵抗力を抑えられる。

私が店の外に出ると、向こうから制服警官が二人やってくるところだった。

「あ、ちょっといいですか？」と職務質問がはじまる。「今何をしていたの」と言われるので、

「そこの釣り具屋を覗いたのだがいいものがなくて」とおどけた。

釣りをするタイプに見えるのか見えないのか分からないが、警官たちは私を眺めた後で、「持ち物を見せてもらっていい？」と言う。

「もちろん」とバッグや財布の中身を率先して広げる。

行っていいですか？　と訊ねると彼らは意外にあっさりとどいてくれた。

釣り具屋から連絡を受けてやってきたのだとすれば、おそらく十中八九そうだろうが、私が一般人ではないことは予測がついているのかもしれない。職務質問によって銃刀法違反が見つかれば別だが、そうでもなければ強引なことはしないように、という話になっている可能性は高い。無論、相手が力ずくで何かしてくるならば私も強硬手段に出るつもりだったが、その場はそうはならず、帰ることができた。

周りが窮屈になりはじめている。

公園の芝生が広がる場所で、大輝が下を向きながら歩き回っていた。バランスが取れていないため、いつ頭から転んでもおかしくないように見え、僕は何度も手を出しかけるが、茉優がこちらの内面を見透かしたのか、「転ぶ前から支えるのも良くない気がするよね」と言ってくるため、我慢する。「やっぱり、この子に転んで痛い目に遭ってほしくないけれど。ずっと見守っているわけにもいかないし」

生きていく上で、転ぶことは必ずあるはずだから、むしろ起き方に慣れておいたほうがいいのは分かる。「ただ、気持ちからすれば、ずっと守りたいよね」

息子の大輝が何をやるにしろ、危なっかしく見えた。

「いつかは一人で生きていくんだから」茉優は自らに言い聞かせるようだった。「というか、まだまだ先の話だよね」

うなずいたものの僕は、それほど遠い未来のことでもないだろうことも分かった。

父も、僕が小さいころに同じことを考えたのだろうか。

「克巳って、おとうさんと似てるよね」

「何を突然」

「最近、おとうさんの話題が多いから、わたしももう少し知りたくなって、この間、昔の写真をおかあさんに送ってもらったの。メールで。そうしたら結構、似ているなあ、と思って」

「まるで親子のような？　昔はあまり言われなかったよ。母親似と言われるほうがほとんどだった」

そこで電話がかかってきた。週末の休みを家族でのんびりと公園で過ごしているというのに、いったい何だ、と番号を見れば、例の医師からのもので、僕は受話ボタンを押す。ほとんど挨拶《あいさつ》はなく、「どこの鍵か分かりましたか？」と訊ねてくる。

ここまで来ると僕もさすがに、警戒心を抱かずにはいられなかった。どうしてこの医師が、父のことにこだわるのか。もちろんそもそも医師に会いに行ったのは僕なのだが、最初は、昔の患者は覚えていない、と言わんばかりの無関心な様子だったではないか。それが今や、休日にせっつくような電話をかけてくるほどだ。鍵がそれほど気になるのか？

「まだ分かっていないんですが」僕は言ってから、「なんだか気にしてもらって申し訳ありません」と回りくどく、「気にしすぎではないですか」というメッセージを送ってみたが、やはり彼は婉曲《えんきょく》表現の理解できないコンピューターのようで、「いえ、こちらは別に」と答えるだけだ。

隣にいる妻も少し心配そうに僕を見てくる。すると芝生の上で、くるっと転がる大輝が目に入った。

わ、と妻が駆け寄っていく。

「すみません、もし鍵のこと分かりましたら連絡しますから」と僕は言い、医師が何か喋ろうとしていたのを無視する形で電話を切った。慌てて大輝のもとへ駆け寄ると、彼は転倒に驚きつつも、それが愉快だったのか今度は自ら前転を繰り返すようになった。こちらが思っているよりも、子供のほうがよほど逞《たくま》しい。彼の力を過小評価しているのは、ほかならぬ親の僕たちだろう。

強い風が吹き、芝生の草が細かく、動物の体毛のように揺れる。獣の背中に乗っているみたいだ。そう思った途端、下の獣が折り畳んでいた足を伸ばして、起き上がる。見たこともないこの生き物が、背中の上の僕たち家族を守ってくれているのだ、と思ったところで、急にその顔が父のものに見えた。

「どうしたの、笑って」茉優が訝ったことで、自分が笑ったことに気づいた。

不気味な生き物が頭に浮かんだんだ、と答えると茉優は首をひねった。

その日の夕方、クリーニング店にスーツを引き取りに行った際、電話があった。例によってあの医師からかと思ったが、出れば、「分かりましたよ」と爽やかな声が聞こえてくる。「お待たせしちゃいましたが、あの鍵がどこの建物なのか分かりました」

鍵職人だ。

達成感があるのか、どこか声が弾んでいるものだから、クリーニング店の中だというのに、「やりましたね！」と僕も喜んでしまう。詳細な情報はメールで送ってくれるらしかった。

「いいことでもあったんですか」クリーニング店長が奥から戻ってくると言った。クリーニング済みの背広を畳み、袋に入れてくれた。

「いいことと言うほどではないんですけど」父の秘密が分かるかもしれないのです、と答えようとしたがやめた。秘密だとすれば、わざわざ暴く必要があるのかどうか。罪の意識も少なからずあったが、ここまで来たら調べずにはいられない。

FINE

「わたしの友達がね、亡くなったお父さんの部屋を片付けていたら、女子高生の制服が出てきたんだって。違法なものじゃなくてね、単に集めるのが好きだったらしいんだけれど」夜、大輝が眠った後で、父の鍵の正体があるマンションの物だと分かった、と話すと妻が言った。

「観賞用だったのかな」

「着用していたのかもしれないけれど、でも、やっぱりそれなりにショックだったみたいなんだよね。わたしも、おとうさんのことを調べるように後押ししちゃったから急にこんなことを言うのも何だけれど」

「分かるよ」いざ、開かずのドアの中を覗くとなれば覚悟は必要になる。

「克巳も覚悟はしておいたほうがいいかもね。自分の知らない父親が、そこにはいるのかもしれない。だっておかあさんも知らなかったんでしょ。知らないほうがいいこともあるかも」

先日、母に電話をかけ、それとなく町名を出し、父とゆかりがあるかどうかを確認してみたが、ぴんと来るものはなさそうだった。

「まあ、そうだねえ」僕はそれほど深刻には捉えていなかった。妙な性癖程度であれば、驚きはあっても受け入れられるつもりだったし、ここで、母を罵倒《ばとう》するノートが大量に発見されても、愉快に感じる予感もあった。誰にもガス抜きは必要だ。

克巳、奥さんのいないところで奥さんの悪口を言えるようでは、真の恐妻家ではないんだ、と言う声が聞こえてきそうだった。

僕は茉優を安心させるために、「親父が昔、殺した死体でも置いてあったら怖いけど」と言ったが、そのくらいの軽口を叩《たた》くほどには楽観的に捉えていたわけだ。

「その鍵、単に、お父さんが拾った物だったりして」茉優が言った。

「それを部屋に置いちゃったってこと？」

「何とはなしに」

ありえない話ではない。「だけど、ここまで来たら最後まで調べたい」

試しに、とマンションの情報をネットで検索してみると、ちょうど中古物件として部屋が売りに出されていた。仲介している不動産屋に電話をかけ、自分でもいかがなものかと思えるような取って付けた話をこねくり回し、マンションの管理室の連絡先を聞き出した。

実際にマンションを訪れるつもりだったが、事前に情報を仕入れておきたかった。

管理人は活舌のいい男だった。「何の用だ？」と訊ねてくる。馴れ馴れしいのか、がさつなのか、乱暴な言い方だ。

先ほどの不動産屋相手の時とは異なり、下手に話をでっちあげるよりも正直に話したほうがいいと判断し、十年前に亡くなった父がそこの部屋の鍵を残していたのだ、と話した。「はあ？　おたく何を言ってるの？」と訝しんだ言葉が返ってくるのを覚悟したが予想に反し、「ああ、亡くなっていたのか。どうりでまったく見ないわけだな」と言うではないか。

「父を知っているんですか？」と食いつくように訊ねると、「俺が所有している部屋を売ってやったんだよ。急いでたからな」と話してくる。「それきり顔を見なかったな」

「見なかったな、ってそれでいいんですか？」

「いいも何も」

「家賃を払っていないわけですよね」

FINE

「賃貸じゃなくて、買ったんだ」

「ローンは」

「一括払い」

「父が一括でマンションを？」

そんなお金がどこにあったというのか。しかも母に内緒で？

どこから手に入れたお金なのか。もしかすると父の秘密は、そういった大金に関するものなのか？　自分の鼓動が速くなるのが分かる。これから入ろうとしていた場所は、想像以上に深く、暗いものなのかもしれない。いくら秘密の洞穴《ほらあな》とはいえ、鍾乳洞《しょうにゅうどう》のある場所程度の気持ちだった。真っ暗の、足を踏み入れたら底が抜け、生きて帰ってこられぬほどの恐ろしい洞窟《どうくつ》の可能性もある、といまさら気づいた。

「その部屋、見せてもらうことはできますか？」

「鍵を持っていて勝手に開けるんだったら、俺が止めることでもない。あんたの親父の部屋なんだ」

「でしたら」善は急げ、だ。今日にでも行こうと僕は考えはじめている。会社は午後から休みを取ってもいい。

「あ」と管理人が言ったのはその少しあとだ。「駄目だったんだ」

「駄目？」

「見せちゃいけなかったんだよ。言われたんだ。ほかの人が部屋に入ろうとしたら止めてくれ、ってな。特に、家族は絶対に駄目だ、と。見られたくないんだと」

「父が？」

「約束したんだ」

「十年前の約束はもう時効じゃないですか」

「俺は意外に律儀なんだよ、そういうところは」

ここで、それでは仕方がありませんね、と終わりにはできない。今日の夕方にそちらに行きますから、と僕は少し強く主張した。

「家族には絶対に内緒だ、と言っていたんだよ。破るわけにはいかないだろ」

「もう内緒じゃないんですから」そうなのだ、僕はマンションのことを知ってしまったのだから、知らなかったことにはできない。

会社にいる間も、そわそわしていた。父がいったいその部屋に何を隠していたのか、次から次へと想像が膨らみ、病気の精密検査の結果を前にするような感覚だった。楽観と悲観の波が交互にやってくる。

昼食を食べ終えると、ほとんどパンを齧《かじ》っただけだったが、目的のマンションへと向かった。

電車を乗り継ぎ、初めて踏んだ町の道を進みながら、どこからか視線を感じた。周りを見渡しても知人がいるわけでもなく、おそらく上空から父に見られている気分になっているのだろう、と思った。おいおい、と焦っている父の顔が目に浮かぶ。頼むよ、そっとしておいてくれよ、と。

何かまずいものが見つかったとしても、おふくろには黙っておくから。

マンションの場所には迷わずに辿り着けた。古い街並みの中に建つ、小ぶりの建物だったがシンプルな外観だからか清潔感はあった。日当たりも悪くない。

愛人を住まわせるのには悪くないだろ？　父に言われたように思う。もしそうだとするのなら、今もその愛人がここに住んでいることになるのだろうか？

現実味がない、と考えたところで、はっとした。愛人ではなかったとしても父と親しい誰か、ということはないだろうか。

父は両親とずっと昔に死別した、と聞かされており、僕はもちろん母も会ったことはなかったはずだが、その親が実は生きていたのだ、という落ちは、落ちと言うのは失礼だが、ありうるのではないか。

ただしそれなら、マンションの管理人が、その親と会っていてもおかしくはないはずだ。

誰かを監禁しているのではないだろうな、と縁起でもない恐ろしい予想が頭の中に浮かんだところで、背後から、「マンションというのはそこですか」と声をかけられたため、振り返る。

診療所で白衣を着ていた時のイメージしかなかったため、ジャケット姿で町中で向かい合うとすぐには誰なのか判別がつかなかった。あの医師だ。

今日、決着をつける、と私は思いながら朝食を口にしていた。精神を宥《なだ》めてくれるのは甘い物だ、と思い、冷蔵庫を探れば奥からプリンが出てきた。あれほど苦手だった甘い物が、妻の勧めで食べているうちにそれなりに好きになっているのだから大したものだ。

妻は洗濯機のところで忙しそうだったため、プリンを食べていいかどうかを尋ねるのも申し訳なく、静かに味わいはじめたのだがそこに二階から克巳がやってきた。

眠そうな挨拶をした後で彼は、私の手元に目をやり、「それ」と指してきた。「おふくろが食べるつもりだったんじゃないかな」

私は慌てて口の動きを停止したものの、時すでに遅し、蓋は捨ててしまったし、中身も戻せない。「まずいな。いや、プリンは美味《うま》いが」

「そんなに深刻な問題ではないだろうけど」と克巳は同情するような目を向けてきた。

「深刻な問題だ。まあ、後で買っておけばいいよな」

下手な言い訳や弁解をするよりは何事もなかったかのようにするのが一番だろうから、証拠隠滅のため、私は残ったプリンを飲むように口の中に入れ、そのプラスチック容器を洗った。

「親父、その容器、俺の部屋に捨てておくよ」

「え？」

「おふくろにばれたくないんだろ。俺の部屋のごみ袋に突っ込んでおくよ」

何とありがたい提案なのだ。感激し、あとは任せた、とばかりに空容器を手渡した。

「親父って、そんなにおふくろに怯えていて、どうなの？」

「何だ、突然」俺がいつ怯えたのだ、と言いたいところだったが、明らかに嘘だとばれるため、やめた。

「前から訊きたかったんだけれど」克巳は笑った。「親父は人生をやり直せるとしたら、おふくろとは結婚しないでしょ」

FINE

「どういう質問だ」洗濯機のほうで作業中の妻に聞こえないだろうか、と気が気ではない。

「さすがに、後悔しているのかと思って」

私は一瞬、とぼけるわけではなく、克巳が何を言いたいのか分からなかった。その後で、意味を理解した。「やり直しても、まったく同じであってほしいよ」

「次も、おふくろと結婚するわけ？」

うなずく必要すら感じなかった。「そしてまたおまえが生まれてくる。そうじゃなかったら、つらいな」

「はあ。それでまた、おふくろに怯えた人生を送るってこと？」

私は自然と笑い声を立てている。「まあ、おまえからは、俺はそう見えているんだろうな」

「そうとしか見えない」

「ただ」理解されないと分かっていても、言った。「いいことのほうがたくさんあった」

私は自分が、「あった」と過去形で話したことにびっくりしたが、同時に、今まで自分がプロの業者としてやってきた数々の仕事を思い出し、そんな自分に「いいこと」があって良かったのだろうか、と考えてしまう。

じゃあ、どうすれば？


家を出る前になって、マンションの鍵をどうするか少し悩んだ。購入したばかりのマンションの鍵だ。

前日に管理人が、すぐに使いたいなら部屋の鍵を渡してもいい、と寄越してくれていた。いつ買い手が現れてもいいように、と玄関ドアの鍵は新しい物に交換済みだという。悩んだ結果、合鍵は家に残していくことにした。安易な隠し場所では、妻に見つけられる可能性がある。そういう意味では、自分の部屋、という名の納戸しか候補はなかった。奥に紙袋を隠してあるのだ。妻とのコミュニケーションにおいて学んだことを記したノートが入っており、それこそまさに、妻に見られたら大変なことになる物だ。折に触れてそれを更新せずにはいられず、もはや自分のライフワークじみてきたため捨てることもできず、その納戸の奥、袋の中に保管してあった。妻が持つのには重い段ボールを手前に置く、といった工夫も施している。

「朝から、がたがた何やってるの？」合鍵をしまい終えたところで、どこからか妻の声が聞こえたため、当然、すぐに謝罪し、納戸をもとの状態に戻した。

その後、慌ただしく家を出た私は、あくまでも出社のふりをしただけで、まずはマンションの部屋に必要な物を買いに走り回った。必要最低限の物で構わなかったが、カーテンと簡易的な椅子を購入し、配達を待つ余裕もなく、タクシーを使い、自分で運んだ。そのほかの必要な物は貸し倉庫から引っ張り出し、一通り部屋のセッティングを終えるとすでに正午過ぎだ。

部屋に鍵をかけ、エレベーターで降りたところで、その玄関ロビーで管理人と会った。老木でありながらも、緑の葉を茂らせ、枯れる気配は微塵《みじん》もない、といった印象はそのままだ。

「おお、どうだ」

「荷物を運び入れてるところで」

「家族に見られたくないものをか」

私はうなずく。実際、その通りではあった。管理費などの毎月の支払いについてはすでに口座

FINE

から引き落とすように手続きをしたが、その口座自体が、家族には内緒のものだ。「あ、絶対に、部屋の中は見ないように」と言ったのは半分は冗談だったが、残りの半分は、念を押すためだった。

「俺が？　もうあそこはあんたの部屋なんだ。気にしてどうする。このマンションで、何年も顔を合わせてない住人なんて、いくらもいる。それこそ部屋の中で死んでるんじゃないかって」

「少しは気にしたほうがいいんじゃないのか」

「そういうものか？」管理人は顔をしかめた。「あんた、管理人になったことはあるか？」

「え」

「管理なんてのはな、限界があるんだよ。全部なんて、チェックできやしないし、こっちの神経がもたない。自分に見えてる部分でさえ、いっぱいいっぱいなのに、見えない部分まで気にしはじめたら、とてもじゃないが」と管理人は、管理人道というものがあるかのように語る。

よくは分からないが、そういうものなのか、と私は納得しそうになる。

「まあ、あんたも隠したいことがあるなら、俺の見えないところでやれよ」

了解だ、と立ち去ろうとしたところ、思い立ち、「もし、うちの家族が来るようなことがあっても」と言った。

「秘密がばれてか」

「そんなことはないと願いたいけれど」私は肩をすくめる。「絶対に中に入れさせないでほしい」

「絶対にか」

「ええ」

「見られたらどうなる？」

発すべき言葉を探した末に、「取り返しがつかない」と言い、マンションを後にした。


医師と会う約束をした場所は、マンションから五百メートルほど離れた場所だった。公園があり、その出入り口付近に時計台がある。夜になればライトアップされ、人で賑《にぎ》わうようだが、ライトアップされていない昼間は閑散としている。その時計台の下に来るように伝えてあった。

もちろん医師があの診療所から出るつもりがないのは間違いなく、実際、「往診はしていない」とにべもなく返されたのだが、「今、そっちに行くほど俺は馬鹿じゃない。危険だ。そうだろ？だったら外で会うしかない」と私は頑として譲らなかった。現にこの間の帰り、タクシーが転倒しただろ、とも言った。とにかく時計台に来なければ俺が持っている情報を流す、とその　点で突っ張り通した。最終的には、時間と場所を指定し、「来なければ」と脅して電話を切った。

「来るのか？」

そう冷たく言ったのは、前日に電話で話した時の槿だ。

「たぶんな」

「たぶん、で俺に仕事を依頼するのか」

「金は先に払っておく。医者が来なかったとしても、返す必要はない」

「そうか」槿は淡々と答えるだけで、私はやはり、押し屋など存在しておらず、自分は亡霊のような存在と喋っているだけではないかと疑いたくなる。

頼りになるようなならないような、不思議な業者だ。

FINE

中学生らしき三人組にもっと年下の少年が囲まれているのを見つけたのは、時計台に行く途中だった。

やるべきことがたくさんある中、どうして面倒な場面に出くわすのか。見過ごすべきであるのに、「おい、何をしているんだ」と言ってしまったのは、彼らに体格差と人数差があり、明らかに不公平に見えたからだ。

中学生三人が面倒くさそうにこちらを見る。

「どう考えてもアンフェアだろ、それ。おまえたちが三人で、こっちは一人だ」

アンフェアって何だよ、うるせえな、という顔もあどけなく、「邪魔しないでよ、おっさん」と一人が言う。

「俺が小学生に加勢するから、それでどうだ」

「はあ？」

「それならフェアだろ。いや、それだとこっちが優勢になりすぎるかもしれない。だったら、おまえたちは武器を使ったほうがいいな。何か持っているか？」

中学生たちが顔を見合わせる。一人はポケットに手を入れた。

「刃物とか持ってるのか？　なかったら貸してやってもいい。そのかわり、相当、本気で来いよ。おまえたちが道具を持ったら、俺にもそれなりに強くやる理由ができる」

私としてはここで揉める時間はなかったのだが、自分より弱々しい者を脅してさも自分が強者だと感じている者には嫌悪感しかなく、言わずにはいられなかった。

彼らは結局、その場から立ち去った。小学生が私をぽかんと眺めており、どうにも気まずく、かといって無言でいなくなるのも気がひけ、ポケットに手を入れたところ飴が見つかり、先日、営業先でもらった物だったのだが、それを、「これでも舐《な》めて元気、出せよ」と渡した。「子供の時はいろいろ大変だろうが、頑張れよ」

子供の頃の克巳を思い出していた。

「あの、僕、友達がいなくて」と少年は細い声で言った。

「俺もいないよ」私は言っている。「だけど、幸せだ。恵まれた日々を送っている」

少年はおどおどしていた。喋りすぎたな、とその場を後にする。

そして今、時計台のところで立っていた。

医師がどういった交通手段を使うにしろ、この公園の時計台に来るのには、正面の車道を横切ってくる必要があった。横断歩道を渡ってくるのは間違いなく、おまけに車通りも多かったから、押し屋が仕事をするのには適しているはずだ。

この後、医師が目の前に現れたとすれば、それは押し屋の仕事が不発だったことを意味するだろう。かわりに、仕事をやった、という連絡が槿から入るか、もしくは、その大通りで、「人が轢《ひ》かれた」と騒ぎが起きれば、私の勝利ということになる。

どちらの結果が出るのか、それを私は待っていた。

吉と出るか凶と出るか、丁半どっち、の思いだったが、予想は裏切られる。出た目は、予想していないものだった。横軸と縦軸だけではなかったのかもしれない。

歩いてくる男が見えた。医師ではないものだから気にはかけていなかったのだが、こちらに向かってまっすぐにやってくる。その顔を見ると、どこかで会ったことがある、と私は記憶を遡《さかのぼ》りはじめていた。

彼が真正面に立ち、心苦しそうに眉をひそめたところで、ようやく誰なのかを思い出した。

先日、デパートで会ったばかりだ。

「こんなことになってしまって本当に申し訳ないです」と奈野村は言った。

その時点で、自分の立てていたプランが、うまくいかないことを察した。


医師はここに現れた理由も、どうやって場所を知ったのかも、僕には説明しなかった。「どうしてもお父さんのことを知りたくてね」とは言った。

尾行されていたのだろうか？　まさか、とは思うが、そうでなければここでばったり会う理由が分からない。

「あの今日は診察は」どうでもいいことを訊ねてしまう。

医師は答えるかわりに、近づいてきた。右手を少し前に出すので、ここで聴診器を当ててくるのかと驚いたが、つまりそう感じてしまうくらいには僕も混乱していたのだが、よく見れば、聴診器に見えたものは拳銃で、目を疑わずにはいられない。

玩具？　本物であるはずがない。彼は、僕の脇腹にそれを押しつけ、「そのマンションに行きましょう」と言ってくる。その途端、背筋の毛が逆立ち、寒気に襲われた。

本物？

状況が理解できない。

拳銃がどうして？　医師がどうして？

周りの景色が急に、白くぼんやりとし、頭の中身が浮かんでいるような感覚になる。

これは現実ではない。

そう願う自分が、必死になって五感を麻痺《まひ》させようとしているのかもしれない。地面を踏んでいる感覚すら失っている。

こちらの意思に反して、話がどんどんと進んでいる。すごろくの駒よろしく、上から何者かに摘まれ、升目を移動させられているのではないか。

気づけば、マンションの中に入っていた。管理人から部屋番号は聞いてあったのだが、エレベーターにどう乗り込んだのか実感がなく、いつの間にか上階に到着している。

「どの部屋ですか」後ろから銃を押し付けてくる医師の声には感情がこもっていないため、どのような表情なのかと振り返りたくなった。「まっすぐ歩いてください」と冷たい鉄で突くように言ってきた。

エレベーターから出たところ、通路が左右に延びており、どちらに行くか一瞬だけ悩んだ。部屋の並びを確かめ、右方向へと進む。

「住人が通るかもしれません。そんな物騒なものを見られたらまずいのでは」僕は言ってみるが、医師は無言だった。「どうして父のことをそれほど気にするんですか」

それにも答えはない。

親父、と僕は通路からマンションのさらに上に目をやり、空を探したくなる。これはいったい何なんだ。


私の前にいる奈野村は、何度もゆっくりと瞼《まぶた》を閉じた。謝罪と祈りを込めているかのようだ。

奈野村が言うがままに、近くのオフィスビルの屋上に来ている。エレベーターで最上階まで辿り着くと、そこから非常階段へと移動し、通常であれば出ることができないだろう、屋上エリアに入ってきた。

快晴の空は美しかった。

申し訳ない気持ちになる。私が今まで、命を奪ってきた者たちの中には、狭苦しい部屋の中で人生を終えた者もいれば、雨に打たれて絶命した者もいる。これが最後の時だと自覚することすらできなかった者も少なくない。

それを考えれば、この状況は恵まれている。優遇されている、と誹《そし》られても致し方がないと思えるほどだ。

「再会できるとは思わなかった」私は言った。本音だったが、奈野村には嫌味に聞こえたかもしれない。

「申し訳ないです」奈野村はまだ武器を構えてはいなかった。服のどこか、体のどこかには準備はしているだろう。

「いや、別に奈野村さんが悪いわけじゃないだろう」

「この間はありがとうございました」

「何のことだ」

「自動販売機のお釣りの」「ああ」「助かりました」

時計台で会った時、奈野村は単刀直入にこう言った。「やらなくちゃいけません」「そうしないと息子の命が」

何が起きたのか察しはついた。医師は、私の始末を奈野村に依頼したのだ。もちろん業界から身を退くつもりの彼が、はい喜んで毎度あり、と引き受けるわけがないため、それなりの動機付けは必要で、それが息子の命だったのだろう。息子を攫《さら》って拘束しているようだ。

おまけに奈野村の襟元には、マイクがあった。今、こうしている間も声を、医師が聴いているのかもしれない。私と奈野村が密談し、反撃策を練るのを防ぐためだろう。

いつの間にか奈野村は銃を取り出し、私に向けていた。すっと近づくとこちらの服を触りはじめた。何度も謝りながら、こちらの所持している物をすべて取り出していく。

マンションの鍵も取られた。

「それは」と私が言いかけた時には、奈野村が鍵をマンションの屋上から外に放り投げていた。鍵の形をした武器、という可能性もゼロではなく、実際、鍵のふりをした小型の爆弾も私は見たことがある。警戒するに越したことはない。

鍵の消えた方向を見ながら、自分の選択肢が次々に奪われていくのを感じる。

「三宅さん、いったいどうするつもりだったんですか」奈野村が訊ねてくる。将棋や囲碁の試合が終わり、感想戦をやるような雰囲気だった。

「あの医者を外に出したかった。で、押してもらうつもりだったんだよ。車道に」

奈野村が、押し屋のことを知っているのかどうかは分からなかった。ただ、同情するように肩を少しすくめた。「出たとしても一人では、来ませんよ」心配性で念には念を入れる性格で、護衛をたくさんつけてくるでしょう、と。それでも押し屋ならどうにかしてくれるのでは、と私は賭《か》けたのだが、賭けの結果がどうこう以前の問題だった。

「世の中は盛者必衰らしいからな、護衛をつけていられるのも今のうちだろう」と、マイク越しに聴いているかもしれない医師に聞かすつもりで言った。「落ちぶれたら、自分一人で全部やるしかなくなるぞ」

奈野村はまたこちらを憐《あわ》れむ顔になる。「あと五年は無理ですよ」

「五年後、もう一度、トライしたいが」と私は笑う。「無理かな?」

「申し訳ありません、三宅さん」拳銃の先がぎゅっと伸びたかのようだ。

謝ることではない、と思う。私自身が今まで、さんざんやってきたことなのだ。

先ほど、中学生に向かって発した自分の言葉が頭をよぎる。「どう考えてもアンフェアだろ、それ」他者の人生を奪ってきた俺が、自分の人生だけは平和に、長く、幸せに続けたいと願うことはどう考えても、フェアではない。今までやってきたことが、跳ね返ってきただけだ。

僕の後ろからついてくる医師は、最初に会った時の機械じみた冷たさが薄れており、ずいぶん老いているように見えた。診療所では白衣を着ていたからだろうか。

独り言なのかぶつぶつと喋っている。何を言っているのかと思えば、「落ちぶれたもの」と嘆いている。自分一人で外に出なくてはいけないとはな、と。

「何がですか」と訊き返そうとすると、「前を向いて早く行くように」と言ってくる。

この医師は何かに取り憑《つ》かれているのではないか？　いったい何に？　妄想？　それとも別の物？

通路の一番先が、父の鍵の部屋だった。前に立つと、急にドアが大きくなったかのようにも見える。

立ち塞がる兵士の盾にも思えてくる。

この中に父の秘密があるのだろうか。

「開けてください」医師が言ってきた。

ポケットから鍵を取り出したところで、僕はそれを落としてしまう。わざとではない。自分では落ち着きを取り戻してきたつもりだったが、手足が震えているのだ。慌てて拾おうとし、また摘まみ損ねる。

「あの」ふと気になり、口に出していた。「父の最期のこと、知っているんですか？」

「いえ」医師は無表情で言う。

「父が自殺したとは思えないんです」

医師はじっと、僕を見てくる。こちらの内面を視線で透かしてくるかのようだ。「どうしてですか」

「父らしくないからです」

医師の表情に小さな綻《ほころ》びができた。笑ったのか、むっとしたのかはっきりしなかったが、この人は父のことが嫌いなのだな、とははっきり分かった。「お父さんのことをどの程度、知っているつもりなんですか」

「どういう意味ですか」

医師はそれには答えない。

「父の最期を知っているんですか？」僕や母に何かメッセージを残してはくれませんでしたか、と僕は続けそうになった。言ってから、自分がそれを求めていることを知った。十年前から僕はずっと、父が残してくれた物を探しているのだ。

「お父さんは」医師は能面の表情のままだった。「怖がっていましたよ」

「怖がって？」

「死ぬことを」と言い、それから今度は明らかに嘲《あざけ》るような息を鼻から出した。

ああ、と僕は声を上げた。これでこの医師の言うことを真に受けなくて済む、と思った。「嘘をつかないでください」

「死は恐ろしいものですよ。何もかも消えます。お父さんも例外ではありませんよ」

「そんなことはないですよ」僕はこれだけは明言できた。「父がこの世で一番怖いのは」

「何ですか」

「母ですから」笑ってみせるべきだと分かっているにもかかわらず、僕の目には涙が滲んでいる。

私は、奈野村に向かって両手を上げたまま、「撃つ必要はない。俺は自分から死ぬよ」と告げた。「飛び降りる。それでおしまいだ」

屋上はフェンスで覆われていたが、一部、破損しており隙間はあった。そこからなら落ちることができるだろう。

「俺が死ねばそれで解決だ。別に、奈野村さんが撃たなくてもいいだろう？」と言いながら私の足はすでに動いている。「正直なところ、後ろめたかったんだ。俺が今までやってきたことは許されることじゃない。人の命をたくさん奪ってきた。言っちゃ何だが、一回死んだくらいじゃまだ埋め合わせにならないくらいで」

「それを言うなら私も」

「いや、奈野村さんはちゃんと生きたほうがいいよ」論理的ではないが私はそう言い、事実、それがいいと思った。「さっき奈野村さんが現われた瞬間、自分が何をすべきなのか全部、分かったんだ。おい、これで全部、おしまいだ。分かってるな」最後の言葉は、奈野村のマイクに向かって、その向こうにいるだろう医師に対して言った。それから、「まったく」と自然と息が漏れた。「作戦なんてのは全部、絵に描いた餅《もち》だな」

「予備の策も用意を？」

「そっちの餅も絵に終わった」

破けたフェンスを捲《めく》り上げ、外側に出る。ビルの端に立つ私と、その眼下の街との間には遮る物は一つもなく、正面には空が広がっていた。青く、海のようで、こちらを待ち構えている。

いい色だ、と思った。

「あの」後ろから奈野村が言う。すでに銃は構えていない。甘いな、と笑いそうになった。私が

FINE

ここで反撃したらどうするつもりなのだ、と。その甘さの分だけ自分よりは善人に見えた。「ご家族に言い残すことはありませんか」と彼が言ってくる。

「家族に？」

「ええ。もし、あるのでしたら伝えます」奈野村は真剣な顔だった。

そうだな、と私は少しだけ考え、「いつだって俺は、おまえたちを見守っている、と。そっちから俺は見えないだろうし、俺の声も聞こえないだろうが、俺はいつも見守っているし、呼びかけている」と言った。

「はい」

「いや、やっぱりいい」かぶりを振った。私の手にかけられた者たちも、家族に何も言い残せなかったのだ。自分だけ特典を与えてもらうのも気がひける。「何も伝えないでいい」

これでおしまい、悪くなかった。その思いは嘘ではなかった。克巳の未来を見られなかったことが残念だったが、永遠に一緒にいられるわけではないのだ。

強いて言えば、あの医師に一矢報えなかったことが心残りだった。そればかりは仕方がない、勝負に負けたということなのだろう。

死ぬのは怖くない。だが、死んだら妻が怒るかな、と考えた時だけ、少し怖くなった。

屋上の縁から飛ぶように、私は宙に体を投げ出す。妻と息子の顔が頭を埋め尽くし、いったん浮かんだまま時間が止まったかのように感じ、その直後、落下していく。やがて地面と激突し、私の体は魂ともども散り散りになるが、急降下のあいだ、家族の思い出が次々と眼前に浮かび上がるものだから、胸に暖かい空気が満ちていく。

僕が鍵を拾い上げた時、通路の向こう側から老人が現われた。「あ、あれか、電話をくれたお兄ちゃんかい」と寄ってくる。

「管理人さんですか？」

巡回をしているところだったらしい。隣の医師がドアから体を離し、銃をさっと後ろに隠した。面倒なことは避けたいのだろうが、状況によっては使うつもりはあるのだろう。「部屋の中を確認させてもらおうと思いまして」医師が言う。

「ああ、そうかい、どうぞ。俺はプライバシーには立ち入らない主義だからな、勝手に」

「それなら遠慮なく」医師が、僕に目配せをする。

僕はドアの鍵穴に手を近づける。そこで管理人が、「ああ、そうだった。駄目だ駄目だ」と言った。

「え」

「電話でも言ったが、家族に中を覗かせたらいけないんだ」管理人は、試合中断を訴える審判のように、手をひらひらとさせた。「約束だったからな。危うく、約束を破るところだった。駄目だな、最近はすぐに忘れちまう」

医師はしらっとした顔で、管理人を見た。「約束も何も、ここの男は死にましたよ」

「死んだところで約束は約束だろ。確か、言ってたんだよ。家族に見られたら、取り返しがつかない、ってな」

それを聞いた僕は、やはりこの部屋の中には自分たちの知らない父の秘密が収められているのだ、と確信した。

開けるなよ。真剣な父の声が耳元で聞こえてくるようで、そこまで父が言うなら、と僕はその場から後ずさりした。

医師はもちろんそこで止めるつもりはなく、「家族じゃない私が中を調べるぶんにはいいのではありませんか」と述べたかと思うと、僕の手から鍵を奪い、ドアに差し込んだ。

十年のあいだ、未使用だったからか開錠はスムーズではなく、かちゃかちゃという音がしばらく続いたが、僕は、「やめろ」とは言えなかった。

やがて医師はノブに手をかけ、ゆっくりとドアを手前に引いた。その瞬間、僕は、この医師が、生前の父の思いを踏み躙《にじ》るように思え、嫌悪感に襲われた。隠したがっている秘密を、強引にこじ開けている様子だったからだ。

やめてください、と言いかけた。

激しい音が聞こえたのはその後だ。ひゅっ、と風が鳴るような音もした。

まばたきする間の、一瞬のことだ。

巨大な平手が出現し、マンションの壁を鋭く叩いたのではないか。そう感じるほどの大きな震動があり、同時に、医師の体がドアから後方に吹き飛んだ。通路の手すりに背中を激突させている。

僕は目をしばたたく。

医師は目を見開き、口から泡を吹かんばかりの顔つきだった。唇がかすかに動いてはいたが、もはやそれは命の余熱のようなものでしかないのは明らかだった。胸から何か突き出ている。部屋の中から飛んできた矢が、そこに刺さったのだとは、なかなか理解できなかった。

管理人もかなり動揺していたが、僕よりはまだしっかりしており、「これはまたどうなってるんだよ」と言いながらも、体を低くし、つまり再び室内から矢が飛んでくることを警戒したのだろう、ゆっくりとドアの向こう側に入っていく。「中から誰が射ってきたんだよ」

危ないからやめたほうが、と言っても気にした様子はない。仕方がなく僕も、ついていく。直視するのは恐ろしく、目の端で確認しただけだったが、医師が絶命しているのは明らかだった。

部屋の中はがらんとしていた。家具も荷物もなく、カーテンがあるだけだ。玄関からまっすぐ延びた廊下の先の部屋には、椅子が置かれ、そこに大きな弓と銃が合体したかのような器具が設置されていた。

「おいおい何だよこれ、あれか、ボウガンってやつか」管理人は、その器具の横に立ち、指でゆっくりと感触を確かめるように触った。

ボウガン？　名称は知っていたが、実物を見るのは初めてで、僕は息子の変身グッズを見るような気分でしかなかった。

もう一度、玄関のほうを振り返れば、確かに弓の先は一直線にドアの方向に固定されている。下に、長い紐《ひも》が落ちていた。「これで、ドアが開いたらスイッチが入るようになっていたのか」と管理人は感心する。「大した仕掛けだな、こりゃ。あんたの父親がやったのか」

僕はもちろん、答えを知らない。そうなのか？　これを父が？　なんのために。それ以前に、父にこのようなことができるとは思えない。

混乱した頭がさらにかき混ぜられ、頭の中が激しく波打つ感覚だったが、さらにそこで僕から現実味を奪ったのは、外から新たに男がやってきたことだ。

「ここか、ここだったのか」と入ってきたのはクリーニング店の、あの店主だったのだ。

辻褄《つじつま》の合わない夢を見ている感覚に襲われた。

どうして彼がここにいるのか。クリーニングの配達？　と思いそうになった。

「あの」僕はそう言ったものの言葉が続かない。

「位置情報というのは、建物の場所は教えてもらえても、階数までは無理ですからね。下からずっと探してきたんですよ。やっと見つかった」クリーニング店の店主は言う。

「位置情報？」もはや何が何やら分からない。

クリーニング店主は頭を掻《か》く。「話すと長くなるんですが」

「長い話を聞く余裕が僕にあるのかどうか」言いながらボウガンと、通路で倒れている医師の姿を交互に、空の雲をぼんやりと眺めるような思いで、見た。

クリーニング店主は一度、部屋の外に出ると医師の体を引っ張って戻ってきた。「誰かに見られると面倒だから、ここに置いておきましょう」

管理人はさすがに顔を引き攣《つ》らせたが、「あんたの父親の部屋だからな。好きにすればいい」と僕に言った。

クリーニング店主はまず、「君の背広には発信機が入っているんです」と僕の体を指差してくる。

もちろん僕は、何を言われているのか分からない。「背広に？」

「はい。位置を知らせる発信機が縫《ぬ》い込んで」

「いえ、入っていませんよ」バーゲンだったとはいえ、さすがにそんな物なら買わない。

「入っているんです。この間、君の背広を返す時に、つけたんですよ。その前の背広にも」

すぐには返事ができない。

そんなことをしていいのですか？　そんなサービスをやっているんですか？　いくつか質問は浮かぶが、どれも適切には思えず、無言でいるほかない。やがて、スーツのどこにそんなものが、とポケットや裏地を触るが、すぐには分からない。

「勝手に申し訳ないです」と言われ、やはり勝手にやられていたのか、と思った。

「どうして。どうしてそんなことを」

彼は弱々しく笑った。「君のお父さんは、私の恩人なんです。私と息子の」

「え？」恩人？　背広への細工がそれとどう関係するのか。

「私と息子を守るために、君のお父さんは死ぬことになりました」

「死ぬことに？　ちょっと待ってください。ぜんぜん分からないんです」僕は狼狽《ろうばい》する。重要な物をひょいと投げられたかのようだ。受け止めなくては、とは思ったものの、どうキャッチして良いのか判断できない。

「だから、せめて、かわりに君を守りたいと思って」

「守る？　え？」ちょっと待ってください、と僕は手を振る。巻き戻して、もう一度、説明をやり直してほしい、と訴えたかった。「だからって、背広にそんな細工までしますか？　あの、それって、監視していたってことですか」

「そんなに大層なことじゃないんです」クリーニング店主の目は少しだけ赤らんでいる。「この医師が接触してきたら、ろくなことは起きないから、警戒していたんです。本当は、私から動けば良かったんですが、医師は私を警戒していましたから、こちらから仕掛けることはできなくて」

「仕掛けるだとか、警戒だとか、何の話ですか」

「今日、医師が珍しく外に出たと連絡が入ってきたので、いよいよ何かあるかと思ったんです。君の場所を調べて、ここに来ました。ただ、さっきも言ったように、階数までは分からないので、片端から見てくるしかなくて」

「あの、これはいったい」とボウガンを指差す。スーツの細工よりもこちらのほうが受け入れがたい。いや、この医師が死んでしまったことにもっと慌てなくていいのか、と質すべきだったのかもしれない。

「これは」クリーニング店主はそこで、ボウガンの仕掛けをじっと眺めた。「私も知らなかったんですが」

「何なんですか」

「君のお父さんが用意していたんでしょうね」予備の策、と彼は呟《つぶや》く。「絵じゃなくて、本当の餅」と言っていたように聞こえた。餅がどうしたというのか。

「あの、父は」何をしていたのか。ボウガンを仕掛けるとはいえ、一般人がそのようなことができるものなのか。

「一矢報いるために」クリーニング店主が言った瞬間、僕の頭には昔、父が、「蟷螂《とうろう》の斧《おの》」について話してくれた時のことが蘇った。カマキリが自分より大きなものに対して、手の斧を構えて、挑もうとする。はかない抵抗、という意味だったのではなかったか。時にはがつんと、と言ったのは僕だったか父だったか。

管理人が、「ってことは何か、この仕掛けは十年、このままだったってことかよ」と言う。

「おそらく」

「おいおい、大したもんだな」と管理人は感嘆し、ボウガンに触れた。「今まで、揺れたり、外れたりしなかったのかよ。もしこのマンションを、建て直すことになっていたら、どうするつもりだったんだ」

「まさか十年後に使うとは思ってもいなかったんでしょう」クリーニング店主は言った。

「何が何だか」

僕はへたり込んでいた。腰から下の力が全部、床に吸い込まれてしまったと感じるほどで、このまま立てなくなるような恐怖もあった。

「あの」クリーニング店主が険しい表情で言ってきたのは、少ししてからだ。「お願いなんですが、ここは私に任せてくれませんか」

「任せる?」僕は言い、管理人も、「任せるってのはどういう意味だ」と眉をひそめた。

「全部です」

「全部?」

FINE

「この死体はなかったことになります。今日のこれは全部、なかったことに。だから」

「見なかったことにしろ、ってことか」管理人は、僕よりははるかに察しが良かった。

「ぜひ」

管理人は腕を組んだまま、無言になる。そしてやがて、「まあ、俺は構わねえよ」と肩をすくめた。「部屋で何が起きようと、プライバシーに首を突っ込むつもりはねえからな」

そんなことでいいの？　これがプライバシーの範疇《はんちゅう》を超えていることは明白だ。どうしてそんなに簡単に引き下がれるのか、引き下がっていいものなのか。

ただ、僕の当惑をよそに、クリーニング店主は、「ありがとうございます」と礼を言い、もはやそこで彼が礼を言うこと自体が筋道の立っていないことに思えたが、とにかく頭を下げた。ご迷惑はおかけしません、任せてください、と。

管理人はといえば、「面白いことがあるもんだな、長生きしてみるもんだよ」と満足げに言うと、部屋から出ていってしまった。本当に、これで解決したと思っているのか、清々《すがすが》しさすらあった。

人が死んでいるんですよ？　あなたのいるこのマンションで。どうして、そんなに落ち着いているんですか。

納得がいかなかったが、一方で、おそらく、と思う自分もいた。ここで管理人が警察に通報しようとしたら、クリーニング店主は、そうですか、とは言わないだろう。もっと強硬的な手段に出たのではないか。お願いします、と言いながらも裏には、強い威嚇が込められていたのだ。懇願ではなく、脅しだった。管理人はそれを察したのかもしれない。つまり僕も、彼の要望を飲むしかないのだ。

二人きりになったところで彼が、「汚い仕事をずっとやってきたので」とぽつりと言った。

「はい？」

「何かを綺麗《きれい》にする仕事をしたかったんです」

「どういうことですか」

「だからクリーニングのお店を始めたんです。そして、どうしても、君のことが気になってしまって、近くに店を出すことになったんですが」

「すみません、さっきから混乱して、ちょっと。あの、本当にこれはいったい」

クリーニング店主は目を細めた。皺が優しく形を変えた。「君とお父さんが」

親父と？

いったい何を言おうとしているのか、と訝っているとだんだん彼の顔がくしゃっとなり、果汁でも絞らんばかりに、涙を流し始めたものだから、ますます困惑する。

「君とお父さんが、力を合わせて倒したんです」

「倒した？」あの医師のことなのか？　どうして医師を。

彼はすっかり泣いており、ゆっくりとうなずく。「協力して、倒したんです」

「あの」感動している彼には申し訳なかったけれど、僕は疑問符に囲まれ、がんじがらめ、身動きがまったく取れないような状況だった。「あの、いったい、父は何者だったんですか」とようやくまっすぐにぶつけられた。

彼はそこでまた目を潤ませた。「君のお父さんは」といったん言葉を止めると、頬を緩める。

「何だったんですか」

「君のお父さんは、君の父親です。ただ、それだけです」

「はあ」

「ただの、いいお父さん、そうですよね？」

自宅マンションに戻る間も僕はずっと夢から覚めないまま、の気分だった。そのようなふわふわとした状態で駅構内の人込みの中を歩き、駅からの自転車を漕いでいたのだから、事故に遭わずに済んだのは幸運だったのかもしれない。

「このことは全部忘れてください」と言ったクリーニング店主の声が耳の奥で鳴る。「忘れても大丈夫です」

「忘れる?」

「いえ、お父さんのことは忘れちゃ駄目ですよ」と彼は微笑んだ。「ただ、この物騒なことは覚えていないほうが」

父の購入していたマンション、死んだ医師、ドアを開けると同時に起動したボウガンの仕掛け、背広に入れられた小さな機器、いずれも規格外の事柄で簡単に忘れられるわけがなかったが、自分の頭がその破格の事態を受け入れたくなかったからか、自宅に近づくにつれ、体験してきた感触が体から蒸発していくように、ぼんやりとしたものに変化していた。

クリーニング店主とは、マンションの部屋についてだけ話をした。父が購入したらしいが、月々の管理費がどうなっているのかは分からない。そう話すと、こちらでどうにかします、とクリーニング店主は言った。何と応じたものか分からなかったが、とりあえず父の口座、秘密の口座があってそこに預金が残っていたならば、どこかに全部寄付してくださいい、とは伝えた。

「父は自殺ではなかったんですか？」結局のところ、一番知りたかったその問いを、最後に思い出した。

「違います」

想像以上にはっきりとした答えが返ってきて、面食らうほどだった。

ではどうして、と訊ねても、物騒なことに巻き込まれた、とあやふやな返事を押し付けられるだけだったが、「三宅さんが自分で死ぬわけがないですよ」と言われる。

別れ際、それではお元気で、とクリーニング店主が言った時、あのクリーニング店はもう営業しないだろうな、と僕は理解した。次に行った時に閉店の貼り紙がされている様子も目に浮かんだ。

自宅の鍵を開けてドアを開く瞬間、向こうから飛んでくるボウガンの矢の影が頭に過った。もちろん、そんなわけがなく、あの恐ろしい矢が人生を終わらせる凶器だったとすれば、こちらはその正反対、人生を豊かにする輝き、つまり息子の大輝で、嬉《うれ》しそうに駆け寄ってくると、お帰りなさい、と巻き付いてくる。

「おばあちゃんが来てるよ、おばあちゃん」

「え」

居間に母はいた。父のことを調べた結果、大変な出来事に巻き込まれた日であったから、その時に母が僕の家にいることにも理由があるようにも感じる。いったいどうしたのかと問えば、

「わたしがおとうさんの話を聞きたくて」と台所から茉優が姿を見せた。

「メールで説明するのが、もう面倒臭くなっちゃって」母が言う。「茉優さんに直接、あの人の話をしたほうが」

メールのかわりにうちに来るようになったらそれはそれで鬱陶《うっとう》しい。その思いが顔に出ていたのか、母が、「何、顔、引き攣ってるの」と指摘してきた。

父が頭に浮かんだ。「引き攣っているんじゃないんだよ。たぶん仕事の疲れで、頬のあたりが強張《こわば》っているんだよな」と弱々しく取り繕っている姿が見える。

「お父さんにはほんと、いろいろ困らされたんだから」母は、大輝を抱えながら妻に話しはじめた。

仏壇に目をやってしまう。親父がおふくろを困らせた？　逆ではなくて？

僕の思いとは関係なく、母は昔の話を、父の失敗談や父にまつわる話をいくつか、面白おかしく披露した。

「だけどさ」ある程度、母の話が終わったところで僕は口を挟んだ。頼んだぞ弁護人、と背後から父が拝んでくるのを感じるほどには、使命感を覚えた。「親父も、おふくろにいつも気を遣って偉かったと思うよ」

「あの人が？　わたしに気を？　いつ？」母が目を丸くし、のけぞるようだったから、むしろ僕のほうがのけぞった。

「いつというか、常に」

母は大笑いをした。「そんなことないって。お父さんはいつも気楽に、のんびり生活していたんだから」

FINE

へえ、そうだったんですか、と茉優が相槌を打っているものだから、異議あり、と手を挙げたくなった。「異議あり！　被告人は自分に都合よく、記憶を捏造《ねつぞう》しています」「却下します」という声が、背後の仏壇のほうから聞こえてきたように感じ、僕は苦笑する。あなたの弁護をしているのに。

「でも、おかあさん、どうやっておとうさんと知り合ったんですか？」

「どうだったかなあ。昔のことだから」と母は首をかしげる。

「そんなに大事なこと、忘れちゃったんですか」

「昔のことだから」と母は繰り返し、「友達の紹介だったんじゃなかったかな」と言った。そうだったよね、とここにはいない父に呼びかける。「その通り」と父が答えるのは、想像がついた。


雨が降っていた。私はビルの裏口から出ると、地面の水溜《た》まりを避け、小走りに表通りに向かう。心なしか、物騒なことをやる時には雨のことが多い、と思った。強力な雨男に付きまとわれているのではないかと疑いたくなることもある。

時計を見れば、予定の時刻とほぼぴったりで、ほっとする。左腕に痛みを感じた。服が破れ、下の肌から血が出ている。

手ごわい、と事前にあの医師から言われていたほどには手ごわく感じなかったが、見慣れぬ格闘技と見知らぬ刃物をうまく使ってくるものだから、簡単にはいかなかった。この程度の傷で済んだことに感謝すべきなのかもしれない。

靴が水を踏み、飛沫《しぶき》が飛ぶ。

いつだって、暗いぬかるみの中を歩いてきた。子供のころから親しい者もおらず、俯《うつむ》きながら裏道を歩く日々を過ごしてきた。学校にまともに通っていなかったせいなのか、それとも目つきが悪かったからか、まともに雇ってもらうこともできず、ようやく仕事にありつけたと思えば、人の泣き顔や血がつきものの、法律に違反する業種ばかりだ。

ぬかるんで歩きにくい道ばかりだ、と思っていたが、横を見やればほかの人たちはみな、舗装された道を歩いている。

ずっとこのままなのだろうか、と浮かんだ疑問を自身ですぐに消す。ずっとこのままに決まっていた。

広い通りに出た後で、アーケード街に入る。傘を持っていなかったため、屋根があるのはありがたかったが、自分のところだけには雨が降ってくるのではないか、という気持ちにもなった。舗道を歩いていても、足元が、ぬかるんでいるような感覚しかない。

小走りに進んでいると、にゅっと手が出てきた。

「これ、どうぞ」と言い、その手にはチラシがあった。

顔を上げれば、同じ年頃の、二十代前半と思しき女性がいた。受け取るつもりはなかったが、いつの間にか私はチラシを握っている。

そのまま無言で通り過ぎようとした。すると、「あ、そこ、血」と私の左腕を指差してくる。

FINE

「血？　ああ、大丈夫だ」

「血が出ていて、大丈夫ってことはないと思うけれど」

そうなのか？

「暗い顔をしているけれど、何かあったの」自分のやってきた仕事を知った上で訊いてきたのだろうか、と警戒したが、そうではなさそうだった。「いや、特に」

「怖い顔をしているし」

「どうだろうな」

「何か楽しいことを考えたら？　少しはいい顔になるかもよ」

その馴れ馴れしさに身構えそうになった。「楽しいことなんて思いつかない」とだけ答えた。「楽しさとは無縁なんだ。ろくな」人生ではない。

「そう？」彼女の声は優しく、ごく自然に私の耳に入ってきた。「悪い人には見えないけれど」

さすがに笑いそうになった。これほど悪い人間がどこにいるのか、とラベルを貼って展示できるほど、重い罪を犯してきたことには自信があった。「人を見る目が」ないな、と言いかけたところ彼女は、「ほら、それ使って、割引券」と私の手元を指差した。

見れば、「キッズパーク開園」と書かれている。遊園地のようなものなのだろう。子連れならば割引されるらしく、そのことに苦笑せずにはいられない。「家族はいないんだ」

「ああ、そうなの」興味があるともないともつかない声で言ってくる。「でも」

「でも、何だ」

「いいお父さんになれそうだけどね」

自分の人生にあまりに無縁のものが差し出されたかのようで、私はその言葉に茫然《ぼうぜん》とする。少しして、今まで吐き出したことのない、温かい息を漏らした。

そうそう、笑ってるほうが感じがいいよ、と言う女性をまじまじと見てしまう。

FINE

……………………………………… 初出

「AX」「小説 野性時代」2012年1月号

「BEE」『ほっこりミステリー』宝島社文庫
2014年3月刊

「Crayon」「小説 野性時代」2014年2月号

「EXIT」書き下ろし

「FINE」書き下ろし

…………………………………引用文献

古山高麗雄『プレオー8《ユイツト》の夜明け
古山高麗雄作品選』
(講談社文芸文庫)

伊坂幸太郎（いさか　こうたろう）
1971年千葉県生まれ。東北大学法学部卒業。2000年『オーデュボンの祈り』で第５回新潮ミステリー倶楽部賞を受賞しデビュー。04年『アヒルと鴨のコインロッカー』で第25回吉川英治文学新人賞、短編「死神の精度」で第57回日本推理作家協会賞、08年『ゴールデンスランバー』で第21回山本周五郎賞、第５回本屋大賞を受賞。著書に『グラスホッパー』『マリアビートル』『重力ピエロ』『砂漠』『アイネクライネナハトムジーク』『キャプテンサンダーボルト』（阿部和重との共著）『火星に住むつもりかい？』『陽気なギャングは三つ数えろ』『サブマリン』など多数。

AX　アックス

2017年７月28日　初版発行

著者／伊《い》坂《さか》幸《こう》太《た》郎《ろう》

発行者／郡司 聡

発行／株式会社KADOKAWA
〒102-8177　東京都千代田区富士見2-13-3
電話　0570-002-301（ナビダイヤル）

印刷所／旭印刷株式会社

製本所／本間製本株式会社

ISBN 978-4-04-105946-3　C0093